Um cara como esse

STEPHANIE ARCHER

Um cara como esse

SÉRIE THE QUEEN'S COVE • VOLUME 1

Tradução
ALEXANDRE BOIDE

pa ra le la

Copyright © 2021 by Stephanie Archer
Publicado em acordo com a Bookcase Literary Agency.

A Editora Paralela é uma divisão da Editora Schwarcz S.A.

Grafia atualizada segundo o Acordo Ortográfico da Língua Portuguesa de 1990, que entrou em vigor no Brasil em 2009.

TÍTULO ORIGINAL That Kind of Guy
CAPA E ILUSTRAÇÃO DE CAPA Chloe Friedlein
PREPARAÇÃO Larissa Roesler Luersen
REVISÃO Luiz Felipe Fonseca e Vitória Galindo

Dados Internacionais de Catalogação na Publicação (CIP)
(Câmara Brasileira do Livro, SP, Brasil)

Archer, Stephanie
   Um cara como esse / Stephanie Archer ; tradução Alexandre Boide. — 1ª ed. — São Paulo : Paralela, 2025. — (The Queen's Cove ; 1)

   Título original : That Kind of Guy.
   ISBN 978-85-8439-445-6

   1. Ficção canadense I. Título. II. Série.

24-245500   CDD-C813

Índice para catálogo sistemático:
1. Ficção : Literatura canadense   C813

Eliete Marques da Silva – Bibliotecária – CRB-8/9380

Todos os direitos desta edição reservados à
EDITORA SCHWARCZ S.A.
Rua Bandeira Paulista, 702, cj. 32
04532-002 — São Paulo — SP
Telefone: (11) 3707-3500
editoraparalela.com.br
atendimentoaoleitor@editoraparalela.com.br
facebook.com/editoraparalela
instagram.com/editoraparalela
x.com/editoraparalela

Para Tim

1

AVERY

"Avery, a mesa quatro não gostou da entradinha e quer falar com a gerência."

Levantei os olhos no escritório minúsculo. Max, o bartender do restaurante, estava recostado no batente, vestindo a calça jeans e a camiseta pretas que os funcionários daqui sempre usavam.

"Algum problema com a comida?", perguntei. Reclamações eram raridade. Nosso chef era um craque. O pessoal da cozinha formava um timaço. A equipe inteira era de primeiríssima linha, desde a recepção e o serviço das mesas até a lavagem de pratos. Eu tinha contratado cada um pessoalmente.

Max fez que não com a cabeça.

Eu me recostei na cadeira. "Turistas?"

Ele assentiu.

Eu fiquei de pé. "Certo. Deixa comigo."

"Você vai dar uma cortesia?" Ele deu um passo para trás e me acompanhou enquanto eu ia do escritório para o restaurante.

Sorri. "Claro."

"Por quê?"

Ao entrar no salão, eu hesitei. Tinha contratado Max no verão anterior como garçom e reparei que o bartender vinha ensinando para ele como fazer drinques depois do expediente. Ele tinha vinte e poucos anos, muita energia e vontade de aprender, então pedi ao bartender para dedicar alguns minutos por dia para treiná-lo até Max dar conta de assumir o bar por um turno. Nunca admiti para ninguém da equipe, mas Max era o meu funcionário favorito. Era ótimo com os clientes, se dava bem com os colegas e demonstrava um interesse genuíno pelo ramo de restaurantes. Naquela noite, ele ia ajudar com algumas mesas.

"Max, nós estamos aqui para proporcionar uma experiência agradável a cada cliente que passa por aquela porta. É para cá que as pessoas vêm quando querem esquecer os problemas, para comemorar uma ocasião, para pôr a conversa em dia com os amigos ou experimentar uma comida diferente." No corredor que dava acesso ao salão, ouvíamos a animação do restaurante lotado, cheio de gente rindo, conversando e comendo.

Esse som? Era o que alegrava meu coração. Eu sentia como se estivesse fazendo um bem para o mundo.

"Nós queremos que todos saiam daqui mais do que satisfeitos por ter visitado Queen's Cove e, se for perder cem dólares dando cortesias, por mim tudo bem. É o preço para não irritar os clientes", eu disse e dei de ombros.

E não seriam cem dólares do *meu* bolso, já que não era a dona. Eu era só a gerente. Mas um dia, quem sabe.

Ele ergueu a sobrancelha, e eu sorri ao notar certo ceticismo.

"Pode ser que eles sejam metidos a besta", expliquei. "Ou tiveram um dia difícil. O pneu do carro pode ter furado no caminho, ou chegaram tarde no hotel e estavam morrendo de fome." Abri o meu sorriso mais convincente. "Então nós vamos mudar o dia deles. Vamos dar uma surra de gentileza." Eu estreitei os olhos. "Vamos *soterrar* os clientes com a nossa simpatia."

"Que coisa mórbida. Você sempre vai longe demais nas analogias."

"Quando eles perceberem o quanto nós somos gentis e prestativos...", pus a mão no peito, fingindo sentir dor, "... vão sair daqui em sacos de defuntos."

Ele apontou para mim. "Beleza, então. Muito bem, é você quem manda. Obrigado por dar um jeito."

"Claro. Conta comigo." Entrei no restaurante e observei a casa lotada.

Eram oito e pouco da noite, e todas as mesas estavam ocupadas. O restaurante tinha vista para a marina de Queen's Cove. Num anoitecer de céu claro, o pôr do sol tingia tudo com tons de rosa, laranja e amarelo, mas nesse dia as nuvens tomavam conta, e a chuva começava a cair. Apesar do sol, de tempos em tempos caíam esses temporais. Eu mordi o lábio, observando ao redor e torcendo para que fosse só uma chuva rápida sem vento.

"Olá, sou Avery Adams, a gerente do Arbutus", me apresentei para a família de quatro pessoas visivelmente contrariadas. Os dois meninos estavam emburrados e inquietos, um tentando puxar o cabelo do outro, com cara de que tinham levado bronca. "Eu vou tirar esses pratos para vocês." Entreguei a louça ao garçom antes de pôr desenhos de colorir e giz de cera para os meninos. Eles imediatamente pararam de brigar para se ocupar dos papéis.

Aos trinta e tantos anos, os pais pareciam exaustos e irritados, como é de esperar, ambos com os maxilares cerrados de quem está prestes a discutir.

"Sinto muito que os pratos não estavam do seu agrado. Uau", falei, olhando para o ombro vermelho da mulher. "Essa queimadura de sol deve estar incomodando. Quer que eu providencie um creme de aloe vera?"

Ela ficou encarando, menos aborrecida. "Hã, claro." E hesitou. "A gente ia comprar no mercadinho, mas já estava fechado." Ela fez cara feia e apontou para fora, onde a chuva caía forte. "E agora essa chuva nas nossas férias."

"Fecharam mais cedo porque hoje é o aniversário de casamento dos donos. Vou buscar o creme, mas enquanto isso, que tal vocês escolherem outro prato que seja do seu gosto? Por conta da casa, pelo inconveniente", falei com um sorrisão.

O marido ficou confuso, antes de se concentrar no cardápio. "Ficamos arrependidos de não ter pedido pizza. A de margherita e de almôndegas."

Eu assenti com a cabeça. "Ótima escolha. E drinques? O gin com amora é o especial de hoje. A bebida vem de uma destilaria local, e as amoras orgânicas são cultivadas aqui."

A mulher assentiu, lançando um olhar para os filhos do outro lado da mesa, entretidos em colorir e sobretudo quietos. "Seria ótimo."

"Pode deixar. Essas férias vão ser ótimas, certo?" Anotei o pedidos, passei o papel para a cozinha e para o bar e voltei ao escritório para pegar o creme no frigobar. Max riu de mim, mas parou ao perceber como aquela simples aloe vera era capaz de mudar o clima entre a clientela.

"Deixa na mesa quatro, por favor? E pode registrar os pratos e as bebidas como cortesia."

Ele fez um sinal de positivo e continuou andando.

"Obrigada, Max."

Fiquei olhando do canto do salão enquanto ele entregava o frasco. Os ombros da mulher relaxaram na hora. Max e eu trocamos um cumprimento discreto antes que ele voltasse ao bar. Adorava conquistar clientes dessa maneira. Quando cheguei à mesa, o casal continuava meio chateado, mas também ria e conversava, os filhos não tiravam os olhos da pintura, e suas férias estavam começando a melhorar. A noite deles mudou por minha causa. Eu amava o meu trabalho.

Aproveitei para observar o movimento. Havia uma mistura de locais e turistas. Os donos do mercadinho estavam comemorando o aniversário de casamento na mesa dois. A diretora da escola primária e o marido jantavam na mesa seis. O prefeito, sua esposa e os dois filhos, na mesa oito. Era uma família sempre educada, amigável e discreta. As crianças nunca queriam pintar, só ficavam em silêncio, sorrindo como anjinhos. Bizarro.

O dono de uma construtora estava sentado na mesa onze com um cliente. Eu ri por dentro enquanto via Emmett Rhodes bajular o cara, sorrir e gastar sua lábia. Emmett era o sr. Queridinho, conhecia a cidade inteira, fazia negócios com todo mundo, sabia que era bonito e como usar isso ao seu favor.

Na mesa doze estava Chuck, o dono de alguns restaurantes, acompanhado da esposa. A mulher olhava a comida com desdém, enquanto Chuck ficava atento a tudo e fazia anotações num caderninho. Eu revirei os olhos. Até ofereceria dicas, mas Chuck não me ouvia.

Apenas turistas frequentavam seus restaurantes, porque os locais sabiam manter distância. A comida não era repugnante, só descongelada e requentada mesmo. Mas eu não o detestava por isso. E sim pela forma de tratar os funcionários. Os homens vestiam jeans e camiseta preta, assim como aqui no Arbutus, mas as mulheres precisavam usar minissaia, cropped e salto alto, num turno de oito horas. Só de pensar nisso, meu sangue fervia. Ele contratava uma garotada recém-saída do colégio, sem experiência nem opções, então elas apenas suportavam aquilo. Fora os boatos de que ficava com parte das gorjetas.

"A mesa doze tá dando trabalho?", perguntei a Max enquanto ele sacudia a coqueteleira.

"Não. Eles se comportaram direitinho."

"Bom mesmo." Vi Chuck de olho no lustre. O que ele poderia estar tramando?

Eu era gerente do Arbutus fazia dois anos e estava com cinco anos de casa, desde o dia em que cheguei à cidadezinha litorânea de Queen's Cove. Localizada na ilha de Vancouver, no Canadá, entre o mar e a floresta do Noroeste do Pacífico, era o lar de cerca de dois mil habitantes, mas, por suas praias deslumbrantes e sua mata densa coberta de musgo, sua atmosfera tranquila e as melhores ondas do país para surfar, recebia mais de um milhão de turistas durante o verão. Era início de maio, e os visitantes já começavam a chegar. Em julho, estaríamos a todo vapor.

Eu nasci e fui criada em Vancouver, mas Queen's Cove tinha sido o meu lar nesses cinco anos. Vim para cá sozinha, de férias, e depois de um belo jantar no restaurante com a melhor vista, fiquei apaixonada. As janelas gigantescas revelaram a paisagem pitoresca da enseada e da praia. O piso era de carvalho, e o teto abobadado mostrava as vigas originais da construção. O menu moderno e despretensioso contava com pratos excelentes feitos de ingredientes locais, tudo isso numa atmosfera acolhedora e reconfortante. Eu mencionei o teto abobadado, certo? Ah, meu coração. A proprietária, Keiko, percebeu o quanto fiquei encantada. Nós começamos a conversar, e ela logo estava me oferecendo um emprego de garçonete.

Nunca fui impulsiva. Não tomava grandes decisões antes de refletir bastante sobre os prós e contras, mas essa me pareceu a coisa certa de cara, então voltei para Vancouver, fiz as malas e vim para Queen's Cove.

Trabalhei para caramba no restaurante. Dei tudo de mim mesmo sendo apenas uma garçonete. Havia algo inexplicável que fazia com que me sentisse em casa. Talvez porque o restaurante havia sido aberto pelos pais de Keiko, recém-chegados no Canadá quando ela era criança. Era um lugar com história. Talvez fosse por causa da catastrófica falência do restaurante dos meus pais e porque este era o lugar bem-sucedido de que eu sempre quis fazer parte. Ou talvez porque eu amava essa atmosfera, adorava ver os clientes felizes e fazer parte da comunidade.

Os pais de Keiko começaram nos anos setenta. Investiram tudo o que tinham, ela me contou. Ela cresceu num restaurante, assim como eu, com a diferença de que a história de seus pais era de prestígio. Eu não os conheci, porque faleceram alguns anos antes da minha chegada, mas o pessoal me contou as histórias: cumprimentavam os clientes, operavam o caixa e varriam o chão, mesmo quando tinham mais de noventa anos. O Arbutus era resultado do esforço de duas gerações.

E um dia seria meu. Fazia anos que vinha economizando cada centavo para comprar o estabelecimento. Desde criança, sempre soube que seria uma proprietária assim. Me apaixonei pelo corre-corre da equipe, pelos risos, pelo cheiro de dar água na boca. Um restaurante era aonde as pessoas iam para comemorar, para reencontrar velhos amigos e para se apaixonar, e eu precisava ver tudo isso. O negócio dos meus pais não sobreviveu, assim como o casamento deles, mas o Arbutus seria minha chance. Eu jamais cometeria os mesmos erros.

Quando Keiko decidisse a hora de vender, eu faria a oferta. Ser gerente não bastava, queria virar a proprietária. E trabalhar em algo só meu, onde eu pudesse tomar as decisões e assumir a responsabilidade. Queria estender o legado da família dela criando o meu próprio. Um marco da passagem de Avery Adams no mundo. Keiko era gentil e solícita — como chefe, me ensinou tudo o que sabia e confiava em mim, mas administrar o negócio não era igual a ser dona. Até lá, eu continuaria juntando meu dinheirinho.

A árvore que dava nome ao restaurante, um árbuto de tronco vermelho e retorcido, ficava diante da porta. Uma espécie nativa da Costa Oeste que servia de cenário para fotos de turistas, como eu via nas caminhadas para tomar um café ou ir à livraria da minha amiga Hannah. Testemunhar isso sempre me fazia sorrir. Os árbutos não eram a única coisa que tornava Queen's Cove um lugar único. O ar também, soprado direto do mar para nossa pequena cidade. O costume de as pessoas cuidarem umas das outras, além de os moradores preservarem a integridade das redondezas. Cadeias de lojas e redes de franquias não tinham alvará, apenas negócios locais prosperavam. Era um lugar perfeito? De jeito nenhum. Nas ruas esburacadas, algumas calçadas estavam se desmanchando, e os vendavais derrubavam coníferas enormes, provocando apagões. Só havia uma estrada que dava acesso à cidade, então um deslizamento ou um acidente na rodovia significavam ficar sem nenhuma rota de saída. Se a neblina estivesse baixa no atracadouro e os hidroaviões não pudessem decolar? Todo mundo ficava ilhado.

"Tá começando a ventar forte", Max murmurou, de volta ao balcão dos drinques.

Eu me recostei no bar e fiquei observando as ondas arrebentando na praia. *Por favor, chuva*, implorei mentalmente. *Espera mais algumas horinhas, só até a hora de fechar.* "Precisa de alguma coisa?" Passei pelo balcão comprido de madeira.

Ele olhou para as bandejas. "Limões, por favor."

"Deixa comigo."

Na metade do corredor até a despensa, as luzes começaram a piscar. Soltei um suspiro. As lâmpadas ainda fizeram uma tentativa tímida de se manter acesas antes de se apagarem de vez. Algum cliente gritou, e eu voltei para o salão.

"Está tudo bem, pessoal", falei num tom tranquilizador. Max pôs as velas rechaud nas lamparinas, e a equipe de serviço levou tudo rapidamente para as mesas. "O vento deve ter derrubado uma árvore, ficamos sem energia. Por favor, aguardem sentados enquanto acendemos as velas e aproveitem o clima à meia-luz."

Eu acabei dando de cara no peitoral sarado do sr. Queridinho, Emmett Rhodes.

"Oi, Adams." Ele abriu um sorriso, me olhando de cima.

A irritação fez os cabelos da minha nuca se eriçarem, e peguei outro isqueiro debaixo do balcão. "Tô ocupada", respondi sem fazer contato visual, me concentrando nas velas perto de Max.

De canto de olho, vi o sorriso aumentar. "Precisa de ajuda? Eu sou ótimo em lidar com crises."

Revirei os olhos. O ego desse cara era gigantesco. Nem sei como coube aqui. Abri um sorriso amarelo, puramente profissional. "É só uma queda de energia, nada de crise. Por favor, volte para sua mesa e aproveite o jantar." Fiquei atenta a Max cuidando das lamparinas e escutando tudo.

Emmett se ajeitou. "O que você vai fazer à noite?"

Soltei uma risadinha, incrédula. "De novo essa conversa? Sério mesmo? Eu te perturbo no seu trabalho?"

O sorriso dele só crescia. "Quê? Eu não tô perturbando ninguém. Sou bonito demais pra isso."

Respira fundo, disse para mim mesma. "Emmett."

Ele levantou as mãos. "Tudo bem, entendi. Vou voltar pra minha mesa."

Emmett se afastou, e fiquei observando sua silhueta alta.

Quando vi Emmett Rhodes pela primeira vez, ele estava dando um fora numa garota sem o menor constrangimento. Tinha ido ao restaurante para comer rápido, sentado no balcão do bar. Uma mulher mais ou menos da minha idade sentou no banco vizinho, lançando um olhar tão apaixonado que me deu um aperto no peito pelo jeito como ele ficou receoso.

"Escuta só, Heather", ele falou. Foi impossível não ouvir mesmo de costas. "Você é ótima, mas eu simplesmente não tô interessado. A gente se divertiu, mas foi só isso."

Ela ficou em silêncio. "O quê?"

"Eu não sou esse tipo de cara. É melhor assim. Não quero mulher, filhos nem nada."

Ele era o tipo de pessoa que dava para ouvir até do outro lado da cidade, sempre falando, rindo, cumprimentando todo mundo. Um *bajulador*, basicamente. Enquanto eu cultivava um pequeno círculo de amizades, Emmett era amigo da cidade inteira. Sabia tudo sobre todo mundo. Toda vez que eu cruzava com ele no mercado ou na rua, ouvia algo sobre como andavam os negócios ou como estavam os filhos de alguém. Não soava genuíno, como se ele sempre tivesse segundas intenções.

Max limpou a garganta, dando um sorrisinho.

"Que foi?" Levantei as sobrancelhas.

Ele conteve o sorriso, mas não disse nada enquanto punha as velas em mais uma lamparina.

"Nem começa", avisei.

"Eu não falei nada." Ele acendeu outra vela. "Mas não dá pra negar que você gosta de se meter com ele."

Fiquei boquiaberta. "Foi ele quem começou. Como sempre."

Max lançou um olhar desafiador. "Humm."

A ideia de ter algum interesse romântico por Emmett me dava repulsa. Eu já tinha visto como ele tratava as mulheres — paquerador, simpático, charmoso e divertido. Sabia muito bem o que estava fazendo. Aqui no restaurante, eu já o tinha ouvido dizer que não era o cara certo para um monte de mulheres. Ele as atraía e dispensava depois de conseguir o que queria.

Meu pai era assim. O melhor amigo da galera, até mudar de ideia e sumir. O centro das atenções, com quem todo mundo queria conversar. Quando estava de bom humor, era capaz de animar qualquer ambiente, rindo, batendo papo, elogiando as pessoas e alegrando o dia. Quando estava de mau humor, suas nuvens carregadas se espalhavam ao redor, e ele arrastava o resto para baixo também.

Eu apostaria as minhas economias que Emmett era exatamente como o meu pai.

Antes que eu pudesse responder, Max pegou duas lamparinas e saiu andando. Eu ri sozinha antes de olhar para a mesa de Emmett, que estava em uma conversa séria com um cliente. Ele ergueu os olhos e, quando fizemos contato visual, deu uma piscadinha para mim.

Eu revirei os olhos e voltei às lamparinas.

Não conheci Emmett Rhodes nos tempos de colégio, mas ouvia fofocas direto. Mulherengo, pegador, Don Juan — assim as pessoas o descreveram na época. E eu acreditei. Era um cara de mais de um metro e noventa, magro, mas com o corpo malhado, a pele bronzeada, os cabelos escuros sempre bem cortados e penteados e o maxilar definido. Os olhos eram de um cinza claro, como os dos homens da família Rhodes. O sujeito podia estrelar anúncios de perfume se quisesse. Fazia qualquer roupa parecer alta costura. Nessa noite, ele estava com uma calça jeans preta justa, botas de couro marrom e uma camiseta branca, mas parecia ter saído de um catálogo de alguma loja caríssima. Era uma propaganda de roupas ambulante, porque deixava todas lindas.

Não que eu estivesse interessada. Sim, o cara era um *doppelgänger* do Henry Cavill, mas eu não conseguia chegar a dois metros dele sem revirar os olhos.

Emmett Rhodes era um exemplo do que acontece quando um homem é bonito demais. Fica se achando o dono do mundo. E eu tinha passado os cinco anos anteriores evitando Emmett Rhodes.

Ele gostava de fazer esse joguinho: me chamava para sair, e eu sempre dizia não. Um joguinho de anos. Não que ele gostasse de mim. Ele gostava da conquista. Só ficava no meu pé porque eu era a única pessoa na cidade imune aos seus encantos.

A vela chamuscou meus dedos enquanto eu mexia na lamparina, e falei um palavrão baixinho. Nada de pensar no sr. Queridinho. Eu tinha que trabalhar.

Em questão de minutos, a luz suave das velas tomou conta do restaurante.

"Precisamos de um gerador", Max veio me dizer.

"Se você souber onde arranjar o dinheiro, me avisa. A gente tem que se virar como dá." Apontei com o queixo. "Eu cuido do bar. Você já sabe o que fazer."

Ele sorriu e saiu de trás do balcão, jogando seu avental para mim. Dei uma olhada nos pedidos e comecei a preparar um whisky sour. Os pedidos continuavam chegando enquanto a equipe ia levando os pratos que saíam da cozinha para as respectivas mesas. Num canto do restaurante, Max apoiou o violão no joelho. Ele começou a tocar, e os clientes sorriram. Postei nas nossas redes sociais uma foto que tirei discretamente da performance.

Sem energia elétrica, mas nada é capaz de impedir que todos tenham uma ótima noite no Arbutus. Enfiei o celular no bolso e voltei a me concentrar nas bebidas.

No verão, a energia caía mais ou menos uma vez por mês, enquanto a média de apagões era de no mínimo uma vez por semana no inverno. Não dava para fechar as portas toda vez, ou ficaríamos no vermelho, então, nos últimos dois anos, tive que bolar formas de manter o funcionamento. O som desligava? Ora, Max era músico, e dos bons. Sem iluminação? Luz de velas no salão e lampiões a gás na cozinha. Nossa cozinha tinha fogões a gás também. Como não havia previsão de retorno da energia e não queríamos que estragasse o suprimento de uma semana de comida, pouco se estocava na geladeira e no freezer. A filosofia do Arbutus era trabalhar com ingredientes locais frescos, aliás, então isso não era problema.

Nós dávamos um jeito. Independente de qualquer coisa, nós sempre dávamos um jeito.

Horas depois, quando os últimos clientes foram embora, a equipe de serviço contava suas gorjetas, Max guardava o violão e eu virava as cadeiras sobre as mesas à medida que os funcionários iam saindo. As velas continuavam acesas nas lamparinas, e eu andava pelo restaurante vazio para arrumar e varrer tudo antes de fechar. Há quem não goste de ficar aqui sozinho tão tarde da noite, mas esse era o único lugar onde eu gostaria de estar. Àquela hora, com tudo tranquilo e silencioso, eu me sentia em casa. O restaurante tão charmoso parecia meu nesses momentos.

Um dia, quando eu tivesse dinheiro e Keiko achasse que chegou a hora de vender, o Arbutus seria o meu negócio. Meu legado. A história de sucesso que a minha mãe nunca teve.

Uma leve batida na porta me tirou dos meus pensamentos. Havia passado de meia-noite e estávamos fechados, mas talvez alguém tivesse esquecido o celular ou a carteira embaixo de uma mesa.

O rosto sorridente de Keiko apareceu através do vidro. Ela usava uma capa de chuva amarela e fez um aceno animado para mim.

"Oi, o que você tá fazendo aqui tão tarde?", perguntei ao abrir a porta. "Você tem a chave. Não precisava bater."

Ela entrou, e eu tranquei a fechadura. "Não queria te assustar. Sabia que ainda ia estar aqui."

"Quer beber alguma coisa? Eu posso pôr a chaleira pra ferver."

"Ótimo." Ela abriu um leve sorriso quando puxou um banquinho.

Na cozinha, eu pus a chaleira cheia no fogão sob a luz fraca dos lampiões. Keiko não era muito de fazer visitas, mas eu saboreava essas ocasiões, quando ficávamos só nós duas. Outros patrões nunca tiveram tempo ou interesse em me ensinar coisas úteis, mas Keiko me acolheu sob sua asa e transmitiu tudo o que sabia. Quando ela viu que eu dava conta do recado como gerente, foi se afastando do restaurante. Sua filha tinha acabado de dar à luz, então Keiko passava bastante tempo com ela em Vancouver. Eu ainda mandava relatórios financeiros mensais, mas duvidava que fossem conferidos.

Voltei com as canecas de chá. "Então, o que te trouxe ao nosso lindo estabelecimento hoje?"

"Obrigada", ela falou depois de soprar o vapor da bebida. "Eu queria conversar sobre uma coisa com você."

"Tá tudo bem?" Franzi a testa e sentei num banquinho. "Você tá bem?"

Ela assentiu com a cabeça. "Não se preocupa, tá tudo bem, ninguém morreu, e eu tenho uma saúde de jovenzinha."

"Também, fazendo tanta ioga..."

"Todos os dias. Tô pensando em fazer uma especialização."

"Ah, é? Sério? Você vai virar professora de ioga?", perguntei, com um sorrisão no rosto. Keiko seria perfeita nisso, tão calma e tranquila.

Ela fez que não. "Não, é só divertido continuar aprendendo coisas novas." Ela respirou fundo e deu um tapinha de leve na minha mão. "Por falar em coisas novas..."

Eu levantei as sobrancelhas. "Humm?"

Ela hesitou, como se não encontrasse as palavras. "Acho que chegou a hora de me mudar pra Vancouver e ficar mais perto de Layla e do bebê."

Eu pisquei algumas vezes, digerindo a informação. "Se mudar. Uau." Queen's Cove ficava a três horas de carro de Victoria, a maior cidade da ilha de Vancouver, e mais três horas de balsa e estrada até onde Layla morava. "Faz sentido. Com certeza é cansativo pegar a balsa o tempo todo." Fiquei um pouco desanimada com a perspectiva de ver Keiko ainda menos. "Vamos sentir sua falta aqui. Você vai morar com a Layla?"

Ela deu um gole de chá e sacudiu a cabeça. "Não. Na verdade, uma casa no condomínio dela está à venda, e eu gostaria de comprar."

"Nossa, que sorte. A casa da sua filha é pequena, né?"

Keiko confirmou com a cabeça. "Só dois quartos. Não tem espaço pra mim." Ela comprimiu os lábios, me observando. Alguma coisa na sua expressão indicava que tinha algo mais a dizer.

"Pelo jeito, não é só essa a questão."

"Bem", ela disse, e respirou fundo. "Avery, eu sei o quanto você adora o Arbutus. Sei que é um lugar especial para você, assim como é pra mim."

"Claro." Sem a menor sombra de dúvida.

"A casa no condomínio da Layla custa bem mais. O mercado imobiliário em Vancouver está inflacionadíssimo."

Eu tinha ouvido falar nisso. Até mesmo na ilha os preços estavam em alta. Jovens tinham dificuldade de quitar uma moradia sem o auxílio dos pais. Não que fosse uma preocupação, porque eu não tinha nenhum plano de comprar um imóvel tão cedo. Meu único objetivo era me tornar proprietária do Arbutus um dia.

"Você vai vender sua casa?"

Ela assentiu com a cabeça. "Vão anunciar amanhã. Não vai ser fácil sair do lugar onde morei por trinta anos, mas chegou a hora." Keiko sorriu. "E vou vender o restaurante também."

Meu coração disparou. Fiquei surpresa. "Vender o restaurante."

Ela me observou com atenção. "Essa é a ideia. Meu consultor financeiro acha que é melhor eu vender as duas propriedades para pagar pela nova." Ela balançou a cabeça de novo, para si mesma. "E eu tô pronta. Chegou a hora de uma nova fase na minha vida, a de avó." E sorriu.

"Desculpa, mas eu preciso perguntar... pra quem você vai vender?"

"Pra você, se estiver interessada." Os olhos dela brilharam.

Fiquei boquiaberta. "Claro que eu tô interessada!"

Ela deu risada. Nunca tínhamos falado sobre esse assunto, mas sempre pareceu haver um acordo subentendido.

"Eu achava que você diria isso mesmo." Ela deu mais um gole no chá e sorriu por cima da caneca. "Fiquei decepcionada quando a minha Layla não demonstrou interesse no restaurante, mas você aparecer aqui foi uma resposta às minhas preces."

Sentindo meus olhos arderem, eu retribuí o sorriso. Trabalhei no ramo de restaurantes por cinco anos antes de vir para cá, mas nunca tinha encontrado uma mentora como Keiko, que tratava bem os funcionários e ensinou tudo o que eu precisava saber para administrar um restaurante. Ouvir que ela queria que eu comprasse o Arbutus me deixou mais determinada a ser motivo de orgulho.

Mas então repensei. Eu já tinha capital suficiente para obter um empréstimo? Achava que haveria mais tempo. Pensei que Keiko só se aposentaria em cinco ou dez anos. Isso foi uma surpresa, mas eu daria conta. Já fui pega de surpresa muitas vezes e consegui me virar. Eu ia comprar o restaurante, sim.

"Espero que você saiba o quanto amo este lugar, e vou fazer de tudo para que continue sendo um sucesso", prometi. "Vou ao banco amanhã mesmo. Conversar sobre a possibilidade de um empréstimo."

"Isso é maravilhoso." Ela sorriu de orelha a orelha. "Simplesmente maravilhoso."

Mais tarde, depois do chá e de dar tchau a Keiko, observei uma foto emoldurada no meu escritório, de mim e da minha mãe, fazia mais ou menos vinte anos. Passei o polegar pela borda do porta-retrato, observando seu rosto jovem e sorridente, cheio de esperança e otimismo. Meu pai tirou essa foto no dia da abertura do restaurante, antes que tudo fosse ladeira abaixo.

Isso não aconteceria comigo. Com certeza não. Ninguém tiraria o controle das minhas mãos. Aprendi a lição vendo o que aconteceu com os meus pais.

Deixei a foto na mesa, fechei tudo e voltei ao meu apartamento minúsculo e horrível. A chuva e o vento haviam passado, e o ar estava com um cheiro de umidade e terra molhada. Eu morava no andar de cima de uma casa a alguns quarteirões do Arbutus. O sobrado havia sido dividido em cinco unidades, e o proprietário costumava alugar para pessoas que vinham trabalhar em Queen's Cove na alta temporada. Abri a porta e acendi as luzes. A uma da manhã, ainda dava para ouvir a música dos vizinhos de baixo. Os veranistas curtiam uma farra.

"Olá, muquifo", murmurei enquanto deixava a bolsa e as chaves sobre o balcão da cozinha apertada. Eu morava ali desde que cheguei a Queen's Cove e, como o aluguel era barato, não tinha a menor intenção de sair. Mas o preço baixo tinha motivos. Havia mofo no teto, o carpete estava gasto e fino, e eu conseguia ouvir cada suspiro no andar de baixo. E com certeza ouviam meus espirros ou tosses também.

Meu estômago roncou, e lembrei do meu jantar que tinha ficado no balcão do bar. Peguei o celular e pedi uma pizza.

Depois de encher a barriga e tomar banho, fui para a cama. As palavras de Keiko ainda ressoavam na minha cabeça, e cada dedo, até os dedos dos pés, se contorciam de empolgação. Eu sorri sozinha no escuro. Depois de anos de muito trabalho, eu compraria o restaurante. Era a minha chance, e nada atrapalharia o meu caminho.

2

EMMETT

Quando cheguei, o canteiro de obras estava a todo vapor. Algumas semanas atrás, a equipe de construção assentava o concreto para as fundações, mas agora com a estrutura de pé, homens e mulheres de capacetes de operário e botas com detalhes de metal carregavam ferramentas e plantas. Em três meses, o lugar abrigaria o novo centro comunitário de Queen's Cove.

"Ei, Emmett", chamou Sandra, uma das nossas engenheiras. "Holden tá lá no átrio."

"Valeu, Sandra. E o jogo de ontem, hein?" Eu sorri. Na noite anterior, seu amado time de hóquei no gelo, o Toronto Maple Leafs, havia perdido para o Vancouver Canucks na prorrogação.

"Eu prefiro não tocar nesse assunto", ela respondeu, fingindo tristeza.

Dei risada e me despedi. Enquanto atravessava a obra, notei o progresso. Ao avistar Holden, agitei os braços para que me acompanhasse lá fora, onde havia menos barulheira.

Meu irmão Holden era o encarregado da construção, enquanto eu cuidava do comercial. Enquanto ele trabalhava no canteiro de obras, supervisionando a equipe e os serviços prestados por empresas terceirizadas, eu ficava no escritório gerenciando as finanças. De vez em quando, havia tarefas para fazer em conjunto, como na hora de fazer uma cotação substancial ou nas reuniões com potenciais clientes. Holden não era um cara muito agradável. Dos quatro irmãos Rhodes, ele levava o título de mais ranzinza. Wyatt e Finn costumavam ser quase tão simpáticos quanto eu. Quase. Eu tinha mais carisma. Sempre fui assim. Gostava de estar com gente, de conversar, de resolver problemas e de deixar todo mundo contente. Wyatt era dono de uma surf shop e vinha treinando para virar surfista profissional, e Finn era bombeiro, por isso passava muitos verões em outros lugares da província, combatendo incêndios florestais.

Holden e eu ganhamos fama na cidade com a Construtora Rhodes. Muita gente torceu o nariz quando voltei da universidade, com um MBA e um diploma em ciências ambientais, e convenci Holden a abrir uma empresa comigo. Dois irmãos, aos vinte e três e vinte e dois anos, fundando uma construtora sem nenhum cliente em vista? Boa sorte. Mas Holden já trabalhava no ramo fazia quatro anos e aprendeu que nossos eventuais concorrentes eram desorganizados e desleixados. Eu sabia como as mudanças climáticas afetariam o planeta, sendo necessário economizar energia e dinheiro. A Construtora Rhodes nasceu a partir desses princípios, e nós não paramos mais. Os primeiros anos não foram fáceis, mas até os mais céticos acabaram convencidos.

Ele tinha mandado uma mensagem naquela manhã com apenas duas palavras: *Me liga*. Eu não fiquei preocupado, porque meu irmão era um homem curto e grosso, fora que a obra ficava no caminho para o escritório, então poderia passar lá sem problema. Nosso negócio agora envolvia mais gente, mas eu não queria ser só um engravatado que ficava na sede enquanto todo mundo pegava no pesado. Liderança não era isso. Mas, sim, mostrar a cara, conhecer os funcionários e os pormenores do ramo.

"Tá tudo bem?", perguntei ao tirar os tampões das orelhas.

Ele encolheu os ombros. "A SparkPro não apareceu hoje de manhã, e ninguém atende o telefone." A SparkPro era uma empresa terceirizada contratada quando nossos eletricistas ficavam ocupados com outros projetos.

Eu franzi a testa. "Cal confirmou que a equipe estaria aqui." Procurei o e-mail no celular. "Terça de manhã, às sete em ponto. Seis eletricistas."

Holden ergueu as mãos e encolheu os ombros, como quem diz *Eu não sei o que tá acontecendo*. "Preciso que a fiação seja instalada hoje, ou o pessoal vai ter que fazer hora extra para não perdermos o prazo."

"Eu ligo pra eles." Isso já havia acontecido antes. Suspeitava quais eram os motivos, mas não ia dizer nada antes de conversar com Cal.

"Se eles não aparecerem, vou precisar chamar outra empresa."

"Não chama, não. Vou resolver agora."

Procurei o contato de Cal.

"SparkPro", ele atendeu, com sua voz de homem mais velho e fumante, como se a garganta estivesse cheia de cascalho.

"Cal, é o Emmett."

Ele grunhiu do outro lado da linha. Cal não jogava conversa fora, então fui direto ao assunto.

"A gente estava esperando os seus eletricistas para as sete da manhã", falei num tom preocupado. "Aconteceu alguma coisa? Ou vai ver eu não recebi algum dos seus e-mails."

Ao longo dos anos, eu vinha trabalhando com centenas de clientes, funcionários e prestadores de serviços com todos os tipos de personalidade, e aprendi uma coisa: devemos presumir que alguém é inocente até que se prove o contrário. Desconfiava que outro cliente tinha oferecido mais dinheiro a Cal pelos eletricistas naquele dia e que ele convenientemente esqueceu de me contar. Mas aquela era uma mão-de-obra escassa numa cidadezinha como a nossa, precisávamos do pessoal de Cal para pôr nosso trabalho de volta nos eixos.

"Eles acabaram se enrolando."

"Humm." Eu saí do caminho enquanto a equipe começava a entrar com as vigas no centro comunitário. "Bom, a questão é a seguinte, Cal, nós precisamos instalar a fiação hoje ou o resto vai atrasar. Demos nossa palavra que íamos passar o serviço a você, e quero cumprir isso. Seu pessoal faz um trabalho de primeira. Não conheço outras empresas nem gosto de trabalhar com gente desconhecida."

Deixei que ele absorvesse o discurso. Quando estava prestes a perguntar o que mais eu podia fazer, Cal grunhiu em concordância.

"O pessoal chega aí em uma hora", ele prometeu.

"Você é gente boa, Cal." Nós nos despedimos e desligamos.

Encontrei Holden debruçado sobre as plantas dos arquitetos. "A SparkPro chega em uma hora. Me liga se não estiverem aqui até meio-dia."

Ele assentiu. "Obrigado."

"Sem problemas." Dei um tapa no seu ombro, com o peito inflado de orgulho. Eu adorava resolver esse tipo de pepino. Adorava evitar o atrito e deixar todos contentes.

Holden se virou para mim. "Esqueci de perguntar, deu tudo certo com o Will de manhã?"

Meu bom humor se desfez como uma bolha de sabão. "Deu."

Will era meu melhor amigo. Crescemos como vizinhos em Queen's Cove.

Naquela manhã, Will, sua mulher e Kara, sua filhinha de quatro anos, se mudaram para Victoria, uma cidade a três horas de viagem. Eu sentia um aperto no peito ao pensar nisso. Não era certo.

"Ele e a Nat vão precisar de ajuda com a casa?"

Fiz que não. "Já cuidei de tudo. Os inquilinos entram amanhã."

Ele assentiu, pensativo. "Que merda."

"Pois é. Até mais."

Fui andando para o escritório, em vez de pegar o carro, porque ficava só a alguns quarteirões da obra e eu gostava de circular a pé. Deixei de lado os pensamentos sobre Will e sua família enquanto me aproximava da rua principal, encontrando diversos conhecidos. Cumprimentei a dona da livraria, bati papo com uma professora da época de colégio e parei para falar oi para Keiko, a proprietária de um restaurante local.

"O apagão de ontem à noite causou algum prejuízo? Eu sempre fico com medo de que acabe estragando alguma máquina na cozinha quando a energia volta com muita força. Eu posso mandar meu pessoal checar se está tudo em ordem."

Keiko fez um gesto vago. "Ah, sim, tudo tranquilo. A Avery dá conta."

Pois é. Avery Adams. Dei um sorrisinho ao pensar no quanto ela ficou irritada quando ofereci ajuda.

Avery Adams era uma figura curiosa. Trinta e poucos anos, cabelos castanhos arruivados até a altura dos ombros, num corte bonito todo repicado, e olhos azuis bem vivos, da cor da caneta que eu usava. Um belo corpo. Sorriso maravilhoso, apesar de nunca dirigi-lo a mim, só a outros clientes e aos funcionários. Era gata — gatíssima — e não me suportava, o que só me deixava com mais vontade de conversar com ela.

Só que o problema era que as mulheres não costumavam me considerar irritante. Mas sim divertido, charmoso, prestativo, interessante, bonitão...

Irritante, nunca.

Eu não sabia nem qual era meu objetivo com essas provocações. Não estava atrás de um relacionamento nem nada. Não era como Will. Ele sempre foi do tipo que queria uma família, mesmo na infância. Eu? Nem pensar. Tinha meu negócio, meus amigos, meus irmãos e meus pais. Relacionamentos traziam complicações.

Porém, se Avery topasse um lance casual, eu aceitaria na hora.

"Emmett?", perguntou Keiko, e percebi que eu tinha dado uma viajada. "E Kara, como está?"

"Quem?"

"Kara. Como ela está lidando com a mudança?"

Senti um novo aperto no peito, imaginando Kara crescendo em Victoria, longe dos avós e das pessoas que ajudavam Will e Nat a criá-la. Queen's Cove era uma comunidade que, de braços abertos, estava disposta a contribuir para o crescimento de Kara, assim como fazia com as demais crianças.

"Ela parecia bem", eu disse a Keiko, repassando como Will tinha ido embora com o carro hoje cedo, com Nat no passageiro e Kara acenando para mim do banco de trás. "A falta de energia ontem à noite só reforçou a decisão."

Eu me lembrei do dia em que Will contou sobre a doença de Kara, a falência renal que a pôs na hemodiálise até a equipe médica encontrar um doador. Foi uma noite horrível. Sentei com Will na mesa da cozinha de sua casa enquanto ele se consolava numa garrafa, algo nada do seu feitio. Não era justo, mas não havia nada a ser feito.

Achei que eles lidaram bem com a hemodiálise. Longe do ideal, os dois estavam suportando a situação. Mas então Nat deu a entender que os apagões eram um estresse a mais na vida já de pernas para o ar. Will tinha comprado a casa dos pais, com uma fiação bem antiga. E o gerador acabou danificado por um pico de energia. Não havia como solucionar o problema e, no fim, eles acabaram desistindo.

Senti todo o peso da frustração no meu peito. Era horrível não poder fazer nada a respeito.

Passei anos construindo um negócio bem-sucedido com o meu irmão. Começamos tudo do zero, e àquela altura eu já estava bem de vida. Tinha trinta e tantos anos, um carro legal e uma casa linda, do meu gosto. Apesar de ter mais dinheiro do que precisava, não havia nada que pudesse comprar para ajudá-los.

Keiko percebeu minha mudança de humor e deu um tapinha no meu braço. "Vai ficar tudo bem."

Assenti com a cabeça, mas não estava tão certo disso. "Obrigado. Eu preciso ir. Até mais, Keiko."

Segui na direção da sede da construtora, naquela mesma rua, pensando o tempo todo nos apagões. O problema afetava a cidade inteira, não só Will e Kara. O comércio precisava fechar quando isso acontecia, ou então arranjar outra solução. Todos os moradores precisavam ter lanternas sempre à mão, caso uma árvore caísse. Era assim desde que eu era capaz de me lembrar.

Quando cheguei à prefeitura, franzi a testa. Os apagões nunca viravam pauta das reuniões abertas aos cidadãos. Ninguém parecia tão incomodado com as quedas de energia quanto eu. O povo simplesmente aceitava o transtorno como parte imutável da vida em Queen's Cove.

Mas havia uma pessoa que poderia mudar isso, sim.

"Isaac está ocupado?", perguntei para a recepcionista, uma jovem com os olhos grudados na tela do celular enquanto mascava chiclete.

Ela deu de ombros. "Provavelmente, não. Pode entrar."

"Obrigado." Demonstrei gratidão antes de entrar no gabinete.

Isaac Anderson, prefeito de Queen's Cove fazia uma década, estava sentado atrás da escrivaninha, lendo o jornal. Ele ergueu os olhos, surpreso.

Era um homem de quarenta e poucos anos, sempre simpático, mas havia alguma coisa que me incomodava. Sua mulher nunca abria a boca, só sorria ao seu lado. Sua aparência estava sempre impecável — sem um único cabelo desalinhado. Os filhos eram tão bem-comportados que pareciam até robôs. E, ao longo de toda uma década, nada na cidade pareceu mudar.

"Emmett." Ele piscou algumas vezes. "Nós temos um horário marcado?"

"Não, eu só parei para conversar um pouco."

Isaac ficou confuso, pôs o jornal de lado e examinou a agenda. "Tudo bem, mas tenho uma reunião daqui a pouco..."

"Eu não vou demorar muito." Sentei na cadeira diante dele. "Vamos falar sobre essas quedas de energia."

Ele levantou a sobrancelha. "Certo. Falar o que, exatamente?"

"O que a prefeitura está fazendo para resolver o problema?"

Ele sacudiu a cabeça. "Emmett, como você sabe, nossa rede elétrica é dos anos sessenta. Não foi projetada para tanta gente como agora."

Fiz um gesto para ele continuar. "E?"

"Significa que demos azar nessa." Ele encolheu os ombros. "O que nós podemos fazer?"

Fiz cara feia também. "As cidades sempre crescem. Não sou engenheiro elétrico, mas por que não podemos modernizar a rede?"

Ele me lançou um olhar condescendente. "Custaria muito dinheiro. Não dá para resolver mesmo."

Fui ficando mais irritado. Sua primeira frase simplesmente negava a segunda. Ele se recostava na cadeira, como quem tinha encerrado o assunto.

"Tem gente indo embora da cidade", falei. "A prefeitura gastou um dinheirão num novo centro turístico dois anos atrás, mas não pode investir em nada que sirva pra quem mora aqui?"

"O que mais eu posso dizer, Emmett? Estou de mãos atadas. Considere isso como parte do charme local."

Era como se ele não quisesse resolver o problema. Senti uma pontada. O papel do prefeito era cuidar da cidade e trabalhar pela população. Issac não parecia preocupado nem com uma coisa, nem com outra. Engoli em seco e levantei.

"Obrigado pelo seu tempo." Minha voz soou curta e grossa.

Passei o resto da manhã na minha sala, com a porta fechada, cuidando de burocracias, respondendo e-mails e atendendo a ligações de clientes. Mergulhei no trabalho para afastar os meus pensamentos de Will e de Isaac e dos apagões.

"Ei, Div", chamei pela porta aberta naquela tarde.

Ele apareceu diante da minha sala com o celular na mão, pronto para entrar em ação. "Sim?"

Div, que se chama Divyanshu, tinha vinte e tantos anos e usava terno todos os dias. Eu já tinha deixado claro que não havia necessidade de roupas formais no trabalho, mas o cara fazia questão. Div era um bom assistente — pontual, com uma memória infalível, atento às últimas tecnologias, ele decorava a minha programação sem precisar consultar a agenda. Por mim, ele podia vestir o que quisesse.

"Holden já mandou as faturas?", perguntei.

Div apontou para um canto da pequena mesa. "Estão bem ali."

"Ah. Obrigado." Comecei a folhear a papelada até encontrar a certa. "Vou pedir o almoço."

"Eu não quero nada, obrigado. Ei, você pode mandar para o Cal, da SparkPro, uma garrafa do uísque de que ele gosta?" Ainda havia seis meses pela frente na construção do centro comunitário. Continuar de bem com Cal seria uma forma de prevenir desencontros como o daquela manhã.

Abaixo da pilha das faturas de Holden havia uma revista de negócios para a qual, alguns meses antes, eu tinha concedido uma entrevista. Senti uma vergonha ao ver a minha imagem na capa, recostado no gradil de uma das casas construídas de acordo com os caprichos do cliente. Holden nunca quis se envolver com esse tipo de coisa, então eu tomei a iniciativa. Não porque gostasse, mas porque ajudava a consolidar a reputação da construtora. Havia uma equipe para manter empregada, trabalhadores com bocas para sustentar.

"Sua mãe quer dez cópias", Div me contou. Ele não ousou rir da minha cara, mas seus olhos brilharam.

Revirei os olhos, soltei uma risadinha pelo nariz e joguei a edição na lixeira de reciclagem quando Div foi atender ao telefone.

Uma notificação do e-mail avisou sobre a chegada da newsletter de um jornalista. Ele já estava aposentado, mas mantinha um blog sobre os acontecimentos da cidade.

Um dos textos mencionava Will e sua família. Fiquei vidrado na foto de Kara, segurando um bicho de pelúcia que eu tinha dado de presente. Um panda. Abri um sorriso. Ela estava uma gracinha com um dentinho faltando na frente. Fiquei apreensivo ao pensar que, no futuro próximo, assim seria a minha relação com Will e sua família — fotos, mensagens, e-mails e FaceTime.

Não era certo que Kara fosse criada numa cidade a três horas de viagem. Sem os quatro avós e todas as amigas de escola, eu ficava de coração partido porque ela não teria a infância segura e sem preocupações igual a mim e seu pai.

Com pesar, pensei em Nat. O mundo dela girava em torno de Kara, do esforço tremendo para que a menina tivesse uma vida boa. Apesar de nunca ter tocado no assunto comigo, eu sabia que a mudança era dolorida para ela também. Nat não queria ir embora, mas era a melhor opção para sua família.

Eu precisava dar um jeito nisso.

Navegando pela newsletter, algo mais chamou minha intenção.

Eleição para prefeitura marcada para 2 de julho.

Tentei lembrar quando havia sido a eleição anterior, mas não fazia ideia.

"Ei, Div", gritei à porta.

"Quê?", ele respondeu, aparecendo instantes depois.

"Quando foi a última eleição da prefeitura?"

"Faz uns quatro anos." Ele encolheu os ombros. "A cidade tem uma taxa de abstenção bem alta."

"Por quê?"

"Isaac nem precisa de campanha, porque não tem adversário."

Uma ideia me passou pela cabeça. Entrava um bom dinheiro em Queen's Cove na alta temporada — era um destino muito procurado, com acomodações e restaurantes reconhecidos internacionalmente e uma paisagem natural cinematográfica, a mais linda do mundo. O comércio e os serviços mal davam conta de atender a demanda no verão. Anualmente, os moradores e as empresas pagavam milhões em impostos, e mesmo assim a administração municipal não tomou providências em relação às quedas de energia.

Se Isaac Anderson continuasse sendo o prefeito, nada mudaria. A rede elétrica antiquada continuaria a sofrer apagões, e Will e sua família jamais voltariam.

Havia algo bem claro na minha mente. Eu sorri.

Div ficou preocupado. "Que foi? O que você está tramando agora?"

"Tive uma grande ideia."

Ele respirou fundo. "Emmett, seja o que for, é melhor você pensar melhor. Às vezes você é meio impulsivo e..."

"Vou me candidatar a prefeito."

Ele abaixou a cabeça. "O que foi que eu disse?"

Minha cabeça girava a mil. "Isso mesmo. É a coisa certa. Vou concorrer na eleição. Liga para as gráficas, chama o designer e vamos produzir uns brindes de campanha. Ah, e acho que a gente precisa avisar a prefeitura."

Div ficou me olhando por um bom tempo, então soltou um suspiro. "Pode deixar."

"Obrigado, Div", gritei enquanto ele voltava à mesa.

De repente, o dia não parecia tão ruim assim. Certo, Will havia se mudado, foi um péssimo começo, mas eu tracei um plano. E ia dar um jeito nisso.

3

AVERY

"Eles negaram?", Hannah perguntou mais tarde, arregalando os olhos azuis por trás dos óculos enquanto conversávamos nos fundos da Pemberly Books, a livraria dela e de seu pai.

Costumávamos passar bastante tempo lá, atrás das prateleiras e pilhas enormes de livros. A mãe de Hannah tinha aberto a Pemberly junto com o marido nos anos noventa. Depois que ela morreu, quando a filha era adolescente, seu pai assumiu a loja, mas Hannah só passou a trabalhar lá em período integral ao fim da faculdade.

Meu apartamento barato tinha cheiro de cachorro-quente, e Hannah morava com o pai numa casinha a poucos quarteirões dali, então quando os clientes iam embora e a porta era fechada, a livraria virava um lugar perfeito para conversar. Às vezes, nas sextas à noite, ela punha Spice Girls para tocar e nós bebíamos vinho. Essa lojinha empoeirada era o meu lugar favorito na cidade.

Eu me afundei um pouco no pufe, respirando o cheiro familiar de papel. Hannah estava sentada à minha frente. "Pois é. Um carimbo vermelho bem no meio da testa." Senti uma frustração crescer nas minhas entranhas. "Analisando as economias, não me aprovaram na análise de crédito."

Hannah mordeu o lábio. "O que você vai fazer agora?"

Um homem idoso espichou a cabeça por cima de uma pilha de livros. "Vocês têm algum livro sobre madeira?", ele perguntou para Hannah, franzindo a testa.

Ela fez uma pausa, pensativa. "Nós temos um livro sobre carvalhos."

"Não sobre árvores. Sobre madeira."

Eu segurei o riso diante da confusão da minha amiga.

"Não me diga que é a mesma coisa, como no outro lugar que eu fui", o homem avisou, e escondi um sorriso atrás da mão. Hannah estava perplexa, então ele simplesmente desapareceu.

"Não tenho ideia do que vou fazer", contei. "Você por acaso tem uns duzentos mil sobrando?"

Nós olhamos ao redor da velha livraria. Havia poeira em cada superfície. Era um lugar escuro. Uma única luz entrava por entre prateleiras do chão ao teto, alinhadas diante das janelas. O carpete sob os nossos pés estava gasto. Como se a loja tivesse nos escutado, uma das prateleiras atrás da cabeça de Hannah quebrou, e os livros foram para o chão.

"Ai, nossa, tudo bem?", perguntei.

Ela esfregou a nuca. "Ai. Sim. E não, nós não temos uns duzentos mil sobrando, ou a livraria não ia ter esse cheiro."

Eu sorri. "Só sinto cheiro de livro velho."

Ela me lançou um olhar rápido. "E isso é bom."

Nós demos risada.

A cabeça do homem surgiu de novo. "Algum livro sobre cupins?"

Hannah balançou a cabeça. "No momento, não temos nenhum livro sobre cupins, mas eu posso fazer uma encomenda se você estiver atrás de algum título específico."

O homem fez um gesto de *deixa para lá*, resmungou e saiu andando.

Hannah era minha melhor amiga, e eu passava muitas horas com ela nos fundos da Pemberly Books. Eu a conheci pouco depois de mudar para a cidade. Ela era cinco anos mais nova que eu, bastante tímida com a maioria das pessoas, mas eu fui superando as barreiras porque passava na livraria toda semana em busca de vários livros difíceis de encontrar sobre joias antigas. Não sou rica e vinha economizando ao máximo para adquirir o restaurante, mas me concedia um pequeno luxo — joias antigas, principalmente do início do século xx.

Soltei o ar com força pelo nariz, e a pontada de frustração me atingiu de novo. Eu não conseguia acreditar no quanto tinha sido ingênua no banco naquela manhã. Achei que, por ter trabalhado e economizado, não ter nenhuma dívida e sempre ter pagado em dia o cartão de crédito, poderia simplesmente estender a mão e pedir dinheiro que o banco me emprestaria.

Não foi o caso.

"Eu preciso arranjar mais dinheiro", contei a Hannah, "ou então outra forma de obter um crédito aprovado. Ou arrumar um avalista."

Ela inclinou a cabeça.

O especialista em crédito bancário disse que eu teria sucesso se alguém assinasse o contrato comigo como avalista. Os dois nomes estariam envolvidos na operação e, se eu não pagasse, a outra pessoa precisaria arcar com as despesas. O ideal seria gente de alta renda, com crédito impecável e grana de sobra.

"E os seus pais?", Hannah perguntou, e eu soltei um risinho de deboche.

"Com aquele histórico de crédito, acho que o meu pai não conseguiria pegar emprestado nem um livro na biblioteca, e eu não quero pôr a minha mãe nessa posição." Depois que o restaurante faliu, minha mãe descobriu o quanto meu pai tinha contraído de dívidas para manter a coisa andando. Eles ficaram no vermelho. Muitíssimo no vermelho. Aí meu pai foi embora, mas a dívida não era só dele, por causa do casamento. Era dela também. Ainda lembro da sua cara quando as cartas começaram a chegar, com carimbos de EM ATRASO e ÚLTIMO AVISO em letras vermelhas garrafais.

Senti até um calafrio. Eu jamais pediria para a minha mãe avalizar o meu empréstimo, mesmo sabendo que eu faria o possível e o impossível para que ela não precisasse desembolsar um centavo. Eu simplesmente não podia fazer isso.

Diante da expressão de preocupação de Hannah, eu corrigi minha postura e abri um sorriso confiante. "Eu vou dar um jeito."

Ela assentiu. "Se eu puder ajudar em alguma coisa..."

"Não", eu interrompi. "Pode deixar comigo."

A sineta da porta tocou com a entrada de um cliente. Hannah se levantou. "Já volto."

Eu também fiquei de pé. "Preciso ir pro restaurante. Obrigada por me ouvir."

"Claro, quando quiser", ela falou, abrindo um sorriso e desaparecendo dentro da livraria para atender os clientes.

Na caminhada até o restaurante, percorri mentalmente as minhas alternativas, sem encontrar nenhuma solução. Eu não podia pegar um empréstimo menor e oferecer um valor aquém a Keiko — seria injusto. Keiko investiu anos no negócio, e a venda serviria para compor seu fundo de aposentadoria. Uma proposta mais modesta a colocaria numa posição delicada, porque desconfio que Keiko aceitaria, por querer que o restaurante ficasse comigo, mas eu não conseguiria deitar a cabeça no travesseiro à noite com a consciência limpa sabendo que levei vantagem.

Assim que virei a esquina do Arbutus, me esqueci de Keiko, da compra e do empréstimo. Eu tinha um novo problema em mãos.

Havia ali um pequeno gramado com algumas plantas de jardim. O árbuto que dava o nome ao lugar tinha crescido bem diante da entrada. Um caminho calçado dava acesso à porta, e à noite as lanternas acesas guiavam os clientes. Bancos entre as flores e as plantas eram usados para acomodar o pessoal que esperava pelas mesas. Eu adorava esse design exterior — bonito, convidativo e sereno.

Mas não senti nem um pouco dessa serenidade enquanto dois homens martelavam estacas de madeira na grama, instalando uma enorme placa azul com a cara de Emmett Rhodes.

A raiva me subiu à cabeça na mesma hora.

Vote Emmett Rhodes. Tinha três metros de altura e bloqueava as janelas, então só o que os pedestres conseguiam ver era aquela monstruosidade. E, em vez da rua charmosa e dos transeuntes, a vista seria apenas a parte de trás da placa.

Soltei uma risada de irritação. Ele tinha virado candidato a prefeito. Claro, por que não? O cara achava que o sol nascia só para iluminar a própria bunda, então *obviamente* entraria para a política.

Mas eu não colaboraria com ele nem ia deixar que espantasse a clientela com uma foto da sua cara do tamanho de um elefante.

Quando me aproximei, homens davam os toques finais na estrutura.

"Bom dia. Vamos conversar um pouco sobre isso aqui." Apontei para o sorriso idiota de Emmett. Os dentes do cara eram ofuscantes.

Os homens ficaram hesitantes. Um deles desceu da escada. "Emmett Rhodes contratou a gente para a montagem."

Eu assenti com a cabeça. "Entendo que só estão fazendo seu trabalho, mas aqui não é um local público e vocês não têm uma permissão. Podem retirar, por favor."

Emmett apareceu, observando a placa. "Ótimo trabalho, pessoal."

Eles começaram a guardar as coisas, e eu me virei para Emmett, cruzando os braços diante do peito. "Tira isso agora."

Ele continuou me ignorando. "Pensei que seria maior."

Respirei fundo e massageei as têmporas. Esse sujeito era inacreditável. "Essa coisa não pode ficar aqui. Quem falou que você poderia montar essa coisa?"

Ele abriu o mesmo sorriso cativante da placa. "Keiko."

Eu respirei fundo. "Keiko falou que era tudo bem botar um *outdoor* na frente do restaurante?"

Ele assentiu, sorrindo e me olhando com uma expressão que era ao mesmo tempo de curiosidade e divertimento. "Claro que sim. Olha só, Adams, quando eu for prefeito, vou modernizar a rede elétrica. Isso significa o fim dos apagões, e os comerciantes e empresários gostaram da ideia tanto quanto a população." Ele apontou para a placa. "Keiko me deixou pôr isso aqui de bom grado.

Eu sacudi a cabeça. *Keiko, você é boa demais pra cair na lábia desse cara.* "Inacreditável", bufei. "O seu ego não tem limites, né?"

Ele abriu um sorriso presunçoso. "Só tô tentando fazer a coisa certa, Adams."

Ah, claro. A coisa certa. Eu sabia muito bem qual era o lance dos caras como Emmett Rhodes. Espertinhos, bons de papo, amigos de todo mundo até as pessoas precisarem deles ou serem obrigados responder pelos próprios atos.

Keiko deu a permissão, e o restaurante não era meu. Meu estômago se retorceu quando lembrei do empréstimo negado no banco de manhã. Eu tinha problemas maiores para resolver do que aquela placa.

"Tira esse negócio no fim do dia da votação", falei, pegando o caminho para entrar no restaurante. "Ou vou desenhar chifres, pra que vejam quem você é de verdade."

O som da risada grave de Emmett me seguiu, e cerrei os dentes.

"Espero contar com o seu voto, Adams", ele gritou atrás de mim.

"Mais fácil o capeta virar santo", respondi antes de desaparecer dentro do restaurante.

"Avery." A voz de Max me fez deter o passo. No salão cheio, com a maioria das mesas ocupadas, ele tinha uma expressão agitada e os olhos arregalados. "Bea ligou, ela tá resfriada. Eu disse que a gente podia cobrir. Tudo bem, né?"

Fiz que sim, vislumbrando o outdoor. Que coisa horrorosa. "Eu atendo às mesas dela", falei para Max, que ficou visivelmente aliviado.

Às vezes eu sentia falta de fazer parte do serviço. Das partes boas, pelo menos, como me manter ocupada, interagir com os locais ali para curtir um dia de folga e os turistas e ver as engrenagens do restaurante funcionando.

"Mesa três, pedido saindo", avisou o cozinheiro, e usei um pano para pôr os pratos quentes na bandeja e levá-los para o salão.

"Olá", eu disse para Elizabeth, uma das minhas pessoas favoritas em Queen's Cove. Ela estava sentada sozinha perto da janela, apoiando o queixo na mão, olhando para o mar com um leve sorriso.

Elizabeth Rhodes tinha sessenta e poucos anos, e era uma das pessoas mais gentis e perspicazes que eu conhecia. Tinha criado quatro filhos, entre eles Emmett, então não era do tipo que se intimidava facilmente. Por conta da sua aura tranquilizante, assim que me aproximei, senti que precisava ser apenas eu mesma. Ela fazia todo mundo ao redor se sentir especial. Simplesmente uma coisa inexplicável.

Não me pergunte como alguém como Emmett podia ser filho de alguém como Elizabeth. Eu não fazia a menor ideia.

Ela sorriu. "Avery, que ótima surpresa."

"Eu tenho aqui um hambúrguer de salmão com uma salada de acompanhamento e uma salada de grão-de-bico."

Ela levantou a mão. "A de grão-de-bico é minha, por favor."

"O hambúrguer de salmão é meu." Emmett surgiu ao meu lado, se acomodando na cadeira. Ele abriu um sorrisão, e fiquei sem nenhuma expressão antes de me voltar para Elizabeth com simpatia.

"Posso ajudar em mais alguma coisa?", perguntei para ela, ignorando seu filho.

"Não, obrigada."

"Eu vou querer outro café", acrescentou Emmett.

"Acabou", respondi sem nem olhar para ele.

"Ah, você ficou sabendo?", Elizabeth perguntou. "Nosso Emmett vai concorrer à prefeitura."

Soltei um risinho de deboche.

Elizabeth ficou de pé. "Com licença um minutinho. Vou lavar as mãos antes de comer."

Quando ela se afastou, olhei ao redor freneticamente, fingindo estar confusa. "Ei, por que ficou tão escuro aqui?" Mantive um tom de voz bem baixo, para apenas Emmett ouvir. "Não sabia que ia ter eclipse hoje... ah, é só a sua propaganda tapando o sol."

Ele deu um sorriso de divertimento.

"Isaac Anderson é prefeito faz uma década", comentei.

"Eu sei disso", ele respondeu, e percebi um brilho de indignação nos seus olhos. "É tempo demais, você não acha?"

"Como assim?"

"O problema é que estou cansado de ter sempre os mesmos problemas na cidade, e chegou a hora de injetar sangue novo na prefeitura." Ele apoiou os cotovelos na mesa, olhando bem para mim. "Você não tá de saco cheio de ter que jogar fora o freezer inteiro sempre que a cozinha fica sem energia?"

Eu parei para pensar. Ele tinha razão. Nós ajustamos o processo de encomendas para sobrar o mínimo possível de ingredientes na cozinha, mas não era o processo mais eficiente. Em termos de tempo e dinheiro, seria vantajoso poder comprar mais no atacado e estocar certos produtos por mais tempo.

Pensei em Isaac e sua família perfeita comendo no restaurante na outra noite. "Então você vai destronar o Isaac."

"Isso mesmo", confirmou Emmett. "Vou."

"Então você deveria contratar alguém para interpretar o papel da sua esposinha dedicada", avisei. "E talvez atores mirins para virarem seus filhos ciborgues perfeitos. Só assim você vai conseguir ganhar." Olhei para ele de cima a baixo. "Ninguém vai querer entregar a chave dos cofres da cidade pra um cara solteiro."

Ele franziu a testa e abriu a boca, mas permaneceu calado quando Elizabeth voltou ao lugar.

"Avery, ouvi dizer que Keiko vai vender o restaurante", ela comentou, com uma expressão solidária. "Pena que seu empréstimo não deu certo."

Eu arregalei os olhos. Como ela sabia? Alguém deve ter ouvido minha conversa com Hannah na livraria de manhã. Ou talvez tenham me visto saindo do banco puta da vida.

Assenti com a cabeça, abrindo um sorriso amarelo enquanto sentia as minhas entranhas se revirarem. Que maldição de cidade minúscula. Eu adorava morar aqui, mas as notícias corriam depressa demais. Fiquei com um nó no estômago ao me lembrar do empréstimo. "Foi inesperado."

Ela pôs a mão no meu braço. "Eu sei o quanto o Arbutus é importante para você."

Abri outro sorriso amarelo. O fato de outras pessoas saberem que não consegui um empréstimo me incomodava demais. A vergonha fervilhava nas minhas vísceras. "Eu vou dar um jeito."

O celular de Emmett vibrou. "Oi, Div", ele atendeu, saindo da mesa.

Que desrespeito. Homens educados não atenderiam ligações no meio de um almoço com a própria mãe. Principalmente no caso de mães como Elizabeth.

Pelas janelas que não estavam bloqueadas pelo maior outdoor de campanha do mundo, vi um grupo de pessoas.

"O que tá acontecendo ali?", perguntei.

Elizabeth olhou para fora. "Um dos alunos da sra. Yang vai cuidar da tartaruga da escola esta semana. Não conte para o Emmett, ele odeia tartarugas. Avery, querida, você viu a revista em que o Emmett saiu?" Ela levantou o exemplar, e vi sua foto na capa.

Nossa, ele era bonito mesmo. Pena que o que havia por dentro não fazia jus.

Espera. "Como assim, ele odeia tartarugas?"

Ela balançou a cabeça. "Ele não suporta. Quando era criança, atropelou uma de bicicleta e esmagou a coitadinha, um horror."

Fiquei sem saber ao certo se o *horror* era o sofrimento da tartaruga ou o trauma de Emmett, mas já tinha gastado tempo de mais pensando nele, então apenas fui simpática. "Certo, bom apetite."

Quando o movimento da hora do almoço diminuiu, fui para o escritório, fechei a porta e desabei na cadeira com um suspiro. O banco se preocupava com a possibilidade de eu não conseguir honrar a dívida caso o restaurante fechasse. Eu precisava encontrar outra fonte de renda ou conseguir um empréstimo em outro lugar.

Fui invadida por uma onda de desespero e impotência, e respirei fundo pelo nariz. Aí fechei os olhos. Eu *não* ficaria sentindo pena de mim mesma nem pensando em desistir. Simplesmente arrumaria uma forma de conseguir a grana.

4

EMMETT

"Oi, Div", atendi o celular colado na orelha, me afastando da mesa.

"Chegou o resultado da pesquisa."

Eu fui para fora, onde havia silêncio. "E?"

"Isaac está na frente com vinte pontos de vantagem."

Fiquei sem fôlego. "Vinte?" Estreitei os olhos e desci pelo caminho asfaltado até um banco. "Ainda é cedo. Nossa campanha mal começou. As pessoas precisam de tempo pra assimilar a informação. Por qual motivo não votariam em mim? Inexperiência? Porque eu tenho dez anos..."

"... de experiência na administração de uma construtora multimilionária, sim, todo mundo sabe disso. A cidade te viu na capa da revista. Pegou muito bem nas nossas redes sociais, principalmente entre mulheres de vinte a quarenta anos."

Então me dei conta. "Eu sei qual é o problema."

Ele soltou um suspiro de alívio. "Que bom. Ainda bem que você também sabe."

"Eu sou bonito demais pra ser prefeito. Devem duvidar que alguém tão atraente possa ser inteligente e capaz."

Culpa dos meus pais e seus genes bons.

Div ficou impaciente. "Não, Emmett, por mais que soe como uma surpresa, sua aparência na verdade é uma vantagem."

Era quase possível ouvi-lo revirando os olhos, e sorri.

"O problema é que você é solteiro."

Tudo ruiu. Eu franzi a testa e passei os dedos na janela. Vidro simples. Fiz uma cara mais feia. Janelas com uma camada única de vidro não são nada eficientes em termos energéticos. Essas deviam fazer parte da construção original. Deixavam sair boa parte do calor no inverno e mantinham o calor no verão.

Calma lá, solteiro? Eu não estava angariando votos porque era solteiro?

"O que uma coisa tem a ver com a outra?" Balancei a cabeça. "Desde quando os meus relacionamentos interferem na minha competência?"

"Isso pesa em questões como confiabilidade, lealdade e responsabilidade. No fundo, as pessoas acham que caras decentes assumem compromissos de longo prazo ou são casados." Ele limpou a garganta. "E você tem um longo histórico de — como disse Tessa Wozniak — uma noite e tchau."

Eu tive que segurar o riso. "Não é isso o que eu faço."

"É essa a impressão de todo mundo."

Inacreditável. Senti os músculos dos ombros se contraírem. "Não sou irresponsável só porque não tenho um relacionamento estável. Simplesmente não é a minha vontade e a das mulheres com quem costumo sair."

"Eu sei, eu sei", disse Div. "Só tô repassando a informação. O histórico de relacionamentos e a solteirice estão derrubando suas intenções de voto."

Comprimi os lábios e suspirei com força. "Política é uma estupidez."

"Pois é", ele concordou, como uma mãe consolando uma criança. "Uma coisa extremamente estúpida."

A irritação revirou meu estômago. Eu não conseguia acreditar que, apesar de ter passado quase a vida inteira aqui, exceto pelos anos de faculdade, a cidade me julgasse por causa de um detalhe ridículo. Inacreditável. Por que tentar, então?

Lembrei da cara de Will alguns dias atrás, depois de pôr as caixas no carro. Ele parecia decidido, mas triste, enquanto percorríamos a casa em busca de pertences esquecidos.

Isso mesmo. Will. Meu melhor amigo. Eu estava nesta empreitada por Will, Nat e Kara, para a menina ter o tipo de infância que eu e o pai dela tivemos. Ela deveria crescer aqui, junto da família e da comunidade, não num apartamento numa cidade onde ninguém se conhecia.

Respirei fundo e alonguei os ombros. "Então, o que vamos fazer?"

"Precisamos encontrar uma forma de fazer você parecer mais responsável. Que tal trabalhar como voluntário distribuindo alimentos na semana que vem?"

"Ótimo." Fiz uma careta. Isso não bastava.

O que Isaac Anderson tinha que eu não tinha?

Uma esposa. Uma família.

Will. A cidade queria alguém como ele. Soltei um risinho de deboche. Eu não era assim. A ideia de ter uma família era bacana, claro, para certas pessoas — como Will ou Isaac. Mas não para gente como eu.

Eu não acreditava nessa história de que existia a pessoa certa para cada um de nós, e que todo mundo precisava de um par romântico. Gostava de ter um espaço só meu. Gostava de morar sozinho. Gostava de encontrar as minhas coisas onde havia deixado. Gostava da minha casa sempre organizada, sem a sujeira de ninguém. Gostava de ir para casa quando quisesse, sem precisar dar satisfações. Tentei ser um namorado uma vez, e foi um desastre. Simplesmente não era meu estilo.

Então as palavras de Avery Adams ficaram ecoando.

Você devia contratar uma atriz para o papel de esposinha dedicada.

Um sorriso se espalhou lentamente pelo meu rosto. Eu até podia ser bonito, mas sem dúvida também era um gênio.

"Div, quero que você entre em contato com uma agência de talentos em Victoria. Precisamos de uma mulher mais ou menos da minha idade."

Do outro lado da linha, apenas silêncio.

"Div? Tá aí ainda?"

"Tô." Ele soou inexpressivo. "Tenho até medo de perguntar, mas por que nós precisamos de uma mulher de uma agência de talentos?"

"Vamos contratar alguém para interpretar a minha namorada."

Div soltou um grunhido, e eu sorri. "Eu topo", ele falou meio relutante.

"Legal. Obrigado, amigo."

Nós desligamos, e quando voltei ao restaurante algumas pessoas estavam saindo.

"Ficou sabendo que Keiko vai se mudar da ilha?", uma mulher perguntou para a amiga. "Ela vai vender o restaurante para a Avery."

A amiga fez que não. "Avery tentou um empréstimo no banco hoje de manhã e não conseguiu. Ela não tem renda suficiente."

A mulher ficou boquiaberta. "Coitadinha."

Eu vi as duas se afastarem e lembrei que minha mãe tinha falado sobre isso no jantar.

Avery Adams queria comprar o restaurante, mas não tinha crédito. Humm.

Eu não sabia muita coisa sobre Adams, além do fato de que não me suportava, mas não havia como negar que ela era ótima no que fazia. Quando era garçonete, todo mundo queria ser atendido por ela, porque era atenciosa, trazia os pratos sem demora e sem erros, sempre muito querida. Claramente ela adorava o restaurante, se esforçava para manter os clientes felizes e tinha orgulho do lugar onde trabalhava.

Fiquei pensando no que ela falou: Isaac Anderson tinha uma esposa e uma família perfeitas, e eu deveria contratar alguém para o papel de minha esposa.

Senti um arrepio que sempre surgia ao ter uma boa ideia no trabalho. Quando havia uma chance de marcar um gol. A Construtora Rhodes não seria desse jeito se eu ignorasse meus instintos, que nunca deixavam passar uma oportunidade valiosa.

Avery Adams precisava comprar o restaurante, mas não tinha dinheiro. Eu precisava ganhar a eleição, mas não tinha uma esposa que ajudaria a constituir a imagem de homem respeitável e responsável.

Ela seria perfeita. Bonita, trabalhadora, independente e popular na cidade. Exatamente o tipo de mulher que as pessoas acreditariam que eu namoraria.

Abri um sorrisão.

No dia seguinte, voltei ao restaurante. "Cadê a Avery?", perguntei para Max.

"Ela já volta." Ele olhou as horas no celular. "Daqui a uma hora mais ou menos."

Eu não podia esperar tanto, precisava falar com ela naquele exato minuto. "Você sabe onde foi?"

"No cinema ver um filme, por ordens da equipe."

Levantei as sobrancelhas. "Ordens da equipe?"

Max assentiu. "Às vezes ela precisa de um empurrãozinho pra dar um tempo do trabalho."

Então Adams era workaholic, nenhuma surpresa. Eu agradeci e fui rumo ao cinema.

"Um, por favor", pedi à adolescente da bilheteria.

Ela parecia entediada. "O filme já tá na metade."

"Tudo bem. Só vou dar uma passadinha."

Ela revirou os olhos, pegou o dinheiro e entregou o ingresso.

No escuro da sala, um filme dos anos sessenta era projetado na tela. Não havia muita gente, então não demorei para localizá-la.

"Oi." Sentei ao seu lado, e ela se encolheu com um enorme saco de pipoca.

Ela lançou um olhar que dizia *argh, é você*. Eu abri um sorriso. Sempre adorei um desafio.

"Que filme é esse?", murmurei, tentando pegar um punhado de pipoca.

Ela me deu um tapa na mão. "O que você tá fazendo aqui?", ela cochichou. "Quer me convencer a votar em Emmett Rhodes? Que desespero", ela debochou, cantarolando a última palavra.

"Você não gosta mesmo de mim, né?"

Ela me deu uma breve encarada e voltou à tela. "Não."

"O que você vai fazer hoje à noite?"

Ela me olhou com desdém. "Tá brincando, né? Ai, nossa, chega a ser triste. Um golpe baixo demais até para você."

"O quê?" Franzi a testa.

"Sair em dates em troca de votos? Você acha mesmo que vai dar certo?"

Precisei segurar o riso. "Não é *isso* o que pretendo."

"Ah, não?" Ela engrossou a voz e projetou o queixo para a frente. "Eu estava te procurando, Avery. O que você vai fazer hoje à noite, Avery? Agora eu vou evidenciar meus músculos."

Dei um sorriso enorme, de braços cruzados, flexionando os bíceps. "Obrigado por reconhecer o meu esforço na academia. A minha voz é assim?"

Alguém pediu silêncio.

"Eu tô ocupada. Vai embora, por favor."

"Eu sei como você vai poder comprar o restaurante."

Sua expressão mudou, e uma satisfação se instalou em meu peito.

"Do que você tá falando?" Ela ficou me olhando, mordendo o lábio. Pediram silêncio de novo.

"Harold, você já viu esse filme seis vezes!", ela falou para trás antes de se virar para mim. "Do que você tá falando?", Avery sussurrou.

Abri meu sorriso mais encantador. Eu não ia contar ainda. A primeira lição do marketing ensinava que as pessoas não querem abrir mão do que já têm, o que explicava o sucesso do período gratuito de serviços. Eu deixaria Avery pensando a tarde inteira na possibilidade de ser dona do restaurante e, à noite, ela aceitaria a proposta.

"Você lembra onde fica a minha casa?", perguntei.

Ela franziu a testa. "Emmett, que papo é esse?"

Eu me levantei. "Às sete horas."

"Fala agora", ela cochichou enquanto eu ia embora.

"Sete horas. Vai de estômago vazio."

Vi meu reflexo no vidro e fiquei contente. Eu era genial. Um gato e um gênio.

Ouvi uma batida na porta enquanto enchia a panela de água para cozinhar o linguine.

"Pode entrar, Adams", gritei, pondo a panela no fogão.

"Adams?" Meu irmão, Holden, apareceu na cozinha.

Eu fechei a cara. "Não rola você ficar aqui. Marquei um lance." Ele não precisava saber dos detalhes.

Holden costumava simplesmente surgir do nada, meus irmãos e eu fazíamos isso o tempo todo. Eu só não queria que Avery acabasse desistindo por causa da presença dele. Antes de ouvir a proposta.

"Avery Adams?" Ele sentou no balcão de quartzo, passando os olhos por cada detalhe do encanamento. Nós montamos a maior parte dessa cozinha alguns anos antes, e Holden não quis deixar a gente mexer em nenhum cano, apesar de apenas eu morar aqui, sem a menor intenção de me mudar nem vender a casa. "Pensei que você não trouxesse mulheres aqui."

Joguei o sal na água. "Como assim? Que absurdo. A mamãe sempre vem visitar."

"Mulheres *solteiras*. Você diz que transmite a mensagem errada de que você quer um relacionamento sério."

Isso soou mesmo como uma coisa que eu diria. "Dessa vez é diferente. Você veio pra me interrogar? Porque eu tenho uma pilha de faturas de quatro meses atrás que precisam da sua explicação."

Holden soltou um grunhido. "Vim buscar minha furadeira." Ele olhou para a pintura de Kara, presa na geladeira com um ímã. "E Will e Nat, como estão?"

Encolhi os ombros e me concentrei em picar as cebolas. "Bem."

"Vi que os novos inquilinos já se mudaram." Dissemos a Will que ficaríamos de olho na casa e ajudaríamos se houvesse problemas.

Engoli em seco e piquei pedaços miudinhos. "Pois é. Pelo jeito não rolou nenhum problema."

"O que você está fazendo aí?", Holden perguntou enquanto eu manuseava os ingredientes.

Lancei um olhar de irritação. "Você não vai ficar."

"Por causa da Avery?"

Houve mais uma batida na porta, e Holden levantou as sobrancelhas. Apontei para a porta dos fundos. "A furadeira tá na garagem. Se manda. Agora."

Ele deu um sorrisinho e foi embora enquanto eu jogava a massa na água fervendo, ajustava o timer e ia para o hall de entrada.

Ela estava com a mão na cintura e a cara fechada.

"Você veio", falei alegre.

Ela levantou a sobrancelha e cruzou os braços. Parecia irritada. Talvez o plano de deixar Avery pensando durante a tarde tivesse sido um tiro que saiu pela culatra.

"Pode entrar", convidei, e ela veio sem dizer uma palavra. Eu a conduzi até a cozinha e tirei uma garrafa de vinho branco da geladeira.

"O que eu tô fazendo aqui?", ela questionou, observando a cozinha. Ela jamais admitiria, mas percebi certa admiração.

"Senta." Apontei para os banquinhos do balcão e servi uma taça de vinho. "Um descanso para os pés. Relaxa. Você teve um longo dia."

Ela me olhou feio.

Eu fiquei de costas para esconder meu sorriso e mexer a massa na água fervente. Avery não era fácil, mas eu adorava um desafio. A última década havia me ensinado que, quanto maior o desafio, maior a recompensa. Holden e eu trabalhamos por meses para ganhar o contrato da reconstrução de uma cidadezinha próxima. Passei semanas elaborando propostas e comparecendo a inúmeras reuniões, respondendo a perguntas e mais perguntas. Aquele gerente de projeto testou minha paciência, mas no fim fechamos negócio.

Eu estava concorrendo a prefeito fazia menos de uma semana, e o percurso já se mostrava cheio de obstáculos, mas com certeza valeria a pena.

O timer apitou. Escorri a água na pia enquanto ela observava. "Você é muito fechada, Avery. Só sei que não gosta de mim."

Ela se ajeitou no banquinho e encarou o macarrão. O vapor preenchia o ar. Apontei com o queixo. "Tá vendo? Você não me suporta. Mal consegue dividir o cômodo comigo. Por quê?"

Seu olhar passou pelo fogão top de linha, pela adega climatizada bem abastecida e pelo barzinho com uma variedade de bebidas caras comparável à que havia no restaurante. "Vamos direto ao ponto, Emmett." Ela deu um gole no vinho.

Verifiquei o molho e enfiei a colher na panela. "Você devia ser minha namorada de fachada."

Ela engasgou e por pouco não derrubou a taça. Eu me diverti com seu susto.

"Que doideira é essa?", ela perguntou, gargalhando. "Tá respirando muito cheiro de tinta fresca nas obras, né?"

"Eu não trabalho nos canteiros de obras, meu irmão cuida dessa parte. Aqui." Estendi a colher de molho. "Experimenta." Por instinto, ela abriu a boca. E ficou confusa. "Não falta sal?"

"Não. Como é?" Ela quase engasgou, e eu voltei ao fogão para pôr mais sal. "Vamos recapitular que eu não vou ser sua namoradinha de fachada de jeito nenhum?"

"Pensei que você quisesse comprar o Arbutus."

Uma nova expressão em seu rosto. Foco. Determinação. Vergonha. Ela baixou os olhos para o vinho. "Eu quero."

"A cidade inteira tá falando que você não conseguiu o empréstimo."

Ela respirou fundo e fez uma cara de quem cuspiria fogo. "A cidade inteira *não* tá falando nada."

Eu levantei as sobrancelhas.

Ela estava concentrada na taça e, por um instante, quase fiquei com pena. Mas lembrei que o acordo seria mutuamente vantajoso e lhe daria o que ela tanto queria.

"O que isso tem a ver com fingir ser sua namorada?"

Eu servi a massa com tomate seco e camarões ao molho pesto com vinho branco. Havia tudo de mais delicioso — o sal, a gordura do azeite e do pesto, a doçura do tomate. Os dedos dela se moviam pela haste da taça.

"Na verdade, sou obrigado a te dar o crédito pela ideia genial." Pus o prato na frente dela e peguei os garfos da gaveta. "Isaac Anderson tem uma coisa que eu não tenho — uma família perfeita de robôs." Sentado à mesa, apontei para a comida. "Pelo menos experimenta."

Ela fez cara feia e deu uma garfada. "Ciborgues. Max e eu falamos que eles são ciborgues, perfeitinhos demais", ela respondeu, comendo mais. "E eu não vou namorar com você nem a pau."

Eu dei risada. "Obviamente não seria de verdade. Vai ser tipo um jogo. Eu preciso mostrar pra cidade que sou um cara responsável."

"Mentindo pra todo mundo."

Eu franzi a testa. "Claro que não. Eu sou, *sim*, um cara responsável, mas o povo não supera o fato de que sou solteiro."

"E por que eu faria isso?"

"Porque eu vou te emprestar o dinheiro." Provei a massa e senti uma explosão de sabor na língua. "Uau, eu cozinho bem mesmo. O vinho sempre deixa a comida melhor."

Ela não respondeu. Seu garfo pairava sobre o prato, e ela encarava a taça de vinho.

Minha boca coçava para falar, mas continuei quieto. Ela estava reflexiva. Sua mente analisava todos os ângulos, ponderando suas opções. Não havia escolha. Bem como eu queria.

Sua boca se contorceu. "Ninguém vai acreditar nisso."

Opa. Ela mordeu a isca, mas me esforcei para ficar sério. "Claro que sim."

Avery negou com a cabeça. "Não vai dar certo. Essa cidade conhece a gente. As pessoas sabem que a gente..." Ela apontou para nós dois. "...que isso nunca..."

"Não fala assim, Avery. Você é muito bonita."

Ela lançou um olhar de puro ódio. "Eu me referia mais a você."

"Todo mundo acreditaria que *você* dormiria *comigo*."

Ela escondeu a cabeça entre as mãos. "Ah, meu Deus. Isso não pode estar acontecendo." Ela ergueu os olhos. "Eu não topo. Não vou mentir pra ninguém. Não vai dar certo, e o fiasco vai acabar explodindo na nossa cara."

Apoiei os cotovelos no balcão, sustentando o queixo com a mão aberta e olhando bem nos seus olhos. "E qual é o *seu* plano genial?"

Em silêncio, ela respirou fundo. Não tinha nenhuma ideia. Espetou o linguine com o garfo e pôs na boca um monte de macarrão. Ela *detestou* reconhecer para si mesma o quanto estava gostoso, o que por algum motivo me deixou contente demais.

"Não. Ninguém vai acreditar que duas pessoas que se odeiam de repente estão juntas."

"Mas é *você* que não me suporta", lembrei. "As pessoas acreditam no que querem."

Ela ficou de pé, arrastando o banquinho no chão. "Eu não vou entrar nessa." Ao sair depressa da cozinha, ela me obrigou a segui-la.

"Adams, por favor. Eu vou te emprestar o dinheiro. É uma questão de orgulho? Só eu vou saber, e prometo que não vou jogar na sua cara."

Enquanto abria a porta, Avery lançou outro olhar de gelar o sangue. "Eu não preciso da sua ajuda."

"Você é amiga dos Nielsen, certo?" Frank Nielsen era o dono da livraria, e eu já tinha visto Avery com Hannah, a filha dele, uma mulher tímida e calada da mesma faixa etária.

Ela ficou tensa. "Sou, sim."

"Frank usa uma máquina de oxigenação à noite enquanto dorme. Na manhã depois do último apagão, ele não estava se sentindo bem. Lembro que mencionou uma dor de cabeça." Era verdade, nós tínhamos conversado sobre isso na loja de materiais de construção. "Ele ficou mal porque o cérebro não recebeu o oxigênio. Na próxima vez, ele pode *morrer*."

"Ah, me poupa", ela falou. "Frank Nielsen não vai morrer."

Eu fiz uma expressão solene. Sim, eu estava forçando a barra, mas não esperava tamanha resistência de Avery. "Frank pode morrer, e você vai ter que contar pra Hannah que foi culpa sua. Mas, se a gente for adiante e eu for eleito, vou modernizar a rede elétrica, os apagões vão acabar e Frank vai viver feliz por muitos anos."

"Que papinho de merda. Eu percebi desde o dia que vim para cá: você é um arrogante, mas ninguém além de mim consegue perceber. Eu *nunca* te namoraria."

Ela fechou a porta e, pela janela, eu a vi atravessar o jardim até a calçada.

Ora, não era bem esse o plano. Eu cocei o queixo. Por que ela estava sendo tão teimosa? Eu abri a porta.

"Qual é, Adams?", gritei para ela. "Você sabe que é o único jeito de comprar o restaurante."

Ela deteve o passo, e eu fiquei sorrindo, a uma distância de cinco metros. Bingo. De punhos cerrados, Avery devia estar imaginando coisas horrorosas acontecendo comigo. Quando chegasse em casa, espetaria agulhas num boneco de vodu com a minha cara.

Aí ela cruzou os braços. As engrenagens de sua mente estavam a todo vapor. Ela analisou as possibilidades que não incluíssem fazer o que eu queria. Então respirou fundo.

"Eu vou dar um jeito", foi sua resposta, com os olhos faiscando. Minhas sobrancelhas se ergueram. Havia algo naquela expressão que me deixou um pouco excitado, talvez a determinação feroz.

Humm. Interessante.

"Certo, e eu vou ficar te esperando", falei.

Ela foi embora, e eu peguei o celular.

"Oi?", Div atendeu.

"Cancela as atrizes. Tive uma ideia melhor."

5

AVERY

Na manhã seguinte, depois de confirmar que ninguém estava olhando, mostrei o dedo do meio para o outdoor com a cara de Emmett quando passei na rua do restaurante.

Ainda não conseguia acreditar no que ele tinha pedido. Que ego gigantesco. A ideia de fingir que éramos um casal me fez rir. Eu o imaginei tentando pôr o braço sobre os meus ombros, enquanto eu sentia ânsia de vômito e tentava fugir. Dei um risinho de deboche. Eu não tinha tanto talento para atuação.

Mesmo se estivesse disposta a entrar na onda daquele nojento carismático, ninguém acreditaria que eu sairia com ele.

Ninguém.

No escritório, havia um bilhete amarelo colado na tela do meu computador. *Ligar pra Keiko!*

Senti um frio na barriga. Se Elizabeth já sabia que não consegui o empréstimo no banco, então Keiko também. Talvez ela fosse avisar que encontrou outro comprador? A ansiedade me invadiu ao pensar que, além de perder o restaurante, outra pessoa ficaria com ele.

As palavras de Emmett na noite anterior ecoaram na minha mente, e eu cerrei os punhos. Aquele cara. Do momento em que cheguei em casa até a hora de dormir, fiquei pensando naquele sorriso idiota e arrogante. Perdi horas repassando o acordo imbecil. Não havia a menor possibilidade de eu fingir ser sua namorada para ele ganhar uma eleição. Que ideia repulsiva. Ninguém acreditaria em nós. Ele teria uma chance melhor se desfilasse com uma boneca inflável chamada Avery.

Sem falar que nós precisaríamos mentir para todo mundo. Eu não podia fazer isso.

Mas ele tinha razão quanto a Isaac Anderson. Ele não era um bom prefeito. Apesar de receber um milhão de turistas por ano, Queen's Cove nunca tinha dinheiro para coisas absolutamente necessárias. Os comerciantes e empresários precisavam se valer de financiamento coletivo ou pagar do próprio bolso para remover árvores caídas diante das propriedades ou recapear as calçadas.

Seria imoral se Emmett mentisse para a cidade por uma boa causa?

Não, eu disse para mim mesma. Eu *não* podia me solidarizar com alguém como Emmett Rhodes.

Por outro lado, eu voltaria à estaca zero quanto ao restaurante. Peguei o bilhete e pensei a respeito. Talvez não fosse tão ruim.

Com mais determinação, eu ri alto. Sem chance. Zero mesmo. Eu daria um jeito. Mesmo sem saber como, era isso que eu diria a Keiko.

Liguei para o número dela.

"Olá, querida", Keiko atendeu.

Eu respirei fundo. "Keiko. Oi. Com certeza você já ficou sabendo..."

"Que Emmett Rhodes se candidatou a prefeito? Sei, sim. Interessante."

Eu franzi a testa. "Não. Quer dizer, sim, ele é candidato. Não sei quem está querendo enganar, mas o resultado vai ser divertido."

Keiko deu risada. "Você vai ter que me dar notícias quando eu estiver em Vancouver. A proposta que fiz ontem pela casa foi aceita."

Eu arregalei os olhos. "Uau. Você fez uma oferta antes de vender o restaurante?"

"O corretor estipulou algumas condições no contrato, tipo 'proposta sujeita à aquisição de bens existentes'. Então só vai se concretizar quando eu vender a casa daqui e o restaurante. Isso é padrão em transações imobiliárias. Pus minha casa à venda hoje e já recebi três propostas. Acredita?"

"Uau", repeti. A coisa estava andando, absolutamente real e concreta. Keiko não mencionou o empréstimo. Seria possível que ela não soubesse?

"Só falta nós duas resolvermos a papelada no banco", ela disse.

Definitivamente não sabia de nada.

"Eu perguntei sobre isso hoje, quando dei entrada na casa", ela continuou. "A papelada pra te vender o restaurante é simples."

"Entrada? Você já transferiu o dinheiro?" Senti meu estômago ficar tão pesado que parecia estar cheio de pedras. Engoli em seco.

"É praxe do mercado depositar cinco por cento ao fazer uma proposta. Se der errado, os proprietários ficam com o calção. É raro a venda não acontecer. Ninguém quer perder dinheiro. Tenho dois meses para pôr tudo em ordem, o que é menos que o normal, mas quero deixar tudo resolvido logo."

Meu joelho balançava sem parar sob a mesa, e meu estômago continuou embrulhado. Considerando os preços dos imóveis em Vancouver, cinco por cento era grana demais. E Keiko perderia tudo se não vendesse o restaurante em dois meses.

Eu não tinha tempo hábil para resolver minha situação.

"Isso é ótimo", falei com a voz tensa. "Que incrível, Keiko."

"Vou estar meio ocupada esta semana, mas vamos marcar uma reunião no banco na semana que vem?"

"Humm. Acho que é o ideal." Eu já me imaginava sendo enxotada do banco aos gritos: *Xô! Some daqui! Nós já dissemos que não!*

"Maravilha. Até logo, querida."

"Tchau, Keiko." Eu desliguei o celular, joguei na mesa e apoiei a cabeça entre as mãos.

Keiko ia vender o restaurante, e não havia tempo a perder. Se eu não encontrasse logo uma solução, ela não teria escolha a não ser fazer negócio com outra pessoa.

Me lembrei do sorriso presunçoso de Emmett e soltei um grunhido.

"Olha aí o meu mozão", disse Emmett, com um sorriso, quando abriu a porta para mim no início da noite.

Fechei a cara.

Eu detestava isso. Em vinte segundos, já estava com ódio. Eu detestava aquela cara presunçosa e irritante. Sua expressão de sabe-tudo, como se tivesse certeza da sua vitória, de modo que eu voltaria rastejando sem alternativas. Detestava ser dependente de alguém, principalmente desse cara, que com certeza estava adorando.

Mas eu queria quitar o restaurante, além de que aquilo ia facilitar ao máximo as coisas para Keiko. Então seria obrigada a fazer aquilo.

"Tá bom", eu me forcei a falar.

As sobrancelhas dele se ergueram. "Sério?"

"Aham."

Ele abriu os braços. "Um abraço pra entrar no clima?"

Deixei de lado a raiva e me concentrei em tramar uma morte lenta e dolorosa para Emmett. "Você pode me abraçar mentalmente." Desviei para entrar.

"Vamos precisar praticar demonstrações de afeto pra ser convincente", ele gritou, fechando a porta.

Alguns minutos depois, estávamos sentados na sala de estar. Janelas gigantescas se abriam para o bosque. Se fosse em qualquer outro lugar, eu acharia que o cômodo poderia ficar quente demais no verão, mas as árvores enormes de duzentos anos mantinham o local sombreado e fresco. A decoração na casa era no estilo *mid-century modern*, com madeira escura e linhas retas, dispondo de pinturas e vasos interessantes, e plantas com folhagem grande. E havia ainda algumas fotos da família de Emmett. A vibe era meio *Mad Men*, e fiquei me perguntando se ele é que tinha se encarregado da decoração. Provavelmente não. Homens como Emmett pagavam por coisas assim.

"A eleição é em dois meses. Você conhece essa cidade. Assim que descobrirem que a gente está namorando, vão enlouquecer."

Ele tinha razão. Viraríamos o assunto da cidade.

"Pra quando você precisa do dinheiro? Eu posso pedir pro meu advogado redigir um contrato de empréstimo." Emmett pegou o celular.

"Eu prefiro que você entre como avalista." Quando aquilo terminasse, seria melhor pagar direto ao banco. Ficar devendo a Emmett arrastaria essa situação por tempo de mais. Já era um acordo bem humilhante, melhor pular fora o quanto antes.

Ele encolheu os ombros e guardou o celular. "Claro, tudo bem."

"E eu vou ser a única proprietária", avisei.

Ele soltou uma risadinha. "Eu não tenho o menor interesse no ramo de restaurantes. É todo seu, Adams."

Eu assenti com a cabeça, e a tensão no meu peito se aliviou um pouco. Se eu estava vendendo a alma para o diabo, que pelo menos fosse nos meus próprios termos.

"Cinco aparições públicas semanais", disse Emmett.

Eu revirei os olhos. "Aparições públicas? Você é o que, um astro de *boy band*?"

"Cinco dates, então." Ele deu uma piscadinha.

"Uma *aparição pública* por semana."

"Vamos num meio-termo. Duas, vai." Ele nem esperou que eu concordasse. "Quais demonstrações de afeto em público você aceitaria numa boa?"

Imaginei Emmett e eu nos agarrando num banco de praça como dois adolescentes. Eu no seu colo, as mãos dele no meu cabelo. Tentei afastar esses pensamentos. *Isso* não aconteceria de jeito nenhum.

"Que foi?", ele perguntou. "Que cara é essa?"

"Nada." Eu engoli em seco. Meu rosto ficou quente. "Ficar de mãos dadas, de boa."

Ele deu risada. "*De boa*? O que isso quer dizer? É diferente de ficar de mãos dadas normal?"

Hã, eu não sabia. "Eu só quero evitar o seu toque de Midas."

Ele sorriu. "Adams, ninguém vai acreditar que eu estou namorando uma mulher que só permite 'ficar de mãos dadas de boa'."

Soltei um suspiro. Ele tinha razão. "Certo, demonstrações de afeto em público são permitidas, só não se empolga, entendeu?"

Ele ficou hesitante. "Certeza? Tô levando isso muito a sério. Não quero te deixar constrangida."

Dei uma encarada. "Eu vou ficar bem. Qualquer coisa, eu te aviso."

Ele se recostou na cadeira, apoiando o tornozelo de uma perna sobre o joelho da outra, me observando. "Tem mais uma coisa. Preciso da sua calcinha."

Quase cuspi o vinho no sofá de Emmett. "Como assim? Por quê?"

Ele fez uma cara maliciosa. "Você vai ver."

Fiz que não com a cabeça. "Pra te verem cheirando minha calcinha? Não, obrigada."

O sorriso diabólico aumentou. "Meus irmãos vêm aqui o tempo todo. Que forma melhor de mostrar que nós estamos mandando ver?"

Senti ânsia de vômito. "Nunca mais diga *mandando ver* e *nós* na mesma frase."

Ele ficou na expectativa.

"Uma meia", cedi. "Te dou uma meia."

Ele levantou as mãos. "A gente pode melhorar a safadeza até chegar na lingerie. Mas alguma sensual, não as baratinhas que vêm num pacote com três, dessas que você usa."

Fiquei de queixo caído. "Eu *não* uso calcinha barata."

Ele abriu outro sorrisinho. "Ah, é? Me fala mais das suas calcinhas. É um ótimo exercício."

Senti meu rosto esquentar e dei um bom gole no vinho. "É um bom sinal eu já estar me arrependendo tão cedo?"

Ele deu risada. "Foco na recompensa, Adams. Você vai ter seu restaurante em breve."

Verdade. Eu teria a certeza de comprar o restaurante, mas não havia nenhuma garantia para Emmett.

"E se você não ganhar?"

Ele se apoiou no braço da poltrona, feliz. "Mas eu vou."

"Se você não ganhar, porque as pessoas conseguem enxergar o que tem por trás desses seus sorrisos exagerados e a sua falsa preocupação, só quero esclarecer que a minha parte do trato continua de pé."

Ele olhou pela janela. "Eu vou ganhar, sim. Como minha namorada, você vai ter que acreditar também, ou ninguém na cidade vai entrar na onda." Ele fez um gesto entre nós. "Mas digamos que um meteoro caia em Queen's Cove, mate a população menos os Anderson e eu não ganhe."

Precisei segurar o riso. Até porque não achava que ele estivesse brincando.

"Você fica com o restaurante." Ele encolheu os ombros. "Eu sei que você vai honrar o empréstimo. É orgulhosa demais."

O sol estava se pondo, e a luz quente enfatizou o cinza dos seus olhos e conferiu a sua pele um brilho dourado. Era como se ele enxergasse o que acontecia dentro de mim. Senti os pelos da nuca se eriçarem. Não gostava da maneira como me sentia exposta quando ele me olhava assim.

Mas havia uma fração minúscula e quase insignificante de mim que gostava, *sim*. Afastei depressa esse sentimento.

"Então, depois da eleição, vamos dizer para todo mundo que terminamos."

Ele assentiu com a cabeça. "Acho que a gente pode parar primeiro com os dates..."

"As aparições públicas", corrigi.

"Vamos parar de aparecer juntos e, em um ou dois meses, damos a notícia."

"Talvez seja melhor falar que nós estamos juntos há algum tempo, mas tínhamos preferido manter o segredo", especulei.

Os olhos dele se iluminaram. "Ótima ideia."

"E os dates?"

"É isso que vamos fazer."

"Não, digo, com outras pessoas." Lancei um olhar incisivo. "Sua reputação não é exatamente de celibatário."

Ele soltou uma gargalhada. "Nem a sua."

Fiz careta. "Do que você está falando?"

O maxilar de Emmett se contraiu. "Eu sei que você sai com uns caras que vêm trabalhar aqui na alta temporada. Elizabeth contou que te viu num date no verão passado, com um carinha que trabalhava na surf shop do Wyatt." Havia alguma coisa naquele olhar. Irritação. "Parece que você costuma sair só com gente que têm data marcada pra ir embora, é isso mesmo?"

Fiquei sem palavras. Abri e fechei a boca, olhando ao redor da sala. "Certo, e daí? Não tô interessada num relacionamento de longo prazo e..." Eu encolhi os ombros. "Bom, eu também sou humana e preciso de sexo de vez em quando."

A irritação se abrandou em seus olhos, e um sorriso surgiu. Ele parecia satisfeitíssimo. Adorando a conversa. Provavelmente ia registrar no seu diário e ficar lendo e relendo.

"Algum problema com isso?", questionei, na defensiva.

"Claro que não." Seu olhar passeou brevemente pelo meu corpo. Se eu tivesse piscado, não teria percebido. "Sexo é importante."

Minha pele esquentou. "Então ótimo. Se a gente for discreto e ninguém descobrir, acho que dá pra sair com outras pessoas sem problemas."

Ele se remexeu na poltrona e apoiou o braço no encosto. Bem tranquilo e relaxado, a não ser pelos olhos. "Não."

"Como é?" Minhas sobrancelhas foram parar no meio da testa.

"É arriscado demais." Emmett parecia bastante interessado no que acontecia do lado, e manteve os olhos na janela enquanto coçava o queixo.

"Você quer que eu fique em celibato?"

Eu já tinha feito isso antes. Claro que sim. Não era nada de mais. Apenas dois meses. Mas quando me diziam que eu não podia fazer uma coisa, começava a desejar aquilo imediatamente.

Ele me lançou um olhar penetrante. "Não sabia que você tinha tanta libido." Os cantos da boca dele se levantaram, mas o maxilar ainda estava tenso.

Eu fiquei de pé. "Eu vou embora."

Ele se divertia. "Adams, eu posso cumprir feliz as obrigações de namorado se você precisar." Ele foi atrás de mim no hall de entrada. "A qualquer hora do dia ou da noite."

Eu balancei a cabeça negativamente. Isso havia sido um erro. Um grande erro. "Espera sentado." Saí sem dizer mais nada.

"Avery." A seriedade me fez deter o passo. Ele estava apoiado no batente da porta, pensativo. Seus olhos tinham cílios escuros e grossos, e uma pequena cicatriz esbranquiçada atravessava seu lábio superior, quase imperceptível. "Eu só faço negócio com gente de confiança." Emmett cruzou os braços. "Posso confiar em você?"

Por um instante, deixei a pergunta no ar. "Eu não me sinto bem mentindo, mas, se você vai modernizar a rede elétrica como prometeu... É, você pode confiar em mim." Apontei para o peito dele. "E eu, posso confiar em você?"

Ele abriu um sorriso de político, cheio de dentes. "Claro que pode confiar em mim."

Eu revirei os olhos. "Minha nossa, se esforça mais se quiser virar prefeito."

Sua risada me acompanhou enquanto eu atravessava o jardim da frente. No que eu tinha me metido? Quando destranquei a porta de casa, já estava convencida de que não havia saída, ia ter que enfrentar a situação. Além disso, seriam só dois meses. Eu ia conseguir. Ocupada com o trabalho, o tempo passaria rápido.

E, quando tudo acabasse, eu seria dona do meu restaurante.

Sorri sozinha, fechando os olhos, animadíssima. O Arbutus seria meu, e caberia a mim expandir o legado da família de Keiko. Ninguém tiraria o negócio de mim ou vetaria minhas decisões, ninguém seria capaz de impedir o meu sonho. Eu assumiria o controle. O namoro ridículo de fachada com Emmett serviria apenas como um trampolim para o restante da minha vida e, em cinco anos, com certeza eu nem me lembraria mais disso.

6

EMMETT

Eu sentia minha pulsação ecoar nos ouvidos a cada passo. Meus pulmões queimavam, e eu me concentrava apenas na minha respiração e na luz que passava por entre as árvores.

Na corrida matinal, o dia estava mais difícil que de costume. Na noite anterior, eu fiquei empolgado demais para dormir. Ela disse sim.

Ainda não conseguia acreditar nisso.

Para ser justo, ela não tinha muita escolha. Senti uma pontada de culpa no peito ao lembrar da angústia no seu rosto ao se dar conta de que eu era sua única opção. Todo mundo precisa estar contente para que os acordos sejam bem-sucedidos e, apesar de estar fazendo isso para ganhar a eleição, eu queria muito que ela sentisse que estava se dando bem igualmente.

Tentei afastar a culpa. Ela ficaria com o restaurante. Eu seria o avalista de um empréstimo substancial para uma pessoa que mal conhecia. Não faltavam motivos para ficar contente, e seriam só algumas semanas.

Mas aquela expressão de repulsa quando pedi uma calcinha ainda me fazia rir.

Meu relógio apitou, indicando que os batimentos estavam abaixo da taxa ideal e que eu precisava acelerar o passo. Soltei um grunhido e fiz um esforço extra, atravessando as trilhas do bosque rumo à praia.

Quando pisei na areia, o suor escorria pelo rosto e o cabelo estava encharcado. Passei a caminhar e sentei num tronco, diante do mar, com as ondas quebrando. Nossa, que lugar lindo. Sacudi a cabeça e admirei o céu se iluminando com as cores do nascer do dia.

Desbloqueei o celular: uma chamada perdida de Will.

Senti um nó na garganta. Havia algo errado. Tinha acontecido alguma coisa com Kara ou Nat.

"Oi", ele atendeu quando liguei de volta.

"Tá tudo bem? O que houve?"

"Nada. Relaxa. Eu só acordei mais cedo e queria avisar que fiquei sabendo das boas novas, sr. prefeito."

Soltei um suspiro de alívio e sorri. "Eu ainda não sou o prefeito."

"Pois é, mas vai ser. A cidade idolatra o chão que você pisa, sempre foi assim."

Pensei no desempenho fraco nas pesquisas. "Como vai a família?"

"Tudo bem. A gente ainda tá se instalando no apartamento e tirando as coisas das caixas. Kara tá com saudade do tio Emmett."

Apoiei o cotovelo no joelho e o queixo na palma da mão. "Eu também sinto falta dessa menininha." Continuei olhando para a água. "Eu vou modernizar a rede elétrica, Will. Pode levar um ano ou dois, mas vai acontecer. Kara precisa crescer em Queen's Cove, onde está a família dela. Do mesmo jeito que nós dois."

"Não é tão ruim aqui", comentou Will, mas dava para perceber que ele só estava tentando aguentar firme e ser otimista. "Espero que você não..." A voz falhou.

"O quê?"

"Espero que a candidatura não seja por nossa causa. Eu jamais pediria uma coisa dessas. Você tem seus negócios. E sua vida. Ser prefeito é um compromisso bem sério."

Se eu estava fazendo isso por Will? Claro que sim. Ele era meu melhor amigo, e faria o mesmo por mim no meu lugar.

Quanto mais eu me empenhava na campanha, em criar uma plataforma e conversar com os eleitores, mais crescia a vontade de ganhar a eleição. Eu queria resolver os problemas de Queen's Cove, não só por Will, mas por todos os cidadãos. Queria que esse lugar incrível tivesse o brilho que merecia.

A situação de Will foi apenas o catalisador.

"A ideia veio com a mudança de vocês", admiti. "Mas eu gostaria de transformar a cidade no que deveria ser. Os negócios vão bem, e eu confio na capacidade da minha equipe de tocar as coisas. Tô pronto pra um novo desafio. Isso é o que eu quero."

"Bom, sendo assim, obrigado, Rhodes." A voz de Will estava embargada.

"Não precisa ficar chorão. Guarda pra quando eu vencer."

Ele deu risada. "Seu babaca."

Dei um sorrisão.

"Enfim, eu preciso desligar", ele avisou. "Só ia dar os parabéns. Se precisar de algo, é só me avisar, certo? Precisa de ajuda com o site?"

"Não. Minha equipe dá conta. Valeu, amigo. A gente se fala em breve."

Nós desligamos, e eu fiquei sentado na praia, vendo o céu clarear cada vez mais, pensando em tudo o que viria no mês seguinte. Primeiro, precisaria revelar meu namoro com Avery para a cidade. Uma onda de empolgação invadiu o meu peito. Eu nunca fui um cara de engatar relacionamentos, como Will, mas seria divertido andar com Avery pelas ruas, em meio às reviradas de olhos e irritações dela. Por algum motivo, aquela garota me fazia rir.

No fundo da minha mente, alguma coisinha me incomodava. Eu sempre fui *meio* a fim de Adams. Era divertido provocá-la. E muito fácil, aliás. A mulher simplesmente não gostava de mim, nem um pouco. Nunca baixava a guarda.

E passaríamos um bom tempo juntos, fingindo ser um casal. Minha perna começou a balançar quando pensei nisso. Era perigoso.

Ainda bem que era de mentirinha. Avery permaneceria uma muralha, e era isso, fim de papo. Tudo continuaria como sempre. Eu seguiria com a minha vida como prefeito, ela teria seu restaurante, e os dois sairiam contentes.

Voltei ao bosque, correndo até minha casa com a energia renovada.

7

AVERY

"Primeiro vamos deixar o pessoal desconfiado." Eu estava de novo na casa de Emmett, diante da porta da sala de estar que dava para o quintal, olhando o bosque encoberto pela sombra de grandes árvores verde-esmeralda. Dois passarinhos azuis voaram para um galho. Eu estreitei os olhos. "A roda da fofoca de Queen's Cove precisa girar."

Do sofá, ele levantou uma sobrancelha. "Nada na cidade fica em segredo. O que você tá pensando em fazer?"

"Ligar para a Ricci's e pedir uma pizza média de pera e rúcula com queijo sem lactose. E nadinha de cogumelos."

Ele fez uma careta. "Esse é o seu pedido? Qual é o seu problema?"

Olhei como quem diz que sabe o que faz. "É isso o que o Marco sempre diz. Que com essa pizza eu tô insultando a ascendência italiana dele. E você precisa ligar depois da meia-noite. Eu faço isso quando volto do restaurante."

Ele anotou meu pedido antes de pegar a carteira, de onde tirou um papelzinho. "Minhas roupas na lavanderia ficam prontas amanhã."

Fiquei incrédula. "Fala sério."

"Como assim?"

"Eu não vou buscar suas roupas na lavanderia."

"Mas as namoradas fazem isso."

Esse homem, pelo amor de Deus. "Nos anos cinquenta, talvez."

"Pensei que você fosse prestativa." Um sorriso presunçoso se desenhou em seu rosto.

Soltei uma risadinha. "Você escolheu a mulher errada." Bati com a ponta do dedo no queixo. "Posso pegar seu material de campanha no correio, que tal?"

A pequena gráfica da nossa cidadezinha funcionava no posto dos correios.

Fui para perto dele e me apoiei no encosto do sofá. "Sempre tem fila na hora do almoço. Todo mundo vai me ver fazendo um favor pra você."

Ele ficou satisfeito. "Ótimo. Vamos esperar alguns dias e, na sexta, vamos à feira."

Eu assenti, respirando fundo. "Sexta-feira."

"Para de ficar afastando a mão", sussurrou Emmett. "A gente tem que parecer um casal apaixonado."

Dava para sentir todos os olhares acompanhando nossas costas ao passarmos pelas barracas dos expositores. O tema da feira desse ano era cogumelos.

Pois é, cogumelos.

A feira acontecia duas vezes por ano, às vezes três, se fosse da vontade do Conselho de Planejamento. Na maioria das vezes, o tema era algum alimento (maçã, abóbora, cereja, pêssego) e, às vezes, ocasiões festivas (Halloween, Natal, Dia dos Namorados).

Diante da bandeja de cogumelos recheados de um serviço de buffet local, eu contive uma cara de nojo. Tínhamos decidido dar apenas uma volta e ir para casa. Tentei deixar a mão parada.

"Agora, sim. Excelente."

Respira fundo, eu disse para mim mesma ao sentir a nuca se eriçar de raiva.

"Emmett." Uma mulher apareceu com um sorrisão. Seus olhos brilhavam de empolgação, se alternando entre nossas mãos, Emmett e eu.

"Oi, Miri. Avery, você conhece a Miri?"

Assenti com a cabeça e fui simpática. "Olá."

Miri Yang tinha quarenta e poucos anos e era professora de ensino médio, além de fazer vários trabalhos voluntários. A mulher era um arroz de festa, vivia encontrando os amigos para almoços e ajudando nos eventos sociais. Sempre alegre, tratava todo mundo bem e dava boas gorjetas à minha equipe.

Minha mão se contorceu, mas Emmett segurou firme.

O olhar de Miri voltou às mãos unidas. "Ah, sim, eu vejo a Avery o tempo todo lá no Arbutus."

"E Scott, como vai?", Emmett perguntou.

Ela voltou a olhá-lo. "Está bem. Você o conhece, ele quer agradar todo mundo ao mesmo tempo, o que é impossível." Miri ficou contemplativa. "Um coração de ouro." E prestou mais atenção nas nossas mãos. "Então os boatos são verdade."

Emmett me deu um apertão, mas eu ignorei.

"Boatos?" Ele se fez de inocente. "Que boatos?"

Miri abriu um sorriso radiante. "De que vocês estão juntos. Eu não acreditava."

Comprimi os lábios, escondendo um sorriso. A cada segundo, eu gostava mais de Miri.

"Ah, sim." Emmett soltou minha mão e me abraçou pelo ombro. "Eu finalmente convenci essa aqui a me assumir em público."

Eu fiquei sem reação.

"Não é, amorzinho?" Emmett abaixou a cabeça para me olhar nos olhos.

Fiz que sim com a cabeça. "Nós estamos muito apaixonados." Soei sem emoção.

Ela bateu palmas. "Eu sabia."

Não dá risada, eu pensei. *Você vai estragar tudo.*

"Precisamos jantar juntos um dia desses." Miri abriu o calendário do celular. "Scott vai ficar muito feliz de saber sobre vocês dois, Emmett."

"Com certeza." Ele pegou o celular também. "Que tal domingo?"

Os olhos de Miri até brilharam. "Combinado!"

"Que ótimo. Até lá."

Miri deu tchauzinho enquanto se afastava, e Emmett se virou para mim. "Nós estamos muito apaixonados? Dá para ser mais convincente?"

Ah, pronto. "E você? *Amorzinho*?"

Sua expressão parecia propor um desafio. "Miri acreditou."

Isso era verdade.

"Vamos andando." Ele me puxou pela mão para uma barraca. "A gente precisa circular por aí."

Deixei Emmett me conduzir pela feira. Dava para ser pior. A mão dele poderia estar suada, mas não, era grande e quente, e se encaixava perfeitamente na minha. Era quase confortável. E eu estava quase à vontade.

Alguém soltou um suspiro de susto.

Quase.

"Eu sabia." Mateo, o dono da pizzaria, sacudiu a cabeça enquanto nos observava. "Tinha certeza. Assim que você fez aquele pedido, Emmett, eu disse aos meninos que vocês dois deviam estar paquerando. Eu tinha certeza."

Farrah, a esposa dele, ficou contente. "Eu estava torcendo pra ser verdade." Ela apertou um bichinho de pelúcia junto ao peito. "Que fofos. Tô muito feliz por vocês."

"Obrigado, Farrah." Emmett retribuiu o sorriso. "Bichinho bacana."

Ela cutucou Mateo com o cotovelo. "Meu marido ganhou para mim."

E foi assim que acabamos na barraca dos dardos.

"O combinado foi dar uma volta na feira e só." Lancei um olhar bem sério para ele.

"Estamos agindo como namorados." Emmett pegou uma nota de vinte no bolso e trocou por um punhado de dardos. "Vou ganhar um brinquedinho idiota, aí você pode carregar essa coisa a noite toda."

"Uau, que machão, hein? Quase um homem das cavernas."

Ele se certificou de que ninguém nos ouvia. Estava com um sorrisinho ao se aproximar de mim, e vi de perto seus olhos de um tom claro de cinza, cheios de humor. A pequena cicatriz no lábio se moveu. "Seja agradável", ele lembrou.

Essa foi a gota d'água. Eu arranquei minha carteira de dentro da bolsa.

"O que você tá fazendo?"

"Você vai ganhar uma coisa para mim?" Entreguei uma nota ao adolescente da barraca. "Então vou ganhar uma coisa pra *você*, que também vai precisar carregar por aí."

Eu nunca tinha jogado dardos na vida, mas algo no jeito de Emmett me irritou. Talvez a expressão presunçosa, a cicatriz em seu lábio sempre monopolizando minha atenção.

O adolescente me entregou os dardos, e eu fiz um gesto para Emmett. "Vamos jogar ou não?"

Ele abriu um sorrisão. "Claro. E nada de largar o que eu conseguir pra você."

Eu assenti com a cabeça. "E se eu ganhar aquele cogumelo enorme..." Apontei para a pelúcia gigantesca pendurada na cobertura da barraca. Devia ser maior que eu. "... você vai ter que desfilar com ele o resto da noite."

"Beleza." Os olhos dele brilharam com a competição e o desafio.

"Ótimo." Dei meu sorriso mais confiante.

"Primeiro as damas."

Posicionei os pés da melhor forma e fechei um olho ao lançar o primeiro dardo no alvo.

Foi parar no chão.

Merda.

"Não esquenta a cabeça, Adams." Emmett preparou a pontaria. "O primeiro arremesso é um treino." Ele acertou na mosca. Fiquei de queixo caído, mas fechei a boca quando vi Emmett zombando de mim. "Sua vez."

Eu engoli em seco.

"Então, se eu acertar três vezes, posso escolher o que quiser?", ele disse.

O adolescente confirmou. "É. Qualquer um."

Emmett apontou para o cogumelo. "Até aquele ali?"

Ai, nossa. Soltei um ruído da garganta. Era um *chapéu* de cogumelo. Ai, nossa. Não. Estava fazendo uma careta. Usar aquilo seria uma humilhação total.

O adolescente assentiu. "Claro, mas ninguém nunca quer esse."

"Por que será, né?" Encarei Emmett, mas ele se limitou a rir.

"Vamos lá, Adams. Sua vez."

Atrás de nós, um grupo de pessoas se juntou para ver. Respirei fundo e joguei o dardo. Acertei a beirada do alvo.

Melhor, mas não o suficiente.

Emmett assobiou. "Chegou perto."

"Cala a boca."

Ele continuou como se fosse a coisa mais simples do mundo. Acertou o centro do alvo, e a plateia aplaudiu. Senti meu humor azedando, mas não daria a Emmett nenhuma satisfação. Alonguei os ombros.

Emmett jogava os dardos com facilidade. Eu precisava imitá-lo.

Sacudi o braço antes de lançar o seguinte, que passou zunindo perto do ombro do adolescente, mas ele conseguiu se esquivar. "Ei!"

"Desculpa." Eu fiquei com vergonha. Ouvi murmúrios, e mais gente começou a se juntar.

Emmett sacudiu a cabeça. "Adams, você tem mais força do que parece, e eu gosto disso." Ele acertava tudo de primeira.

Explodiram aplausos, e eu revirei os olhos.

Ele parecia uma criança no dia de Natal. "Um chapéu de cogumelo, por favor." Como havia satisfação nas suas palavras.

O adolescente tirou aquele troço ridículo de onde estava pendurado e entregou para Emmett. Ele balançou o chapéu e foi na minha direção. O cogumelo era vermelho, marrom e branco, todo estofado. Horroroso. Um pesadelo.

Dei um passo longe. "Não."

"Adams, pensei que você fosse uma mulher de palavra."

"Eu sou." Olhei para ele e o chapéu.

"Põe só pra tirar uma foto, aí vamos tomar um sorvete de cogumelo."

Fiquei contrariada.

"Vamos embora quando você puser o chapéu."

Suspirei e peguei aquela coisa. Assim que enfiei na cabeça, me arrependi.

"Avery, você ficou uma graça!", vibrou Miri, tirando fotos. "Vai para o blog de Queen's Cove."

"Você me paga", murmurei para Emmett enquanto ele me abraçava para posar para a câmera. Eu fechei a cara.

"Pode cobrar, Adams."

8

EMMETT

"Avery, foi muito bom te encontrar lá na feira", Miri disse. "Eu quase não te vejo fora do Arbutus."

Nós quatro — eu, Avery, Scott e Miri Yang — saímos para jantar no domingo à noite no Bob's Barbecue. Scott Yang era o presidente do sindicato local. Holden e eu o conhecíamos desde que fundamos nossa empresa, e o levávamos para jantar junto com Miri na época das festas de fim de ano. Era um bom cara com quem trabalhar, sempre pontual e pé no chão. Nas raras vezes em que houve problemas com os trabalhadores sindicalizados da Construtora Rhodes, ele veio imediatamente e jogou limpo com a gente. Um cara justo que sempre assumia sua parcela de responsabilidade, muito respeitado pelos duzentos e poucos membros do sindicato — por isso eu precisava conquistar seu apoio na eleição.

Miri também era uma boa peça em termos de influência política. Conhecia todo mundo, e era querida por todos. Uma pessoa extremamente comunicativa e efusiva; se tivéssemos sucesso nos objetivos dessa noite, ela se tornaria uma grande defensora da legitimidade do nosso relacionamento.

"Fico sempre ocupadíssima com o restaurante, mas eu adoro." Avery olhou para Miri e para o cardápio. "Sinto como se estivesse deixando o meu bebê com uma babá pela primeira vez."

Miri deu risada. "Eu já fui lá muitas vezes, e você deu conta de tudo com a precisão de um navio militar."

"Ah, não sei, não." Avery sorriu enquanto examinava o cardápio.

"É verdade." Scott apontou com o queixo para ela. "Vou mandar uns jovens lá do sindicato para você pôr na linha."

A expressão de Avery ficou meio diabólica, e caímos na risada.

Eu continuei a observá-la. Puta merda, ela tinha um talento natural. Eu devia ter adivinhado.

E quanto a mim? Eu era um gênio, porra. Nunca mais ia trazer Holden para esses jantares. Não que eu não amasse o meu irmão, mas o cara era péssimo em relações públicas. Para ele não existiam os conceitos de jogar conversa fora, fazer perguntas só por educação, se interessar pelo trabalho alheio. Só ficava sentado lá, comendo e escutando enquanto eu batia papo com quem quer que estivesse à mesa.

Mas a partir de agora? Eu nunca levaria outro cliente ou potencial apoiador para jantar sem a companhia dela.

Meu olhar se fixou no colo de Avery, na pele lisa de suas clavículas. Ela acertou em cheio na produção, com uma camisa de seda branca, calça jeans preta e sapatos de camurça com salto da mesma cor. Eu não era um especialista em moda, mas ela estava arrumada para demonstrar respeito pelos convidados, porém não exagerada a ponto de deixar Miri constrangida. E aquela calça deixava a bunda dela incrível.

"Que colar lindo", reparou Miri, e a mão de Avery tocou o pingente de prata aparentemente antigo pendurado no seu pescoço.

Avery assentiu com entusiasmo. "Ah, obrigada, é vintage. Se estiver procurando algo do tipo, é só me avisar. Eu conheço os melhores sites de artigos vintage e tenho amigas em Victoria que me avisam quando recebem novos lotes."

Os olhos de Miri se iluminaram. "Seria incrível."

Eu era um gênio mesmo. Quem adivinharia que Avery poderia ser tão sociável? Eu que não. Ela era simpática e meiga, querida por Miri e Scott, fazia as perguntas certas e ria nas partes adequadas. Então era assim não precisar conduzir a conversa? Eu sorri para mim mesmo. *Isaac Anderson, me aguarde.*

"Olha só, Avery", disse Scott, interrompendo meus pensamentos. "Que partidão. Emmett é um bom sujeito." Ele apontou com o queixo. "Faz de tudo para que seus funcionários fiquem satisfeitos, e sempre faz a coisa certa."

Ela ergueu uma sobrancelha, desconfiada. "Ah, é?"

Assenti com um olhar que dizia *entra no jogo*. "Pois é. Eu sou bonzinho, Avery." Abri um meio sorriso. "É por isso que nós estamos juntos, né?" Dei uma piscadinha, só para provocar.

Lembrei dela com o chapéu de cogumelo e quase caí na risada. Certo, eu não fui tão bonzinho daquela vez, mas valeu a pena para vê-la com aquela coisa ridícula.

Ela me observou por um instante, com um sorrisinho nos lábios. "Exatamente. É por isso que estamos namorando."

"É ótimo ter uma companheira, Emmett." Scott abraçou Miri, que retribuiu com um olhar de adoração. "Depois de onze anos, eu não consigo nem imaginar a minha vida sem a Miri."

Eu assenti e sorri para eles. "Que amor."

Miri cutucou Scott de leve. "Ele se esforçou para me convencer, mas foi a melhor decisão que eu já tomei."

"Ah, Emmett também precisou me convencer."

Scott prestou bastante atenção. "Admito que fiquei surpreso quando soube sobre vocês dois. Emmett, eu sempre tive a impressão de que você nunca esteve disposto a assumir um compromisso." Ele apontou com o queixo para Avery. "Quer dizer, até agora, claro."

Eu ainda não queria assumir compromisso nenhum. A ideia de ter uma esposa e uma família era de revirar o estômago. Will achava ótimo. Sempre foi o que ele quis. Mas eu? Adorava ser solteiro.

Mas Scott não sabia disso.

"Não sei nem como explicar." Segurei a mão de Avery no colo dela. "Encontrei minha alma gêmea." Eu apertei carinhosamente sua mão, e ela esmagou a minha. "Né, amorzinho?"

"É, lindão", Avery respondeu cerrando os dentes.

"Vocês estão muito apaixonados." Miri soltou um suspiro.

Avery assentiu, tensa. "Humm-humm. *Muito* apaixonados."

"Avery, você é de Vancouver, certo?", Scott perguntou.

"Sou, mudei pra cá faz uns cinco anos."

"Seus pais ainda moram lá?" Miri apoiou o queixo na palma da mão. "Eles ainda estão juntos?"

"Ainda moram lá, mas se divorciaram há uns bons anos."

Miri lançou um olhar de compaixão. "Ah, que pena, eu lamento muito."

Avery sacudiu a cabeça, sem se deixar abalar. "Não precisa lamentar, não. O divórcio foi a melhor decisão."

Humm. Interessante. Eu nunca tinha parado para pensar sobre a família de Avery, mas fiquei curioso. Talvez isso tivesse a ver com o fato de ela nunca ter tido um namorado na cidade. Fiquei apenas observando.

"Uma jarra de margaritas do Bob's", disse a garçonete, pondo a bebida na mesa.

Avery lançou um olhar de gratidão. "Obrigada." A garçonete começou a servir os copos.

Miri juntou as mãos, toda empolgada. "Contem pra gente a história de vocês."

Avery e eu trocamos olhares inseguros. Nós não pensamos nisso quando fizemos o combinado.

"Bom", Avery começou, incerta.

Eu falei a primeira coisa que veio à mente. "Ela estava surfando."

Ela ficou confusa. Eu segurei o riso. Apostaria meu salário do ano todo que aquela garota nunca subiu numa prancha na vida, apesar de o surfe ser um dos principais atrativos de Queen's Cove.

Ela assentiu, com uma expressão agradável, mas me fuzilando com o olhar. Eu pagaria caro mais tarde. "Exatamente. Eu estava surfando."

Eu me virei para Miri e Scott. "Eu estava na loja do meu irmão Wyatt, e o vento foi ficando mais forte."

Scott estava interessado, enquanto Miri assentia de olhos arregalados, atenta a cada palavra. "Você estava sozinha no mar?"

Pus a mão nas costas de Avery, fazendo uma careta e confirmando com a cabeça. "Aham. Um clássico erro de iniciante." Senti os músculos dos ombros dela se contraírem. "Wyatt ficou atendendo clientes, então peguei uma prancha e corri até lá pra ver se estava tudo bem."

Scott fez um gesto de aprovação. "Um bom sujeito."

"Que lindo", comentou Miri, encantada. "Espero que você tenha usado um traje de borracha naquela água gelada."

Balancei a cabeça como quem diz *fazer o quê?* "Não dava tempo, e eu precisava cuidar dela."

Avery fez um som de quem estava se engasgando, e eu esfreguei suas costas. "Tudo bem aí, amor?"

Seu olhar era de derreter as córneas. "Tô bem, lindinho. Ótima", ela conseguiu dizer, enrijecendo de novo o ombro. Eu sabia que isso significava *tira essa mão de mim, caralho*.

"Enfim", eu continuei, atento a Miri e Scott, com a mão ali. "Eu entrei no mar bravo. O vento ficou mais forte, a maré estava subindo numas ondas nervosas, como diz Wyatt."

Miri mordeu o lábio, e Scott franziu a testa, preocupado.

Eu me aproximei de Miri. "Quando vi Avery, ela tinha acabado de ser derrubada da prancha."

Avery ficou mais irritada.

"Ah, não", murmurou Miri. Ela estava se debruçando tanto que logo estaria deitada sobre a mesa.

Eu assenti. "Ah, sim. Fui remando rápido com a prancha. Não conseguia encontrar Avery de jeito nenhum." Fiz que não com a cabeça. "Vi a prancha boiando, mas nada dela. Fiquei morrendo de medo. A cordinha devia ter soltado do tornozelo dela com a força da água. Eu precisava descobrir onde ela estava."

"E onde ela estava?", Miri quis saber.

"Fiquei arrasado, pensando que tivesse se afogado. Mas ela ressurgiu ofegante bem do lado da minha prancha."

"Graças aos céus", Scott comentou.

"Ela se engasgou com a água..."

"Certo", interrompeu Avery, mas eu a interrompi de novo.

"Ela se agarrou na minha prancha e disse..."

Os olhos de Miri quase saltaram para fora das órbitas. "O quê? O que foi que ela disse?"

"Ela disse: 'É você, Henry Cavill?'"

Com o canto do olho, percebi que Avery me encarava. Não tive coragem de olhar diretamente. Ou eu não conseguiria parar de rir, ou entraria em combustão espontânea por causa da intensidade daquele olhar.

Respirei fundo, acariciando mais as costas dela, ainda sem olhá-la nos olhos. "Aí eu percebi que estava apaixonado."

Miri pressionou os lábios e levou as mãos ao coração. "Você foi muito corajoso. Uau, que história! Não é uma história incrível, Scott?"

Scott ficou impressionado. "Com certeza." Ele ergueu sua margarita. "Vamos fazer um brinde. Ao amor."

"Ao amor", Miri e eu repetimos.

Avery virou sua bebida até restar o gelo no copo.

A comida chegou, e Avery e eu conseguimos deixar de ser o assunto para falar sobre a cidade até, por fim, chegarmos às quedas de energia.

Scott balançou a cabeça. "É difícil para os idosos ficar sem energia em casa, principalmente no inverno, com tanto frio e umidade."

Eu concordei. "É um transtorno, mas acho que muita gente se acostumou e nem reclama." Me recostei na cadeira. "Quando surge o assunto da modernização da rede nas reuniões do conselho municipal, a sugestão logo é descartada, por custar caro demais e dar muito trabalho." Apertei com força o guardanapo. "Para mim, essa resposta não basta, então estou tomando uma atitude." Scott me ouvia atentamente, e dava para notar seu esforço para permanecer neutro. "Sei que você não pode se envolver com a eleição, e não estou pedindo isso. Não sei qual é sua relação com o Isaac. Mas qualquer obra na rede elétrica vai ser feita pelo pessoal do seu sindicato. E não vai ser rápido, o pessoal não vai ficar sem trabalho em questão de duas semanas. Algumas obras vão demorar anos."

Scott assentiu e baixou os olhos para o prato, pensativo.

Miri encolheu os ombros. "Eu não sou presidente do sindicato, então posso fazer o que quiser. E vou votar em você, Emmett."

Abri o meu sorriso mais cativante. "Miri, eu te adoro, saiba disso."

Ela ficou vermelha.

"Você tem razão, é melhor que eu não me envolva na política", disse Scott, cruzando os braços.

Eu fiz sinal de rendição. "Tudo bem, seja qual for o seu voto, isso não vai afetar o nosso trabalho nem a nossa relação profissional. A Construtora Rhodes continua comprometida com a contratação de mão de obra qualificada através do seu sindicato, não importa quem vença a eleição."

Scott se remexeu na cadeira. "Eu costumo seguir essa recomendação, mas você está certo. Estou cansado desses problemas. Toda manhã, eu digo aos rapazes: *se encontrar um problema, resolva*. É uma irresponsabilidade ver o que está acontecendo na cidade e não fazer nada a respeito." Ele olhou para Avery e para mim. "Eu achava que você vivia só para se divertir e ganhar dinheiro, mas sempre enxerguei em Avery uma cabeça boa e muito juízo, então se ela te escolheu..." Ele estendeu a mão sobre a mesa para me cumprimentar. "Você tem meu voto, Emmett."

Meu peito se encheu de orgulho, mas tentei manter a calma. Isso não era pouco. Seria uma tremenda vitória para a minha campanha. Um passo a mais para vencer a eleição.

Aceitei aquele aperto de mão de esmagar os ossos, ficando acanhado. "Scott, você nem imagina a importância disso para mim. Eu admiro você, a sua liderança entre os trabalhadores, o respeito que eles têm por você. Espero ser um prefeito que dê orgulho."

"Aposto que sim." A garçonete começou a tirar os pratos, e Scott olhou ao redor da mesa. "Que tal uma sobremesa para celebrar o novo casal?"

"Ótimo. Quer dividir um cheesecake comigo, amor?", perguntei para Avery. Existe algo mais romântico do que dividir uma sobremesa?

Ela negou. "Eu tenho intolerância a lactose."

"Como assim?" Eu fiquei pálido. "Que coisa." Lembrei que sua pizza favorita tinha queijo sem lactose, e tudo fez sentido.

Miri olhou feio. "Emmett, você não pode esquecer esse tipo de coisa. Assim fica parecendo que não sabe nada sobre ela." Miri deu risada. "Imagina só."

Avery formou um sorrisinho na sua boca bonita. "Pois é, Emmett, fica parecendo que eu sou uma desconhecida."

Levantei as sobrancelhas, desafiador. Por acaso ela esqueceu como foi fácil fazê-la passar vergonha? Eu tinha acabado de fazer isso com a história absurda de surfe, e não pararia por aí. Eu estava disposto a saborear cada segundo até que Avery quisesse cavar um buraco no chão e sumir.

"Certo", Miri bateu palmas. "Vamos fazer uma brincadeira."

"Que brincadeira?", Avery e eu perguntamos em uníssono, com uma boa dose de desconfiança.

"O jogo dos recém-casados. É fácil, e *muito divertido*. Eu vou fazer perguntas sobre vocês, e cada um anota as respostas." Ela pediu papel e canetas ao garçom.

Tive um mau pressentimento. Nós não imaginávamos um *teste*, caramba.

Avery soltou o ar bem devagar pelo nariz. "Parece bem divertido."

"Certo." Miri levantou as sobrancelhas, quando Avery e eu já estávamos com o papel. "Vamos começar pelo dia do aniversário."

Ficamos em silêncio, diante das folhas em branco.

"Catorze de..." Eu fiz uma careta. "... fevereiro?"

Ela deu uma risadinha de deboche. "Esse é o Dia dos Namorados."

"É para escrever, não para falar", Miri lembrou.

"Pode ser as duas coisas", eu falei, na defensiva. "Um monte de gente nasce no Dia dos Namorados. E você não sabe quando é o meu aniversário. É 27 de janeiro."

"Era o que eu ia dizer."

"Até parece. E o seu é quando?"

Miri limpou a garganta. "Anotem e depois eu leio as respostas."

"Doze de setembro."

Eu apontei para ela. "Era o meu segundo palpite."

Nós viramos para Miri e Scott, que nos observavam com receio.

"Próxima pergunta", pediu Avery, carregada de espírito competitivo.

"É só uma brincadeirinha divertida", disse Miri, aos risos. "Nós não precisamos..."

"Próxima pergunta, Miri", eu falei.

Os olhos dela se arregalaram um pouco. "Filme favorito."

"Alguma coisa com a Audrey Hepburn. Aquele em que ela vai à França?"

Ela fez um gesto brusco, cheia de desconfiança. "*Cinderela em Paris*. Como você sabe?"

Eu encolhi os ombros. "Você é meio parecida com a Audrey Hepburn, e eu resolvi arriscar."

Miri soltou um gritinho e aplaudiu. Lancei um olhar malicioso para Avery. "Fácil demais. E o meu?"

Ela mexeu a boca enquanto pensava. "*Top Gun*."

Fiquei surpreso. "Quê? Como é que *você* sabe?"

Miri ficou até sem fôlego.

"Respira", Scott murmurou, pondo um copo d'água à sua frente.

Avery deu risada. "Você é o típico cara que curte *Top Gun*."

Fiquei sem palavras. Meus irmãos e eu tínhamos visto inúmeras vezes esse filme quando éramos mais novos.

"Aaaah, isso está ficando bom!" Miri ficou contente.

Pelo menos estávamos acertando, em vez de parecermos duas pessoas que só se juntaram por estratégia.

"Animal favorito", continuou Miri.

"Hamster", falei a primeira coisa que veio à mente.

Avery fez uma careta. "Hamster não é o bicho favorito de ninguém. Eles só dormem e fazem cocô. O meu favorito é cachorro."

"Todo mundo gosta de cachorro", retruquei, revirando os olhos. Só os sociopatas não gostam de cachorros.

"A não ser os cachorros sociopatas", ela acrescentou.

Eu franzi a testa.

"Avery, qual é o bicho preferido do Emmett?", Miri perguntou, já sem entusiasmo.

Merda. Nós precisávamos dar um jeito naquilo. Qualquer que fosse a resposta, eu teria que confirmar. Avery me observava com uma expressão curiosa.

"Tartarugas." E deu uma boa encarada. "O animal favorito do Emmett é tartaruga."

Senti um frio na barriga. Ela sabia. Mas como?

Miri ficou atônita. "É mesmo?"

Eu assenti, me esforçando para não fazer uma cara de nojo. Porra, eu odiava tartarugas. Ouvi na minha mente o estalo do casco da tartaruga de um amigo de infância que se quebrou quando passei sem querer em cima dela com a minha bicicleta.

Fiquei com ânsia de vômito só de pensar a respeito. Eu nunca tinha posto a mão nesse bicho, mas imaginava que era todo gosmento. A cabeça era enrugada e molenga, como um polegar em processo de decomposição.

Senti outro nó no estômago. Eu ia acabar vomitando. Engoli em seco e me concentrei em Miri.

"Eu *adoro* tartarugas. Amo de paixão. Não me canso desses animaizinhos." Desde que fiquem bem longe de mim.

Miri deu um tapa de leve no meu braço. "Então por que você nunca foi ao meu centro de reabilitação de tartarugas?"

Fiquei confuso. Avery quase explodiu em uma gargalhada, mas pôs o cotovelo na mesa e escondeu a boca com a mão.

"Desculpa", Avery conseguiu dizer. "O seu o quê?"

Miri abriu um sorrisão. "Eu dirijo um centro de reabilitação de tartarugas."

Scott a abraçou, com um olhar carinhoso. "Eles resgatam tartarugas feridas por barcos no atracadouro, cuidam delas até ficar saudáveis e depois soltam na natureza. E também recolhem tartarugas de estimação."

"Emmett", disse Miri, "você *precisa* fazer um voluntariado lá com a gente. Nossa, você vai adorar. Pegar as tartarugas, lavar, dar comida, brincar, contar todos os seus segredos para elas."

Ela falou isso como se fosse legal.

"Eu ia encostar nelas?", perguntei.

Ela jogou as mãos para o alto, toda contente. "Claro que sim. Tartarugas produzem oxitocina, o hormônio do amor, assim como as pessoas. Nós sempre estamos precisando de voluntários. É como aqueles programas dos hospitais em que põe as pessoas para ficar com recém-nascidos no colo."

"Só que com tartarugas no colo?", Avery questionou.

Miri se animou. "Exatamente! Você entendeu tudo. Tem gente que não entende."

Eu me imaginei ninando uma tartaruga. Senti calafrios parecidos com os da gripe forte que tinha pegado no ano anterior.

Scott me olhou de soslaio. "Seria uma ótima publicidade para sua campanha."

Avery balançou a cabeça, contendo sua satisfação. Estava vibrando, de tão empolgada. Havia um brilho em seus olhos, e lembrei das palavras que ela me disse na sexta-feira quando estava com o chapéu de cogumelo.

Você me paga. Avery, sobrenome Vingança.

Os olhos dela dançavam pelo meu rosto. "Verdade, Emmett, e seria ótimo pra tirar um tempinho fazendo uma coisa que adora: carinho em tartarugas."

Miri ficou ainda mais alegre. "Você vai lá fazer carinho nas tartarugas comigo, certo?"

Não havia como escapar, pelo menos não por ora.

"Seria uma honra pra mim. E pra Avery também."

"Quê?" Ela ficou até pálida. "Eu vou estar ocupada nesse dia."

Miri sacudiu a cabeça, ainda sorrindo. "Nós ainda nem marcamos o dia."

Então decidimos que, na semana seguinte, Avery e eu passaríamos lá para ajudar naquela coisa nojenta de reabilitação de tartarugas. Enquanto Miri conversava com Avery sobre suas outras iniciativas voluntárias e Scott me contava sobre a reforma da sua cozinha, fiz uma anotação mental para pedir a Div que marcasse outros compromissos nesse mesmo horário, coisas das quais eu não poderia me ausentar. Avery que ficasse com as criaturas gosmentas só para ela. Seria uma boa lição.

Avery sorria com toda a atenção, brincando com o próprio colar, os olhos brilhando sob a luz enquanto ouvia as palavras de Miri.

Admito que ela era a pessoa perfeita para ser minha namorada de mentirinha, não só porque era boa em lidar com o público e tinha um bom motivo para dar tudo de si, mas também porque era linda. Eu sabia o impacto da minha aparência, mas nós dois juntos? Ao passear, eu com o braço sobre os ombros dela, haveria comentários sobre os nossos futuros filhos belíssimos. Exatamente o que eu queria que todos pensassem.

E a ideia de andar por aí abraçado com ela também era agradável. Bastante.

Mais tarde, na saída do restaurante, Scott me ofereceu outro aperto de mão bem firme.

"Meus parabéns, Emmett. Você se deu bem nessa."

"Com certeza", respondi. Tudo saía conforme os planos.

Miri lançou um olhar conspiratório. "Será que vamos ouvir os sinos de casamento em breve?"

"Quê? Não", respondi sem pensar.

"Sem chance", Avery acrescentou depressa, e Miri pareceu arrasada.

"Quer dizer", eu corrigi. Ia contornar essa merda. "Nunca se sabe." Sorri para Miri, e ela fez cara de quem tinha entendido tudo.

Avery e eu nos entreolhamos. O que eu tinha acabado de fazer?

"Miri, você pode tirar uma foto da gente?", perguntei.

"Claro. Cheguem mais pertinho."

Entreguei o celular e passei o braço sobre os ombros de Avery. Ela se encaixava direitinho em mim, e senti o calor da sua pele sob as roupas, o cheiro suave e doce do seu cabelo. Meu pau deu sinal de vida, e eu respirei fundo.

Pelo amor de Deus, Rhodes. Se controla. Eu não ficava com tesão tão fácil desde a adolescência.

"Agora um beijo", sugeriu Miri.

"Hã", falou Avery, alarmada.

Eu dei um beijo no rosto de Avery. Sua pele era macia como veludo.

"Não, de verdade", insistiu Miri.

Avery limpou a garganta. "Acabei de comer alho."

Não sei o que aconteceu, mas lá estava eu abraçado com Avery e, no instante seguinte, colei minha boca à sua.

Ela se virou, e acabei beijando uma orelha e um pouco do cabelo.

"Que é isso, Adams?", murmurei.

"Eu que pergunto", ela sussurrou, com os olhos em chamas. "Que tal um aviso da próxima vez?"

"Bom", disse Miri, com o ânimo habitual, me devolvendo o celular. "Até mais, pombinhos. Tenham uma ótima noite. Avery, vou te mandar as informações sobre o programa da escola."

"Boa noite", disse Avery.

"Do que ela estava falando?", perguntei no caminho até o carro. "Programa da escola?"

"Tem um programa que insere adolescentes queer do ensino médio em ambientes tolerantes e acolhedores. A gente pode contratar alguns como temporários lá no restaurante durante o verão."

Aí tive um estalo. Avery era a única mulher hétero que eu conheci e não demonstrou atração por mim, fora as da minha família, claro. Ela quase não se envolvia com ninguém — talvez só lances casuais. E agora o interesse nessa organização voltada aos jovens queer da cidade.

Minha pulsação disparou. Avery era *lésbica*. Isso fazia sentido. Claro. Nossa, como eu não me dei conta antes? Talvez ela simplesmente não estivesse pronta para sair do armário numa comunidade como a nossa, ou não tinha intenção.

Senti uma decepção se instalar no meu peito ao concluir que um romance jamais teria chance de ir para a frente. Seria divertido poder transar uma ou duas vezes se ela gostasse de mim. Ao mesmo tempo, fiquei aliviado. Eu ainda levava jeito. Não estava ficando velho e feio. O fato de Avery não estar a fim não tinha nada a ver *comigo*. Era uma coisa dela, completamente fora do meu controle.

Me acomodei atrás do volante e lhe direcionei um olhar solidário. "Esse vai ser nosso segredinho."

Ela me olhou de um jeito estranho. "É, eu sei."

Liguei o carro. "Espero que você saiba que Queen's Cove é extremamente liberal e que todo mundo ia te tratar do mesmo jeito de sempre."

Ela estreitou os olhos. "Do que você está falando?"

Devolvi o olhar como quem diz *dã*. "Avery, você é lésbica."

Ela estava se divertindo. "Ah, sou?"

Fiquei levemente hesitante. "Por isso você não é a fim de mim. Porque é lésbica. Certo?"

Ela caiu na gargalhada. "Uau."

"Que foi?"

"O seu ego é tão imenso que nem passa pela sua cabeça que uma mulher hétero pode não estar interessada?"

"Não." Sim. Eu franzi a testa. "Mas você vai participar desse..."

"Vou participar porque é uma ótima causa. Miri parece ser uma pessoa muito legal, e na semana passada uma cliente disse que o Max era um pecador, então o momento também é perfeito."

"Que péssimo."

"A cliente dizer que o Max é um pecador ou eu não ser lésbica?"

O sinal ficou amarelo, e eu reduzi a velocidade até parar quando estivesse vermelho. "As duas coisas."

Ela bufou. Fiquei calado enquanto passávamos pela rua principal.

"Quando a Miri falou sobre casamento, você negou sem pensar duas vezes."

Encarei Avery quando virei na rua dela. "Mas não por sua causa."

"Nem pensei nisso."

Eu encolhi os ombros. "Esse é o tipo de vida que simplesmente não imagino para mim." Me virei para ela. "Você também negou na hora."

"Eu sei."

"E os seus pais são divorciados."

"Pois é." Ela olhou pela janela.

Fiquei quieto, e ela deixou o silêncio se prolongar. Isso devia ser o máximo que eu conseguiria arrancar dela nessa noite.

Estacionei no meio-fio diante de sua casa. Certo, passou a hora de falar sério. Abri um sorriso sedutor que sempre funcionava. "Bom, se você não é lésbica", baixei a voz antes, "então eu posso entrar?"

Ela soltou um risinho e abriu a porta do carro. "Não."

Eu continuei sorrindo. Na verdade, *não* queria entrar, só estava tentando despertar alguma reação. Irritar Avery estava virando um dos meus passatempos prediletos.

Certo, confesso que eu queria entrar, sim. Estava com um volume na calça desde o beijo sem jeito no restaurante. Avery não gostava de mim. Por isso eu a desejava tanto.

"Certo, fica pra próxima. A gente precisa ensaiar aquele beijo."

"Não." Ela sacudiu a cabeça e fechou a porta. Seu rosto estava ficando vermelho.

Eu a observei enquanto andava até a casa. Quando estava quase chegando, eu saí do carro.

"Como você sabia das tartarugas?"

Ela me deu um olhar conspiratório. "Elizabeth me contou."

Soltei um grunhido e fiquei estático à medida que ela se virava e seguia adiante.

"Boa noite, querida", gritei alto para a cidade inteira ouvir.

Ela checou se havia alguém na rua antes de fazer cara de desaprovação, e eu abri um sorrisão, levantando as sobrancelhas. Mais uma revanche pelo absurdo da tal reabilitação de tartarugas. Avery desapareceu dentro de casa, e esperei até a luz se acender no andar de cima para dar partida no carro.

9

AVERY

Acordei na manhã seguinte com o meu celular vibrando.

"Alô?", atendi, com a voz rouca de sono.

"Eu tive uma grande ideia."

Esfreguei os olhos. "Emmett?"

"Ainda tá dormindo? Adams, são nove horas."

"Pois é, e você tá me ligando. Que falta de educação."

"Eu acordo todos os dias às seis. A gente devia casar."

Pensei nessas palavras que eu só podia ter ouvido por engano. "Não, obrigada."

"Tá dando certo, Adams. Meus números nas pesquisas dispararam assim que a gente apareceu junto. Além disso, Miri postou aquela foto de ontem à noite."

"A segunda?" Eu lembro que a boca dele encostou no meu rosto antes de se encher de cabelo. Sua barba por fazer roçou na minha pele. Por que eu estava relembrando aquilo?

"Não, graças aos céus, foi a primeira. Meu celular ficou tocando a manhã toda, gente dando os parabéns."

Afastei o aparelho da orelha e vi ligações perdidas e mensagens não lidas. Eu não estava nem aí para o que a maioria das pessoas pensava, mas havia um grupo seleto da cidade para quem não estava disposta a mentir, como Hannah, Keiko, Max e Elizabeth. Fiz uma careta. Não pensei em Elizabeth ao fazer esse acordo, só em mim mesma. Mas seria obrigada a mentir sobre ser a namorada de seu filho, e Elizabeth era alguém que tinha a minha estima e o meu respeito. Mordi o lábio e olhei para as árvores pela minha janela, pensativa.

"A gente não ia casar de verdade, só anunciar o noivado", Emmett continuou. "As pessoas adoram casamentos. Daria um baita burburinho. Você viu a reação da Miri, e só por causa de um namoro. Imagina, com esse anúncio, ela vai surtar."

Casar. Credo. Que nojo. A minha reação na noite anterior havia sido sincera — eu não tinha a menor intenção de casar, principalmente depois de tudo pelo que meus pais passaram. E do que eles me obrigaram a passar.

Eu comecei do zero e precisei ralar muito. Jamais abriria mão da metade, ainda mais quando a união inevitavelmente fosse por água abaixo. Jamais permitiria que alguém fizesse comigo o que o meu pai fez com a minha mãe.

"Emmett, você disse que o lance já tá dando certo, então pra que anunciar um casamento?"

"Eu ainda não virei o jogo. Isaac ainda tá na frente."

"Eu não vou fazer isso."

Desliguei na cara dele e deitei no travesseiro. O celular começou a vibrar nesse instante.

"Não", avisei.

"Vidros duplos na janela."

"Quê?"

"O Arbutus ainda tem janelas com uma camada de vidro. Você tem ideia do quanto isso é antiquado em termos de eficiência energética? Se eu trocar pra você, vou diminuir em trinta por cento seus gastos com climatização no verão e no inverno."

"Você vai me dar janelas novas se eu fingir que ficamos noivos?" Esfreguei os olhos e fiquei olhando para o teto. Era cedo demais para lidar com um pedido fake de casamento. "Que romântico."

"Humm."

Enquanto Emmett dava os detalhes, me arrastei até a cozinha para fazer um café. Não era tão diferente do que eu já vinha fazendo — tentar sorrir, não me desvencilhar do seu toque e fingir que gostava dele. O casamento nunca aconteceria. Nós romperíamos o compromisso discretamente depois da eleição, e cada um cuidaria da própria vida.

Fiquei contemplando a cafeteira despejar as gotas de cafeína na jarrinha. "Tá bom."

Emmett ficou satisfeito do outro lado da linha. "Ótimo. Eu passo no restaurante para dar oi mais tarde."

"Não precisa..."

Mas ele já tinha desligado.

"Pode deixar comigo", eu disse para Max na hora do jantar daquela noite, entregando uma jarra cheia de água e pegando a vazia.

Ele aceitou com alívio antes de voltar para o salão, e eu fiquei encarando Chuck, sentado do outro lado do balcão do bar. Olhava ao redor e fazia anotações entre as garfadas de linguine cuja receita eu tinha tentado reproduzir perfeitamente com o chef no dia anterior.

"Como está a comida, Chuck?", perguntei. Ele tinha uma mancha enorme de gordura na camisa.

Chuck me observou por um instante, e fez mais uma anotação no caderno. "Salgada demais." Ele enfiou mais na boca.

Eu levantei as sobrancelhas, mas mantive o meu sorriso de atendimento ao consumidor, do tipo que reservava apenas a pessoas como Chuck. Se pelo menos eu pudesse ler o que tanto ele escrevia ali...

"Você tem uma legião de funcionários", ele comentou, levando a mão à orelha antes de limpá-la no guardanapo de tecido. Quase soltei um barulho de nojo.

"Hoje é a noite mais movimentada. Preciso mobilizar todo mundo."

Era quinta-feira, e eu estava no bar, fazendo o possível para manter a ordem enquanto o salão pipocava de clientes. Os locais vinham ao restaurante nas noites de quinta. Turistas de Vancouver, Victoria e Seattle, por sua vez, lotavam Queen's Cove aos fins de semana, então os moradores daqui preferiam não aparecer nesses dias. Nos meses de verão, a maioria trabalhava no fim de semana, aliás. O turismo de veraneio consistia na grande fonte de receita de Queen's Cove, tanto para os bares e restaurantes quanto para as atrações ao ar livre, como surfe ou passeios de caiaque, ou para as lojas de presentes que vendiam quinquilharias como canecas, camisetas ou ímãs de geladeira com o nome da cidade. As quintas-feiras eram o fim de semana local.

Chuck lançou um olhar mal-humorado para Max, que se posicionou ao meu lado para preparar bebidas. "Ouvi dizer que você tá tentando comprar o restaurante."

"Eu *estou* comprando o restaurante", corrigi.

Ele soltou um ruído de desaprovação e anotou alguma coisa. Meus ombros ficaram tensos, mas tratei de relaxar. O que estivesse escrito naquele caderno — futuras demissões, pratos a serem cortados do cardápio, mudanças na decoração —, nada disso se concretizaria, por causa do sucesso do plano elaborado por mim e Emmett.

Ao chegar, Keiko foi cumprimentada pela hostess. Fiz um aceno animado para ela. Chuck se virou na cadeira para ver o que estava rolando, e logo foi falar com Keiko.

O caderno ficou aberto sobre o balcão.

Leia, sussurrou o diabinho dentro de mim.

Soltei uma risadinha. Pelo jeito, Emmett estava começando a me influenciar.

Antes que mudasse de ideia, saí do bar. Eu não precisava ver nada. Era mais competente que Chuck. Trabalhava duro, tratava os funcionários com respeito e tinha um tino comercial para tocar o restaurante. Keiko sabia disso, e não havia motivos para eu me preocupar com qualquer anotação.

Vi Hannah e seu pai ali perto numa mesa.

"Oi, gente. Frank, que bom te ver." Raramente o via fora da livraria, por ser um homem tímido e reservado.

Ele fez um aceno rápido, simpático. "Olá. Hannah me convenceu a deixar meu livro de lado e fazer uma boa refeição hoje."

"Ainda bem que ela conseguiu. Estão precisando de alguma coisa?"

Hannah sorriu levemente. Ela e o pai tinham o mesmo sorriso. Os dois estavam dividindo uma paella, acompanhada de taças de vinho tinto. "Tá tudo ótimo. Obrigada, Avery."

Frank dirigiu um olhar afetuoso para a filha e apontou para o pôr do sol sobre o mar, lançando tons de laranja e cor-de-rosa pelo céu. "E que vista."

Hannah levantou as sobrancelhas para mim. Percebi um brilho inusitado nos olhos dela. Tramava alguma coisa.

"Que cara é essa?", perguntei. "Tá sabendo de alguma coisa que eu não sei?"

Com um sorriso, ela fez que não com a cabeça e baixou os olhos para o guardanapo. "Não, nada. Fiquei contente de ter vindo, só isso."

"Certo, me avisem se precisarem de mim, e bom apetite." Percebi que o cestinho estava vazio. "Vou mandar trazerem mais pão."

Dei de cara com Elizabeth Rhodes enquanto voltava para o bar. Ela tinha acabado de chegar.

"Ah, Elizabeth." Pus a mão no seu braço. "Que bom te ver. Oi, Sam", eu disse para o marido dela, o pai de Emmett. De repente percebi que ele parecia uma versão mais velha do filho, com cabelos curtos e grossos, nariz marcante e olhos cinza claro. Atrás dele estavam Wyatt e Holden. "Os Rhodes vieram em peso hoje." A família toda, exceto Finn. Vi várias mulheres pelo salão reparando neles. Eram homens de mais de um metro e oitenta, bonitos cada um à própria maneira. Emmett com seu rosto de modelo da Ralph Lauren, Holden com sua barba comprida e suas roupas xadrez, mas tendo o ar de lenhador bonzinho, e Wyatt com seu cabelo loiro escuro sempre precisando de um corte e o sorriso solto e confiante.

Busquei por Rachel, a hostess, mas ela estava acompanhando outro grupo até sua mesa.

Elizabeth sorriu para mim. "Emmett sugeriu que todo mundo viesse jantar aqui. Legal, né?"

Emmett me abraçou. "Avery. Que linda, como sempre."

Senti meu rosto esquentar e ignorei o calor e o peso do seu braço.

"Rachel", chamei quando ela voltou. "Você pode levar a família Rhodes até a mesa um?" Eu sorri para Elizabeth. "Que tal uma mesa com vista?"

"Na verdade", protestou Emmett, "a gente prefere uma mesa central. No olho do furacão."

Eu o examinei. O que era aquilo? "A vista para a marina é muito melhor."

Ele estava alegre, e os meus olhos se fixaram na pequena cicatriz esbranquiçada no seu lábio. Que homem mais irritante e intrometido. "Queremos sentar no salão, junto com o pessoal."

Elizabeth fez um gesto. "Ah, querida, não importa onde vamos sentar."

Emmett me olhou, bem sério. "Eu faço questão. Vamos dispensar a mesa um."

Então cedi. "Rachel, por favor leve a família Rhodes à mesa dez. Bem no meio do salão." Eu estava sendo simpática. "Satisfeito?"

A expressão de divertimento dele parecia sincera. "Com certeza. Obrigado, *amorzinho*."

"Disponha, *amorzão*. Aproveitem o jantar."

Rachel fez um sinal. "Venham comigo."

Emmett apertou de leve o meu ombro e deu uma piscadinha. A família foi atrás de Rachel, a não ser por Elizabeth, que me deu um abraço apertado. Seu cheiro era de rosas, e eu relaxei em seus braços.

"Tudo certo?"

Ela se afastou e sorriu. "Não tenho palavras para expressar o quanto fiquei contente por você e meu Emmett. Eu sempre achei que você não gostasse dele!"

Elizabeth deu um tapinha no meu braço, e soltei uma risadinha nervosa.

"Ah. Ha, ha. Pois é, pegadinha", brinquei.

"Vocês me pegaram de jeito, aliás."

Elizabeth, você nem imagina.

Mais tarde, quando o serviço de jantar entrou no ritmo, e o bar funcionava freneticamente, tomei o caminho do escritório.

"Aonde você vai?", Max perguntou assim que pus o pé no corredor, bloqueando a passagem.

Apontei para a porta. "Se precisarem de alguma coisa, vou estar no escritório."

"Nós precisamos de você aqui no salão."

"Eu não tô ajudando em nada." Tentei me desvencilhar dele. "Você precisa de alguma coisa específica?"

Max não cedeu. Ele arriscou uma espiadinha. "Hã, tem um cliente querendo fazer uma reclamação..."

Eu fiquei contrariada. "Quem, o Chuck?"

Ouvi um tilintar de talheres na taça, e o restaurante ficou em silêncio. Eu voltei ao salão, curiosa.

Emmett estava de pé, com a taça erguida.

Ai, nossa. Entrei em pânico, com os pulmões comprimidos, e lembrei da nossa conversa alguns dias antes, ao acordar.

Já tinha até esquecido.

Minha cabeça começou a girar. Aqui? Não. Hoje? Ele ia fazer isso *hoje*? Mas nós só tínhamos conversado havia dois dias. Aquilo exigia planejamento. O cara podia pelo menos ter me avisado. Eu quis sair correndo para o escritório, trancar a porta e bloquear a entrada com um armário. Só que Max estava impedindo a passagem de novo.

"Nada disso", ele falou, me imobilizando com um abraço.

"O que você tá fazendo?", perguntei. "Tá do lado de quem, afinal?"

Ele continuou sorrindo e olhando para Emmett enquanto sussurrava. "Emmett me deu cem pratas para te manter aqui."

Que desgraçado. Uma pequena parte de mim ficou impressionada. Não devia ter sido pega de surpresa. Esse cara estava sempre tramando. O nosso acordo? Para ele, foi uma ideia que surgiu com a maior naturalidade. Ele já sabia como ia conduzir tudo antes que eu topasse. E tinha esquematizado até os segundos, claro.

"A maioria já me conhece", Emmett disse para a clientela. "Nasci e fui criado aqui em Queen's Cove, e vocês conhecem os meus pais, Elizabeth e Sam." Ele inclinou a taça na direção deles. "Esta cidade é mais importante pra mim do que qualquer um aqui pode imaginar. Viajei o mundo, mas nunca encontrei uma comunidade como esta."

Uau, ele estava pegando pesado. Minha pulsação acelerou. Talvez fosse só um brinde para celebrar a campanha.

"Eu amo a cidade e as pessoas daqui, e é por isso que estou concorrendo à prefeitura. O povo de Queen's Cove é fundamental, e vou fazer tudo o que estiver ao meu alcance em seu benefício, inclusive a modernização da rede elétrica, assim os apagões vão acabar."

Começaram a aplaudir, e ele ficou aguardando que parassem. Eu revirei os olhos. Na sua cabecinha, Emmett era o próprio Jesus Cristo que salvaria a nossa cidadezinha. Que irritante.

Emmett balançou a cabeça. "Vocês me conhecem como aquele garoto de Queen's Cove que aprontava por aí com os irmãos, e também como candidato a prefeito, mas tem um lado meu que não costumo revelar."

Como um bom showman, Emmett deixou a frase no ar. Uma onda de curiosidade se espalhou pelo restaurante. Meu estômago estava dando piruetas, e a adrenalina corria solta na minha corrente sanguínea de tanta ansiedade. A família dele demonstrou curiosidade. Ninguém emitiu nem um ruído sequer.

"Eu também sou um homem apaixonado."

Todas as mulheres suspiraram, menos eu. Senti o rosto formigar, e não sabia se era de irritação, nervosismo ou náusea. Os clientes me olhavam e sorriam. Deviam ter visto na internet a foto postada por Miri.

Emmett ficou meio acanhado. "É isso mesmo. Eu estou morrendo de amores, e por alguém que nunca imaginei que despertaria esse sentimento." Ele pôs a taça de vinho na mesa e enfiou a mão no bolso.

Eu fechei os olhos. *Por que*, por que *caralhos* eu topei essa cilada? A situação era um horror. Ninguém ia acreditar em nós. Ao bater o olho na minha cara, descobririam que era um puta fingimento.

Emmett pegou uma caixinha revestida de veludo azul-marinho, e logo soou pelo salão um coro de suspiros de espanto. Ele olhou bem para mim, e Max me apertou com mais força. Havia um nó na minha garganta. Apesar de tamanho constrangimento, eu não conseguia desviar o olhar. Ele era como uma âncora. A única pessoa que sabia a verdade, e estávamos juntos nessa.

Ele abriu um leve sorriso e veio na minha direção. Os passos lentos das botas no piso de madeira ecoavam, e ninguém sequer se mexia.

Max me empurrou para o meio do recinto. Sem escapatória.

"Avery", disse Emmett, e atrás dele Elizabeth levou as mãos à boca, eufórica. "Sei que você está com medo, e queria que o nosso namoro continuasse em segredo." Segurou as minhas mãos. "Mas eu sou louco por você, amor, e espero que o mundo todo saiba disso. Você faz de mim um homem melhor. Pretendo passar o resto da minha vida ao seu lado." Ele se ajoelhou, e ouvimos mais suspiros.

"Nossa!", exclamou Max.

Minha cabeça parecia prestes a explodir. Um riso de nervoso estava entalado nas minhas cordas vocais, pronto para vir à tona. Meu estômago se revirava. Todos observavam. Cada pessoa que eu considerava uma amiga estava presente, sem exceção, diante daquele acontecimento.

Na minha frente, Emmett abriu a caixinha.

Fiquei boquiaberta.

Havia uma aliança de diamantes vintage, da década de 1920, no estilo art déco. Eu já tinha visto algumas nesse estilo na internet. Os brilhantes ofuscavam, capturando a luz de todos os ângulos. O diamante central era de um cinza claro, como a cor dos olhos de Emmett. Um halo de diamantes brancos menores circundava a pedra maior, como uma cascata.

Uma joia maravilhosa. Complexa, única, exagerada, mas também delicada. Senti um aperto no peito.

Como ele adivinhou que eu ia gostar especificamente daquilo? A única pessoa com quem já conversei sobre isso tinha sido...

Hannah abriu um leve sorriso, mordendo o lábio, ansiosa. Ela levantou as sobrancelhas para mim.

Engoli em seco. Bom, dinheiro e influência abriam qualquer porta nesta cidade.

"Avery Adams, você quer casar comigo?", ele perguntou com um tom suave, mas alto para todos ouvirem.

O restaurante inteiro ficou em silêncio, esperando a resposta. A expressão de Emmett era gentil e reverente. Eu fiquei travada. Meu cérebro virou gelatina, lento e letárgico. Quanto mais silêncio, mais tensão. Puta merda, o que eu estava fazendo? Eu precisava abrir a boca. E dizer sim.

Com o canto do olho, vi que Chuck pegou o celular, talvez entediado.

O restaurante. Eu estava fazendo aquilo para comprá-lo. Emmett e eu estávamos juntos nessa, e minha palavra tinha valor. Eu sempre cumpria a minha parte de um acordo.

A incerteza surgiu em Emmett enquanto me aguardava. Seu pomo de adão subiu e desceu.

"Sim", murmurei.

"Sim?" Suas sobrancelhas se ergueram, e percebi que ele ficou aliviado por eu não ter estragado tudo. "Sim?"

Assenti e sorri, apesar de como me sentia. Na verdade, brincar com a sanidade e os sentimentos de Emmett era divertido. "Sim."

Ele enfiou a aliança no meu dedo, e antes que eu me desse conta, invadiu meu espaço pessoal e me beijou.

Eu mal respirava.

Seus braços me envolveram. Emmett estava me beijando.

Explodiram aplausos e gritos. Emmett estava me beijando. Estouraram uma garrafa de champanhe no bar. Emmett estava me beijando.

Sua boca era quente, macia, e sua barba por fazer roçou na minha pele, o que fez um calafrio percorrer a minha espinha. Senti o perfume masculino, e minhas mãos institivamente foram para seu peito. Estremeci de novo quando seus dedos se enroscaram no meu cabelo.

Antes que o meu cérebro processasse o que estava acontecendo, ele se afastou e sorriu para mim. "Bom trabalho", murmurou Emmett, bem pertinho.

Logo fomos cercados por amigos e familiares empolgados para nos parabenizar e desejar tudo de bom. Na hora dos abraços e dos apertos de mão, Emmett continuou ao meu lado como se estivéssemos grudados com cola, sempre com uma das mãos em mim, no cotovelo, no ombro, nas costas ou segurando a minha mão. Em meio ao caos, eu não tive tempo para pensar enquanto sorria, agradecia e encolhia os ombros ao ouvir que o pessoal não fazia a menor ideia da nossa relação.

Depois que todos voltaram às mesas e a equipe retomou os trabalhos, fiquei sentada no escritório, de olhos fechados, segurando a cabeça.

Soltei um longo suspiro. A pulsação diminuiu, mas a mente continuava a mil. Eu não conseguia acreditar no que tínhamos feito. Que havia dado certo.

Pensei na felicidade de Elizabeth. Ela correu para me dar um abraço depois do pedido de Emmett, com lágrimas nos olhos. Ficou nas nuvens por nossa causa. Seu filho mais velho iria se casar. Era tudo o que ela desejava.

Quanta culpa. Eu não estava gostando daquilo, muito menos de mentir para ela. Elizabeth era uma ótima pessoa, e eu já conseguia imaginar a decepção quando descobrisse que o noivado não havia vingado.

Mas então lembrei o que aconteceria se acabasse com a farsa. Emmett não assinaria meu contrato de empréstimo como avalista, eu perderia o financiamento, e Chuck poderia então fechar negócio com Keiko, para transformá-lo nunca casa de striptease ou sei lá o quê.

Eu estava fazendo algo errado? Sim. Mas qual escolha restava?

Se o menor dos males significava usar uma aliança por uns meses, ok. Os brilhantes capturavam a luz quando mexia a mão de um lado para o outro. Cada pequeno diamante havia sido posicionado com cuidado. Eu nunca tinha visto um anel igual.

"Maravilhoso", murmurei.

Ouvi uma batida na porta, e Emmett enfiou a cabeça lá dentro.

"Bom trabalho, Adams." Num tom de aprovação, fechou a porta antes de se recostar no gaveteiro.

Eu o encarei.

Ele cruzou os braços. "Que foi? Por que essa cara justo agora? Tudo correu melhor do que eu imaginava. A hesitação antes de aceitar?" Ele sacudiu a cabeça, todo satisfeito. "Você tem um talento natural. *Quem, eu? Casar com você? Ai, não sei...*", ele brincou, fazendo uma vozinha estridente e mordendo o lábio.

"Não foi encenação. Eu estava mesmo pensando se valia a pena te acompanhar na viagem só de ida pro inferno e conseguir meu restaurante."

Ele me fuzilou. Fiquei arrepiada, pensando no olhar que tínhamos trocado a poucos centímetros de distância. "Você é engraçada, sabia?"

"Sim."

Ele deu uma piscadinha. "E modesta. Uma coisa que temos em comum." Emmett ajeitou a postura. "A festa de noivado é domingo na minha casa." Ele fez uma pausa. "Passa aquele batom do dia do jantar com Miri e Scott."

Diante daquele sorriso malicioso, eu o empurrei para fora da minha sala.

"Vaza", falei.

Ele deu risada, de mãos erguidas. "Tudo bem, tudo bem. Boa noite, Adams."

Eu fechei a porta e desabei na cadeira. Ele ficou pensando naquele batom vermelho? Pensei em como estava vidrado na minha boca naquela noite, no ardor dos seus olhos antes de desviar, e da eletricidade no meio das minhas pernas.

Tratei de abrir o computador. Emmett começou a se infiltrar nos meus pensamentos, mas só porque a gente estava passando tempo de mais junto. Além disso, eu não transava fazia um tempo. Era natural. Claro que estava pensando no cara bonito que eu fingia estar namorando. Para o meu corpo, não havia diferença entre a realidade e o faz de conta.

Mas para a minha mente, sim. Era só um acordo de negócios. Emmett não tinha interesse em mim, ou de cara teria tomado uma atitude. Mas não teria sido recíproco. Então só o que eu precisava fazer, se quisesse finalizar o trato sem problemas, era manter a cabeça no lugar.

Tá, moleza.

10

EMMETT

"Emmett", gritou Miri, fora da construção baixa e antiga à beira da rodovia, perto dos limites da cidade. Depois do estacionamento, mais abaixo na encosta, havia uma prainha pedregosa e movimentada, mas pelas minhas corridas matinais eu sabia que o nascer do sol era espetacular. Eu gostava de passar por ali.

Até descobrir que o lugar abrigava criaturas do submundo.

"Emmett", gritou Miri novamente, e eu desci do carro.

Eu gostava de Miri. Um doce de pessoa, sempre muito gentil, e fazia vários trabalhos voluntários em Queen's Cove. Simplesmente um pilar da comunidade. Eu não tinha nada de ruim para dizer sobre essa mulher.

Mas ela era insistente, sim. Quando Miri me ligou para passar os detalhes sobre a reabilitação das tartarugas, falei que Div infelizmente já tinha marcado uma visita ao hospital. Só que ela disse que *já tinha confirmado minha presença com o meu assistente*.

Ela devia ser um gênio do mal.

"Bom dia." Abri um sorriso quando me aproximei, me sentindo enjoado.

"Bom dia, bonitão. Sua amada já está lá dentro."

"Quem?", perguntei. "Ah. Avery."

Miri deu risada e bateu no meu ombro. "Vem, vamos entrar. O repórter já chegou."

Fiquei na expectativa enquanto segurava a porta. "Quem?", eu perguntei pela segunda vez.

"Emmett", Don O'Rourke me cumprimentou no saguão da pequena sede. Don era o repórter do jornal e do blog de notícias. Ele cuidava da coisa toda, deixando para contratar um estagiário apenas durante a alta temporada. Ele estava com a câmera pendurada no pescoço, e abriu um sorriso largo. "Pronto pra fazer amizade com as tartarugas?"

Esfreguei a nuca e engoli em seco. No caminho, meu estômago já tinha dado um nó.

Ao lado de Don, Avery contraiu os lábios e tentou não sorrir. Ela estava com o cabelo diferente, preso num rabo de cavalo, em vez de solto, como sempre.

"Mal posso esperar", falei, simpático e tenso enquanto ia até Avery. Envolvi seus ombros e a puxei para junto de mim, dando um beijo na lateral de sua cabeça. Seu cabelo tinha um cheiro delicioso de recém--lavado. "Oi, amorzinho."

"Oi, amorzão." O tom era de pura satisfação.

Miri soltou um suspiro de espanto ao ver a aliança, segurando a mão de Avery. "Eu ainda não tinha visto. Ah, nossa." Miri olhou bem para mim. "Que maravilhoso, Emmett. Ótimo gosto."

Avery ficou admirando o anel. No dia anterior, eu a tinha flagrado do mesmo jeito em seu escritório. "Não sei como ele arranjou isso."

Eu sorri, sentindo satisfação. "Eu tenho contatos."

Ver Avery encantada me deixava feliz. No dia que eu recebi o sinal verde para o noivado, fiz uma visita a Hannah. Na pequena livraria empoeirada, Hannah folheou um livro sobre joias vintage, mostrando os formatos e estilos que mais agradavam a Avery. Viajei três horas até Victoria e vasculhei as joalherias atrás de uma peça vintage que as pessoas acreditassem que seria do seu gosto. Se gastei uma boa grana? Sem dúvida, mas, assim que os olhos dela se iluminaram, não fazia diferença.

Miri ficou nos encarando. "Vocês já marcaram a data?"

"Ainda estamos pensando." Avery deu de ombros. "Provavelmente no ano que vem ou no outro."

Senti vontade de abraçá-la de novo, mas me contive.

Uma coisa estranha vinha acontecendo ultimamente — eu estava pensando cada vez mais em Avery.

Primeiro, foi aquele beijo desajeitado para a foto de Miri. Fiquei pensando na minha boca roçando seu rosto, quase engolindo uma mecha de cabelo. Queria desesperadamente uma nova chance, porque eu era Emmett Rhodes e não dava beijos desajeitados.

Deu certo quando pedi Avery em casamento no restaurante. Quando senti sua boca macia, puta que pariu. Macia e doce demais, e seu cabelo parecia seda, e isso não bastava. Aquele beijo foi comportado demais. Eu era Emmett Rhodes, nada comportado.

Então eu precisava de mais uma chance, um beijo pra valer. Não sabia quando ia acontecer, mas com certeza haveria oportunidade. Beijando de novo, eu poderia parar de fantasiar — de pensar nela e no seu corpo, e de imaginar como deviam ser seus peitos, e me concentraria na eleição.

"Alguém aceita uma coisinha para comer antes do passeio?", perguntou Miri, pegando uma bandeja de tortinhas atrás da mesa. "Scott me ajudou a fazer ontem à noite."

Primeira regra de um candidato a prefeito: se oferecerem comida, aceita. Alergia? Não importa. Não gosta do prato? Cala a boca. Comeu três ovos e uma torrada com avocado e bebeu uma vitamina uma hora antes? Aguenta firme aí.

"Claro." Dei uma mordida. Não reconheci a textura do recheio.

"Parece ótimo", Avery comentou. *Perfeito, Avery. É assim que se faz.* "É do quê?"

"Essas eu fiz com as tartarugas que não sobreviveram", respondeu Miri, e eu cuspi metade da tortinha no guardanapo.

Avery levou a mão à boca, por causa do susto, do riso ou dos dois.

"Brincadeira!", gritou Miri, aos risos. "São de carne moída."

Avery e Don começaram a gargalhar, e o meu rosto ficou vermelho.

"Você me pegou." Sorri para Miri, ou melhor, mostrei os dentes. Ela arregalou os olhos. "E o passeio?"

"Ótima ideia", concordou Miri, e nós entramos no local. Ela nos guiou da recepção para as instalações, falando sobre a organização enquanto Don anotava tudo, Avery fazia perguntas por educação e eu tentava não olhar muito pelas vidraças.

"Como as tartarugas vêm parar aqui?", Avery quis saber.

Miri balançou a cabeça, entusiasmada. "Algumas são feridas pelos motores dos barcos da marina, algumas são atropeladas por carros, outras são atacadas por animais ou tubarões, aí as pessoas ligam e nós mandamos o resgate. Parte delas chegam com choque térmico pelas quedas bruscas de temperatura." Ela fez um gesto para entrarmos. "E às vezes as pessoas simplesmente não dão às tartarugas de estimação o amor e cuidado que elas precisam. Nós recebemos tanto as domésticas como as marinhas. Vamos conhecer algumas."

Caralho, que nojo.

"Eu só vou fazer uma ligação rapidinho...", comecei, mas Avery me pegou pelo braço.

"Ele pode fazer isso mais tarde." Seus olhos brilhavam de vingança sob as luzes fluorescentes. "Vamos lá, Emmett, fazer carinho nas tartaruguinhas."

Tentei demonstrar o tamanho da encrenca em que ela havia se metido, mas acabei só admirando o quanto estava se divertindo. Para Avery, era apenas uma brincadeira. O meu nojo de tartarugas se resumia a motivo de piada.

Miri abriu a porta, e entramos numa sala lotada de tanques enormes. Meu olhar alternava entre Miri, o chão, o teto, Avery e a câmera de Don — qualquer coisa que não fossem aquelas criaturas pavorosas atrás do vidro. O braço de Avery ainda estava preso ao meu, e a outra mão repousava sobre o meu bíceps. Sentia o calor através da camisa. Talvez ela achasse que eu fosse fugir. Ou talvez fosse uma desculpa para ficar encostando em mim.

Essa ideia me provocou um calafrio na espinha.

Olhei para sua mão delicada com a aliança que eu tinha comprado. O toque não me incomodava. Nem um pouco.

"... não tem gerador, então, no último apagão, os aquecedores ficaram sem energia", Miri explicou, "e as tartarugas ficaram geladas."

"Ouviu, Emmett?" Avery fez com exagero uma expressão solidária. "As tartarugas ficaram *geladas*. Terrível, né?"

Eu assenti. "Pois é. Que horror. Mas o mar não é gelado?"

Miri deu outro tapinha no meu ombro, rindo. "Ah, só você."

Fiz cara de interrogação, e Avery se esforçou para não gargalhar. *Ah, só você*, ela articulou com a boca quando Miri e Don não estavam olhando, e foi a minha vez de me conter para não cair na risada. Ela tentou se soltar, mas eu a segurei.

"Você vai salvar as tartarugas se for eleito, Emmett", Don observou, entre anotações. "Vou pôr isso na matéria."

Avery se animou. "Por favor."

"É mesmo!", exclamou Miri, dando um tapa na própria testa. "Eu nem pensei nisso. Como é que eu não pensei nisso?"

"Emmett", disse Avery, num tom travesso. "Sua campanha tem um mascote?"

"Ai. Meu. Deus." Miri estava de queixo caído. "Avery, você está pensando o mesmo que eu?"

Respirei fundo pelo nariz. A eleição. Virar prefeito. A volta de Will e a família para Queen's Cove.

Avery assentiu. "Uma tartaruga?"

"Uma tartaruga como mascote!", gritou Miri, batendo palmas. Ela abriu a tampa de um tanque.

Meu coração foi parar na boca. Por instinto, dei um passo atrás, mas Avery me agarrou pelo braço. Ela era mais forte do que parecia. Aposto que frequentava a academia. Uma breve imagem de como ela ficaria sem roupa surgiu na minha mente, mas Miri surgiu com uma tartaruga nojenta, e esqueci completamente de Avery pelada.

"Olha só." Miri adorava de verdade aquele monstrinho enrugado.

"Hã..." Eu fiz uma careta. "Uau. Ela é... inacreditável." E me arrependi de ter comido no café da manhã. Os braços do bicho estavam abertos como se estivesse saltando de paraquedas, e os olhos esquisitos encaravam o fundo da minha alma.

"O nome dela é Elizabeth, em homenagem à sua mãe. Ela fez uma doação uns meses atrás. Nós batizamos uma tartaruga com o nome de cada um dos doadores."

Don ficou espantado. "Eu tive uma ideia incrível."

"Qual?" Avery se divertia. Tentei fazer um alerta, e ela cravou as unhas em mim, mas, em vez de me machucar como pretendido, só me deixou estranhamente com tesão. Os cabelos da minha nuca se arrepiaram.

"Já estou vendo — candidato a prefeito Emmett Rhodes promete manter as tartarugas aquecidas", falou Don. "E a foto de Emmett segurando a tartaruga. Na primeira página!"

"Sim!" Miri se aproximou com a criatura.

"Não", eu disse depressa.

Miri e Don fizeram uma expressão curiosa. Avery levantou as sobrancelhas, com aquele sorriso brincalhão.

"Quer dizer, Avery devia aparecer na foto comigo, porque é minha noiva e tal." Isso mesmo. Se eu ia afundar, ela iria junto. "Segurando outra tartaruguinha."

Avery nem ligou. "Claro. Boa ideia."

Droga.

"Olha só, todo mundo pensando em conjunto." Miri sorria, segurando a tartaruga como se estivesse me entregando um bebê recém-nascido. "Não faça movimentos bruscos, ou ela pode morder."

"Quê?", minha voz soou aguda, e Avery começou a rir, mas era tarde demais. Miri praticamente jogou aquela coisa em cima de mim, e quando vi estava carregando aquilo.

Nas mãos.

O refluxo chegou na garganta.

Que bicho gelado e úmido.

A parte de baixo do casco parecia uma bexiga molhada.

Que ódio. Estava no inferno.

Miri abriu outro tanque, e Avery mal conseguia se conter. "Você me paga", murmurei.

Ela piscou para mim, e fiquei bobo. A piscadinha era o *meu* lance. Não dela. Meu. Não gostei disso nem um pouco.

"Aqui." Miri estendeu outra tartaruga, que Avery pegou.

Don tirou uma foto. "Digam xis."

"Acho que você devia falar isso primeiro", falei.

"Vamos fazer uma beijando a tartaruga", Avery sugeriu, e tudo o que eu tinha comido de manhã se remexia.

"Ótimo." Don ergueu a câmera. "Emmett, levanta até a boca, igual a Avery."

Fechei os olhos e respirei fundo antes aproximar o troço do meu rosto. Fiz contato visual direto, olhando nos olhinhos redondos. Me senti mal pela tartaruga. Ela também não parecia estar a fim de fazer aquilo. Era uma situação humilhante para nós dois.

"Faz biquinho, Emmett", Miri instruiu. "Como se estivesse dando um beijo."

Avery me deu uma cotovelada. Ela não se controlava. "É, Emmett, um beijinho na Elizabeth."

"Eu vou passar mal", murmurei.

Não beijei de verdade. Nem Avery beijou. Eu acho. Nós só fingimos. Assim que o flash piscou, devolvi a coisa para Miri e corri para lavar as mãos na pia. Provavelmente corria risco de uma infecção por salmonela. Sentia calafrios e refluxo.

Alguns minutos depois, o passeio havia terminado, e Avery e eu demos tchau a Don e Miri.

"Voltem em breve", Miri gritou atrás de nós.

"Nem fodendo", falei baixinho.

Assim que Miri voltou para dentro, eu limpei as mãos em Avery. "Que nojento. Não acredito que você me fez entrar nessa. Ainda tô sentindo a gosma nas mãos."

Ela gargalhava. "Não acredito que você obedeceu tudo. Eu não esperava que você fosse beijar a tartaruga."

"Quê?" Fiquei pasmo. "Tá me zoando?"

Avery mal conseguia respirar. Estava apoiada no meu carro, se curvando de rir. "Ai, nossa." Ela ficou de pé, às lágrimas. "Hoje tá sendo o melhor dia de todos, e ainda não é nem hora do almoço. Aliás, que tal a gente ir até o restaurante e preparar umas tortas de carne moída?"

"Eu nunca mais vou comer nada", respondi, e ela ria. "Você ainda vai na festa de noivado amanhã, certo?"

Ela ficou séria e assentiu com a cabeça. "Claro. Às seis?"

"Umas cinco e meia. Seria melhor se você chegasse lá antes do pessoal."

Ela concordou. Seus olhos profundamente azuis brilhavam forte sob o sol. "Certo." Ela viu as horas no celular. "Preciso ir, até mais."

"Até."

"Isso foi divertido." Ela me deu um beijo no rosto e foi embora de carro. Fiquei parado, confuso e bobo.

No estacionamento vazio, não havia ninguém a quem convencer a respeito da nossa relação. Avery fez aquilo por vontade própria. Continuei sentindo sem parar aqueles lábios macios no meu queixo. Pensei em Avery na minha cama, nua, e o meu pau acordou.

Merda.

Eu estava gostando de Avery Adams.

11

EMMETT

Uma batida na porta me acordou do cochilo da tarde. Que horas seriam? Tateei em busca do celular, com os olhos embaçados e os pensamentos nublados pelo sono.

Cinco horas. Dormi demais, e o pessoal do bufê já tinha chegado.

Vesti a calça, sem me preocupar com a camisa, e corri pela escada para abrir a porta, espremendo os olhos por causa da luz do dia. "Opa, podem entrar... ah. Oi."

Avery estava na frente da minha casa, com um vestido até a metade das coxas. Preto com estampa florida, mangas curtas e bem-comportado, a não ser pelo decote generoso. Meu olhar foi direto para seu colar, com um pingente dourado entre os seios.

Uma pele suave. Lisinha. Meus dedos formigavam de vontade de roçar aquele decote, sentir aquela pele macia e ir descendo mais.

Meu sangue foi todo para o pau antes que eu tivesse tempo de observar o rosto dela. Eu respirei fundo. Ali, de pau duro e calça de moletom, uma combinação bem infeliz.

"Oi", repeti, com os olhos no seu decote. Ela sempre usava golas mais altas, aliás. Pera, eu já tinha reparado nos peitos dela? Nesse momento, eu não conseguia prestar atenção em mais nada. "O pessoal do bufê ainda nem chegou." Enrijeci os músculos das coxas, porque li uma vez que ajudava a se livrar de uma ereção indesejada.

Voltei ao seu rosto, mas dei de cara com seu olhar percorrendo o meu peito descoberto com uma expressão, digamos, *sedenta*.

Meu pau ficou mais duro.

"Hã..." Ela tinha as pálpebras semicerradas. "Você acabou de acordar?"

"Tirei um cochilo." Fiz um gesto para que ela entrasse, focando loucamente nas minhas coxas para acabar com a ereção visível.

Ela passou por mim no hall de entrada, e fui presenteado com uma linda visão de suas pernas incríveis, longas e bem torneadas. Eu apostava que a pele ali era bem macia. Era óbvio que seria maravilhoso passar a boca naquelas coxas antes de...

"Fica à vontade", eu disse, já subindo a escada. "Só vou tomar um banho rápido."

Meu Deus, Rhodes, se controla.

Vinte segundo depois, eu estava tremendo embaixo da água gelada.

Eu não vou bater uma no chuveiro pensando na Avery.

Não vou ficar pensando nos peitos maravilhosos dela.

Não vou pensar em cair de boca naquele decote.

A campainha tocou de novo. Devia ser o bufê. Ia fechar o chuveiro sem mais pensamentos. Avery deixaria o pessoal entrar. Ela não era do tipo que ficava sentada sem fazer nada, sempre tomava o controle da situação quando necessário. Gostava disso, percebi. Sua disposição para trabalhar em equipe.

Inclusive, ela provavelmente acabaria tentando ajudar até *demais*. Não que eu não quisesse ajuda, mas preferia que ela relaxasse e se divertisse, sem trabalhar só por uma noite. Comentaria sobre isso com Div, caso ele a visse pondo os pratos na lava-louça ou arrumando os canapés nas bandejas.

Era uma noite importante. Eu tinha convidado um monte de gente — família, amigos, os amigos de Avery, todo mundo que tinha alguma influência na cidade. Precisava que eles vissem nós dois juntos na minha casa e, acima de tudo, que passassem a me encarar como um homem estável, que tinha tudo sob controle na vida, e não um safado que vivia de pau duro feito um adolescente.

Se eu estava a fim da Avery? Claro. Com certeza. Quem não ficaria? Sempre a achei bonita, fora que era divertido provocá-la, mas nunca tinha ficado com tanto tesão assim.

Mas era justificável. A gente estava fingindo ser um casal, e essa confusão acabaria acontecendo mesmo. Não significava grande coisa.

Além disso, para Avery, havia apenas uma simples transação de negócios.

Eu saí do chuveiro. Nosso beijo no restaurante voltou à minha mente. Soltei um grunhido enquanto passava a toalha nos cabelos molhados. Eu repetiria a dose só mais uma vez para pôr um fim na vontade e depois me concentraria na campanha. Esse era o motivo por trás de tudo, afinal.

Depois que me vesti e passei um pouco de mousse no cabelo, desci as escadas. Avery estava conversando com o pessoal do bufê enquanto abria espaço na minha geladeira para as entradinhas. O *bartender* estava arrumando o espaço no pátio. Pouco depois, as pessoas começaram a chegar ao som da música. Logo a campainha tocou.

"Hannah, oi", cumprimentei. Ela ficou vermelha e me entregou uma garrafa de vinho. "Feliz festa de noivado. Eu não sei nada sobre vinhos", ela admitiu, constrangida, fazendo uma careta.

"Bom, então você deu sorte, porque eu adoro este aqui", falei, oferecendo um abraço. Ela pareceu surpresa. "Pode entrar."

"Sua casa é linda." No hall, ela fez um aceno e abriu um sorriso para Avery. "Oi."

Avery a abraçou apertado. "Você veio."

"Claro que sim. É o seu noivado."

Atrás dela, Wyatt e Holden subiam os degraus. "Quem convidou essa gentalha?", perguntei. Wyatt me deu um empurrão de brincadeira.

"Vocês já conhecem a Hannah, né?"

Hannah ficou paralisada. "Vou no banheiro." E se afastou às pressas. Estranho.

"Avery", disse Holden.

"Oi, Holden." Ela sorriu. "Obrigado por ter vindo."

"Não vou ficar muito tempo", ele avisou. "Não gosto de festas."

Ela fez um sinal de positivo. "Ok, então."

Mais tarde, todos estavam com seus copos na mão, e um garçom circulava com as bandejas de canapés à medida que os convidados conversavam, riam e tiravam sarro da playlist de música disco escolhida por Wyatt. O *bartender* preparava os drinques no espaço improvisado na lateral do pátio enquanto o sol começava a se pôr entre as árvores.

"Como vai a campanha?", minha mãe perguntou. Nós estávamos recostados no gradil do pátio. Procurei por Avery, mas não a avistei. Ela devia estar lá dentro.

"Muito bem, eu acho." Pensei na última atualização de Div, naquela manhã. "Estamos subindo nas pesquisas e criando bastante engajamento, recebendo muitas perguntas dos eleitores."

Assim que Avery e eu anunciamos o noivado de mentirinha, minhas intenções de voto dispararam. Ainda não tinha a mesma aceitação que Isaac, o que me incomodava, mas Div e eu passamos horas trabalhando na campanha na noite anterior, e não havia mais a ser feito além de continuar circulando por Queen's Cove e provar que era responsável.

Meu pai ergueu sua cerveja. "Div é competente, né?"

"Com certeza. Ele é quem tá tocando a campanha." Eu já tinha revelado a ele que, depois da eleição, poderia escolher entre trabalhar comigo na prefeitura como assessor ou receber uma promoção na Construtora Rhodes.

"E as coisas com a Avery também parecem estar indo bem." Minha mãe abriu um sorriso de confidente.

"Verdade." Senti um leve aperto no peito, ainda sem vê-la por perto.

"Me deem licença só um minuto", meu pai falou. "Elizabeth, quer outra bebida?"

"Quero, obrigada." Ela fez um carinho no braço dele. "Emmett, fiquei surpresa com o pedido de casamento, mas sei que você sempre tem um truque na manga. Vai ser ótimo tê-la na família, e não vejo a hora de passarmos mais tempo juntas. Estou feliz demais por essa decisão."

Que pontada de culpa. Tudo o que a minha mãe sempre quis foi a felicidade dos filhos, e ela claramente gostava de Avery. Seria impossível impedir que se apegasse ainda mais à minha noiva de faz de conta, a minha mãe era assim mesmo, uma pessoa calorosa, gentil e acolhedora. Engoli em seco, imaginando o quão difícil seria para ela quando eu e Avery anunciássemos o fim. Ela não diria nada, porque nunca quis causar preocupação aos filhos, mas com certeza ficaria bem triste.

Meu pai voltou com a bebida. "Elizabeth, trouxe uma coisa que acho que você vai gostar. Se chama French 75."

Minha mãe deu um gole da taça de champanhe, levantando as sobrancelhas. "Humm. Bolhas e um azedinho?"

"Limão, champanhe e gim. Cuidado", avisei. "Isso é forte."

"Pois é, nada de fazer loucuras ou mais um filho." Meu pai a abraçou, e ela revirou os olhos.

Eu fiz uma careta. "Certo, essa é uma festa de família."

"Vamos marcar um jantar com a Avery assim que possível", meu pai sugeriu.

"Emmett." Div apareceu, dando um empurrãozinho numa Avery com ares de culpada. "Eu a encontrei atrás do bar."

As bochechas dela ficaram vermelhas. "Eu só estava vendo se estava abastecido."

"Obrigado." Puxei Avery para mim.

"Avery, parabéns pela compra do restaurante", meu pai disse.

"Obrigada, mas ainda estamos fechando o negócio." Os olhos dela buscaram os meus.

Apertei de leve seu ombro e olhei bem para seus olhos azuis. "Vai rolar." Dei uma piscadinha, e ela sorriu.

"Vocês já marcaram a data?" Minha mãe estava empolgadíssima, mas tentava se controlar para não assustar ninguém.

"Daqui a alguns anos. Ainda não pensamos muito nisso. Não estamos com pressa."

"Ah. Enfim." A decepção era visível na minha mãe. "Tudo bem. Só não inventem de casar quando eu estiver na Europa!" E deu risada.

"Ah, a sua viagem. Quando vocês vão?", perguntei a eles, depois me dirigi a Avery. "Eles alugaram uma casa no sul da França por seis meses a partir de julho."

Os olhos de Avery se iluminaram. "Que incrível. Vocês vão comer como reis."

Meu pai gesticulou para nós. "Vocês podem passar um tempo lá também. A casa tem bastante espaço."

"Quem sabe", Avery respondeu com um meio sorriso. "Só não sei se vou poder ficar longe do restaurante nesse processo." Ela abriu um sorrisinho.

"Vocês podem fazer uma visita para procurar lugares especiais", sugeriu minha mãe, erguendo as sobrancelhas. "Um casamento no sul da França no verão. Dá para ser mais romântico?"

Aí me veio um estalo.

"Só um instantinho", falei aos meus pais. "A gente precisa dar uma olhadinha na comida." Puxei Avery para dentro da casa, longe da festa.

"Por que você tá tão esquisito?", ela perguntou na cozinha silenciosa.

"Eu tive uma grande ideia. Sabia que eu sou um gênio?"

Ela estava séria.

"Tudo bem ficar intimidada pela minha capacidade intelectual." Abri um sorriso charmoso para ela.

Avery respirou fundo, irritada, e um sentimento de felicidade invadiu o meu peito.

"Você me chamou aqui pra se gabar?"

"Não." Eu me apoiei nela. "A gente devia casar."

Ela ficou paralisada. "Quê? De verdade? Sem chance."

"Porra, não *de verdade*. A gente pode assinar uma certidão sem valor legal ou algo do tipo. Numa cerimônia de casamento. Adams, você viu como a minha mãe pirou só de falar nisso. Imagina como seria a reação da cidade." Eu soltei um suspiro. "As intenções de voto iam parar nas alturas."

"Elizabeth não 'pirou', ela só fez perguntas educadas."

"Esse é o empurrão de que eu preciso para atropelar o Isaac. Tô com um ótimo pressentimento."

"Emmett, não. A gente já foi longe demais na mentira. Eu não vou perder tempo planejando um casamento que nem quero."

Fiquei mais perto dela. "Adams, você nem tem que se mexer. Eu cuido de tudo."

"Não. Eu não vou fazer isso."

Fiz uma pausa, pensativo, ignorando o calor de sua pele, que irradiava das mangas do vestido. Avery queria o restaurante. Eu assinaria o empréstimo como avalista, já estava certo. Além de instalar de graça as melhores janelas, era o que ela ganharia por ter aceitado o noivado.

Quando fui ao Arbutus algumas semanas antes, notei um estrago no deque provocado pela água.

A solução. Eu faria uma barganha.

"O conserto do deque. A Construtora Rhodes vai trocar aquelas tábuas podres pra abrir espaço no pátio. Mais mesas, mais dinheiro no verão."

Ela ficou receosa. "Um deque novo."

Eu soltei uma risadinha. "De jeito nenhum."

Ela cruzou os braços. "As tábuas novas não vão combinar com as antigas. Vai parecer um remendo malfeito."

Imitei sua expressão. "Nosso trabalho nunca parece um remendo malfeito."

"Um deque novo." Nossos rostos estavam a poucos centímetros.

Eu cheguei mais perto. "Não. Um conserto no deque."

Ficamos nos encarando, e uma faísca se acendeu nos olhares. A gente ia se beijar?

Uma nova chance?

"Sem chance." Ela fez menção de sair da cozinha, mas eu a segurei.

"Tudo bem, tudo bem. Um deque novo. Pelo amor de Deus, Adams, negociar com você não é fácil."

Seu sorriso malicioso mexeu comigo até a ponta do meu pau. Então ela ficou na ponta dos pés, com a boca na minha orelha. "É porque o poder tá nas minhas mãos", ela murmurou, e estremeci tanto por causa das palavras quanto pelo seu ar quente no meu ouvido.

Avery se desvencilhou de mim e saiu da cozinha. Eu fiquei ali parado, pensando em como seria se ela lambesse o lóbulo da minha orelha. Estremeci de novo, e o meu pau até doeu. Uau.

Eu estava muito a fim de Avery Adams e precisava resolver isso logo. Ainda naquela noite. Eu tentaria a sorte mais tarde.

"Tenho uma ótima notícia", falei para os meus pais de volta ao pátio. Avery estava com eles, e eu a puxei com força para perto. "Como a viagem pra Europa é longa, vamos casar antes de vocês irem."

Os dois ficaram de queixo caído.

"Que ótimo, querido", disse a minha mãe. "Você sabe que nós vamos daqui a um mês, não é?" Ela olhou para Avery e para mim. "Tem certeza de que você não está grávida?"

Avery soltou um risinho pelo nariz. "Com certeza eu não tô grávida."

Imaginei nitidamente Avery sem roupa na minha cama, eu comendo essa garota e gozando dentro dela. Fazendo um filho.

Eu nunca tinha pensado em ter filhos.

Mas Avery com um filho nosso na barriga? Por que isso tinha um apelo tão grande?

Eu limpei a garganta. "A gente só prefere que a questão não vire um drama que se arraste para sempre. Um estorvo que fique pesando na nossa cabeça durante anos."

"Um estorvo?", repetiu a minha mãe.

Meus pais não ficaram contentes, e Avery me lançou um olhar incrédulo, como se estivesse fazendo força para não revirar os olhos.

"Quer dizer", eu recomecei, sorrindo, "nós estamos tão apaixonados que não queremos esperar mais."

"Ah, que bom." Meu pai soou um tanto melancólico.

"Você já escolheu o vestido?", perguntou a minha mãe.

"Ah. O vestido. É mesmo. Preciso de um, né?"

Minha mãe deu risada. "Se eu não conhecesse vocês dois, diria que não estão nem um pouco interessados em casar."

Senti Avery ficar tensa. Alguma coisa se revelou no nosso olhar. Eu a apertei com mais força, e ela fingiu simpatia.

"Eu nunca fui boa nessas coisas de casamento."

Minha mãe pegou o celular. "Nós podemos ir ao Wedding Bells, em Victoria, no fim de semana."

"Como é?" Avery ficou confusa.

"Para comprar um vestido. Eu vou junto." Ela ergueu os olhos da tela. "Sua mãe vai estar lá também, né? Seria bom conhecê-la."

Instintivamente, minha mão foi ao seu ombro, e o meu polegar roçou a pele logo abaixo de sua clavícula. Por que ela ficou tão incomodada com ideia de comprar um vestido com a mãe? Não era nada de mais.

"Acho que ela não conseguiria ir, com tão pouca antecedência", ela respondeu.

Meu pai, sempre atento, percebeu o constrangimento. "Ouvi dizer que vocês fizeram uma visita à casa das tartarugas hoje."

"Um nojo."

Os olhos de Avery se iluminaram. "Ai, nossa. Quase esqueci. Só um segundinho." Ela se afastou, e voltou em um instante com uma pilha de fotos. "Elizabeth, é pra você."

Minha mãe começou a gargalhar da foto que Avery segurava. Meu pai pegou outra da pilha e uivou de rir.

"Que foi?", perguntei.

"Eu parei no escritório do Don no caminho pra cá. Ele imprimiu essas fotos." De olhos fechados, ela ficou toda satisfeita consigo mesma. "E ficaram *muito* boas."

"O que está acontecendo aqui?", Wyatt perguntou, pegando o retrato da mão do meu pai. "Ah, cara." Ele riu e me olhou com dó. "Você faz de tudo pra ganhar, né?"

"Eu não tive escolha", falei mais alto que os risos. "Avery armou pra mim." Fiz uma careta ao ver a imagem das tartarugas. A câmera capturou o sorriso de pura alegria de Avery e o meu desgosto absoluto.

A pessoa responsável pelo bufê sinalizou que o jantar estava pronto. Soltei um suspiro de alívio e conduzi Avery lá para dentro.

"A gente não conversou nada sobre o casamento", Avery murmurou pouco antes da porta do pátio. Meu braço estava firmemente posicionado em torno dos ombros dela. Não achava que ela fosse querer continuar ajudando no serviço durante o jantar. Além disso, nós formávamos um ótimo casal. Uma imagem perfeita. Ela estava usando perfume, um aroma leve e cítrico, de laranja talvez, com uma nota de especiarias que não consegui identificar.

"Div vai contratar uma pessoa pra cuidar de tudo", prometi. "A gente não precisa se preocupar com nada."

"Certo", ela concordou, contrariada. "Mas e o dinheiro?"

Eu já devia ter previsto. "O que é que tem?"

"A gente não discutiu o orçamento."

"Porque isso não é da sua conta."

Ela ficou de deboche. "Hã, meio que é da minha conta, *sim*, sou a noiva."

"Não esquenta com isso."

"Emmett."

"Adams. Você não vai pagar nada."

"Vou, sim."

"Não." Ofereci a minha expressão mais séria e severa. "Não vai, não. Olha, Adams, não sei se você já percebeu, mas eu tenho grana. E vou gastar com quem? Meus irmãos? Meus pais? Isso eu já faço. Minha mãe tem um monte de chaleiras antigas. Ninguém bebe tanto chá na vida. Eu sou dono de uma bela casa, um belo carro etc. Minha situação é bem confortável. O dinheiro do casamento vai todo para os fornecedores locais. Além disso, faz parte do lance da eleição, então é um investimento, não um gasto."

Nós estávamos separados por menos de meio metro. "Não tô gostando nada disso."

"Azar o seu, baby. Vem, vamos comer." Eu ignorei que ela ficou pasma e a puxei para dentro de casa. Acho que Avery não está muito acostumada a receber respostas como *Azar o seu, baby*, e isso me fez sorrir. Nós nos acomodamos à mesa.

O pessoal do bufê tinha acrescentado mais mesas, de modo que o grupo de trinta pessoas pudesse jantar confortavelmente, e a casa foi preenchida pelas conversas animadas enquanto se serviam os pratos. As fotos idiotas da prisão das tartarugas passaram de mão em mão, e as risadas se espalhavam pela sala. Pelo menos os convidados estavam se divertindo. Avery estava com Hannah e um amigo meu do conselho municipal, entretida numa conversa sobre livros raros. Era bom vê-la relaxar assim.

Chamei um garçom. "Você pode pegar outro para ela?" Entreguei o copo vazio de Avery. Alguns minutos depois, Avery dava um gole no drinque.

"Obrigada", ela murmurou, pondo a mão no meu braço.

Alguma coisa vibrou no meu peito, como uma corda de violão. Gostei de senti-la me tocando desse jeito, um gesto simples, sem conotação sexual, apenas afeto. Havia um leve prazer na minha corrente sanguínea por causa do contato da sua pele. Geralmente, eu não era assim com as mulheres. Aliás, nem *gostava* de mulheres dessa forma. Mas estava começando a gostar de Avery, o que era bom, porque ficaríamos juntos por pelo menos mais um mês.

"Por nada", respondi baixinho, e ela sorriu e recolheu a mão ao colo.

Quando todos terminaram de comer e os pratos foram recolhidos, o meu pai levantou sua taça.

"Eu gostaria de fazer um brinde." A mesa fez silêncio. "Avery", ele disse, sorrindo carinhosamente, como era do seu feitio, "nós nos conhecemos pouco, mas já gostamos bastante de você."

Vários suspiros audíveis. Avery sorriu e, por vontade própria, os meus braços envolveram seus ombros.

"Você fez de Emmett um homem muitíssimo feliz." Ele ergueu a taça. "Bem-vinda à família. A Avery e Emmett."

"A Avery e Emmett", todos repetiram, e as taças começaram a tilintar.

Eu e ela trocamos olhares quando brindamos. Havia alguma coisa se instalando entre nós — uma amizade. Baixamos brevemente a guarda e embarcamos juntos naquela grande mentira em prol do bem comum. Examinei seu rosto bonito, seus olhos azuis enormes e as sardas espalhadas no seu nariz.

"Agora o beijo", gritou Wyatt.

"Beija, beija!", os outros ecoaram.

Os olhos de Avery se arregalaram, e os cantos da boca se moveram. Fixei em seus lábios e fui descendo pelo pescoço e o decote convidativo antes de voltar à boca. Uma fração do que senti ao abrir a porta de casa naquela tarde voltou a se espalhar pelo meu corpo.

Essa era a chance. Minha nova oportunidade. Teria que dar certo.

Levando a mão à sua nuca, eu a beijei.

Que macia. Essa foi a primeira coisa que notei. A boca, o cabelo roçando na minha camisa, tudo era macio. Leve. Delicado e suave. A outra mão pousou entre seu pescoço e seu ombro, e fiz um carinho. Ela estremeceu sob as minhas mãos e minha boca. Meus dedos se enroscaram no seu cabelo, e agarrei uma mecha inteira, puxando de leve sua cabeça para ter mais acesso à sua boca doce e gostosa. Deslizei a língua para dentro dela, sentindo seu gosto, e o desejo tomou conta de mim.

Meu *Deus*. Aquilo era muito, muito melhor que o beijinho do dia em que a pedi em casamento. Devia ter sido assim. Minha língua roçou na dela, e sua garganta soltou um ruído, repercutindo em cada célula sanguínea do meu corpo até chegar ao pau, e eu voltei a ser um adolescente armando a barraca por causa de um beijo. Sua mão pousou na minha coxa, cravando as unhas, me deixando ainda mais duro. Soltei um leve gemido. Eu estava envolvido pelo seu cheiro, uma mistura de xampu e daquele perfume de laranja com especiarias.

Alguém pigarreou, e nós ficamos paralisados.

Havia variados graus de choque estampados no rosto de todos.

Ela soltou minha camisa, desgrudamos as bocas, e eu fiquei com as mãos livres. Avery se ajeitou na cadeira, com o rosto vermelho. Já eu estava mais ocupado em esconder a sólida evidência de paixão na calça.

Wyatt levantou as sobrancelhas, sorrindo. "Que beleza", ele disse, e Holden o cutucou com o cotovelo.

"Certo, acho que não precisamos ter medo de morrer sem virarmos avós", brincou meu pai, e os convidados caíram no riso.

O pessoal do bufê trouxe o bolo: *Parabéns, Avery e Emmett!*

"Você anda praticando sem mim, Adams", murmurei no seu ouvido.

Ela limpou a garganta, e eu dei um longo gole na cerveja. Minha pele estava em chamas. Ainda de pau duro, fiquei na mesa com meus amigos mais próximos e minha família. Só pensava no gemidinho dela, da sensação nas minhas mãos, na minha boca, quando o ruído reverberou pelo seu corpo.

A princípio, eu queria mais um beijo porque os dois primeiros tinham sido péssimos. Contidos, rápidos e sem graça. Mas agora? Não teve nada de contido, e muito menos de sem graça. Só que havia sido rápido, e eu precisava de mais. Uma nova tentativa. Desejava sua boca na minha, como se tivesse experimentado algo e agora fosse finalmente devorar o prato inteiro.

Eu tinha que ouvir o gemidinho de novo.

12

AVERY

Ao fim do jantar e da sobremesa, a maioria dos convidados tinha ido para casa e só restavam alguns de nós na sala, bebendo e conversando, quando Wyatt tirou a calcinha de renda de debaixo do sofá. Houve uma expressão geral de *Pega no flagra!*

Meu estômago foi parar na boca.

"O que é isso?", perguntou Wyatt, balançando a renda preta no ar.

Holden engasgou com a cerveja e começou a rir. Emmett abriu um sorriso lento e preguiçoso para Wyatt. "O que você acha, gênio?"

Todo mundo me encarou, se divertindo. Meu rosto estava em chamas, e lancei para Emmett um olhar de *você me paga*.

"Alguém mandou ver nesse sofá", ouvi uma voz cantarolar.

Eu fiquei de pé. "Ha, ha, pois é, ops. Então foi parar aí. Vou pegar outra bebida."

Emmett resgatou a peça da mão de Wyatt, enquanto eu ia à cozinha quase correndo.

Apoiei a bunda na bancada e fechei os olhos, soltando o ar com força. Esse lance com Emmett estava indo mesmo longe demais. A mãe dele ia comprar um vestido de noiva comigo. Ao pensar no brilho de seus olhos, minha barriga estava dando um nó. Elizabeth estava empolgadíssima. Não tinha nenhuma filha, só os garotos. Holden era um ranzinza que não gostava de ninguém, Wyatt só pensava em surfe, e Finn não parava em lugar nenhum por muito tempo, não para conhecer alguém e casar, então eu virei sua única esperança de fazer coisas divertidas como sogra.

Sogra.

Eu estava sendo muito babaca por enganar Elizabeth e Sam desse jeito. Eles acreditavam em tudo. Fizemos um bom trabalho de convencimento, talvez até demais, e agora havia toda aquela animação.

Merda.

E aquele beijo, ainda por cima.

Puta merda.

A eletricidade ainda percorria a minha espinha. Eu estava sentindo uma pressão no baixo ventre desde que ele me agarrou e me beijou. O beijo. Eu *nunca* havia sido beijada assim na vida. Claro que via cenas assim no cinema e lia cenas pra lá de quentes nos romances, mas nem sonhava com nada do tipo.

E queria repetir a dose.

Estremeci e envolvi o meu corpo com os braços. Aquilo estava saindo de controle. *Eu* fiquei descontrolada.

"Ei", a voz de Emmett me chamou, e eu saí do transe.

"Seu filho da mãe", repreendi, e ele abriu um sorriso culpado antes de ir até a bancada da cozinha. Eu arranquei a calcinha da sua mão.

"Você sabe que eu vou fazer de tudo pra ganhar. A sua cara quando o Wyatt encontrou isso fez valer a pena aquele absurdo com as tartarugas."

Não consegui segurar a risada. "A sua cara nas fotos fez valer a pena encontrarem a 'minha' calcinha na sala da sua casa."

Seu olhar se concentrou na minha boca. "A gente tá quite, por enquanto."

"Eu vou ficar com essa calcinha, viu?"

"Ah, é mesmo?" Com ele vidrado no meu rosto, mais uma vez senti calafrios. Tentei me acalmar, mas a pulsação continuou acelerada. "Fui eu que comprei. Você vai usar?"

Eu não respondi. A conversa havia entrado depressa num território perigoso. Era para ser só uma encenação, mas a eletricidade que percorria o meu corpo era bem real.

"O que foi aquilo mais cedo?", ele perguntou baixo, ainda me encarando, com as pupilas dilatadas.

"Como assim?" Senti um aperto no peito, estava ofegante, como se estivesse no alto de uma montanha-russa, antes da primeira descida.

"O beijo. Por que você me beijou assim?" Ele olhou para minha boca e meus olhos.

Soltei uma risadinha. "Foi *você* quem me beijou."

Ele estava vidrado na minha boca. Ao lado no balcão, me encarou de frente. Desviei o olhar, mas ele pegou meu queixo. Eu mal conseguia respirar, de tão tensa. Quando seus dedos tocaram meu maxilar, senti o reflexo do toque no meio das pernas.

"Foi diferente", ele falou.

Apenas assenti com a cabeça.

"Quer um repeteco?", ele sussurrou. "Só pra praticar."

Suas mãos logo me pegaram pelos quadris, e tomei um susto quando ele me botou em cima da bancada. Em seguida, afastou as minhas pernas, e fiquei de olhos arregalados diante da expressão dele.

De determinação. Emmett estava focado em mim. Seus olhos passearam pelos meus olhos, meus lábios e meu decote. Suas mãos pousaram sobre a pele das minhas coxas, e minha calcinha ficou molhada.

Puta merda, o que estava acontecendo?

E *por que* eu estava gostando tanto?

Suas mãos voltaram aos meus quadris, ele me puxou e me deu um beijo. Eu me derreti toda.

Metade da tensão dentro de mim se acalmou, mas a outra metade se intensificou. Isso era o que eu queria, e fui querendo *mais*. Pegação na cozinha como dois adolescentes, era do que eu precisava, mas, no instante seguinte, precisava de mais pegada e menos pudor, mais contato e menos roupa. Uma das minhas mãos agarrou seu cabelo, e ele gemeu enquanto passava a língua na minha. Com a outra tirei sua camisa de dentro da calça para fazer carinho no que eu imaginei que seria — *sim, realmente!* — um tanquinho.

Ele me puxou com mais força, esfregando o pau duro em mim.

"Ai, nossa", sussurrei, sentindo sua ereção latejar.

Emmett gemeu de novo. "Uau, Avery."

A forma como ele agarrava meu cabelo, segurando a minha boca à sua sem nenhuma chance de escapar, estava me deixando molhada demais. Sua outra mão me pegou pela parte de trás do joelho, subindo pela minha coxa até a virilha. Soltei o ar com força pela boca. Meu corpo ficou em chamas. Eu estava prestes a explodir.

"Eles estão aqui, fazendo um filho na bancada da cozinha", um dos amigos de Emmett gritou na entrada do cômodo, e eu me afastei às pressas.

Emmett deu uns passos para trás e se debruçou sobre a bancada, com as costas subindo e descendo pesado. Desci da bancada, abri a geladeira e, por nenhum motivo, peguei uma garrafinha de molho de pimenta.

"Eu vou..." Não prossegui. "Pois é."

"Eu preciso de um minutinho", Emmett murmurou, a voz falha.

Assenti com a cabeça. Ah, tá. O motivo por que ele precisava esperar incendiou a minha mente.

De volta à sala de estar, deixei o molho de pimenta na mesa enquanto todo mundo batia palmas. "Encontrei."

A festa continuou, e passei as horas seguintes tentando agir normalmente perto de Emmett. De vez em quando, nossos olhares se encontravam, e eu ignorava o quanto estava com tesão. Isso era só um acordo. Não um relacionamento real, e eu não devia ficar tão excitada. Tentei reprimir essas sensações, mas me pus de pé quando Emmett encostou casualmente no meu tornozelo.

"Eu já vou indo pra casa", falei para o restante do grupo, sem olhar para ele.

Emmett se levantou num pulo. "Você vai embora?"

Fiz que sim com a cabeça. "Tô cansada. Tchau, pessoal."

Que mentira. Trabalhava num restaurante, ficava acordada todo dia até bem depois da meia-noite, mas não podia ficar ali sentada só lembrando dos beijos e de sua mão agarrando meu cabelo. Isso estava me enlouquecendo.

Ao fim da rodada de despedidas, deixei minha taça na lava-louças. Emmett veio logo atrás.

"Duvido que você esteja cansada. Você sempre trabalha até tarde no restaurante, né?"

Merda. Fui desmascarada. Abri um sorriso amarelo. "Já deu pra mim de socialização e *mentira*" — eu murmurei a última palavra — "por uma noite."

Além disso, se Emmett me beijasse de novo, com certeza eu só iria embora na manhã seguinte. Uma ideia que parecia ao mesmo tempo excitante e assustadora.

Ele entrou na minha frente quando tentei sair da cozinha. "Por que você não dorme no quarto de hóspedes?"

"Porque eu não trouxe as minhas coisas. Sem querer te chocar, mas eu não acordo assim", falei, apontando para o rosto e o cabelo.

"Aposto que você fica linda quando acorda." Seu tom era provocador e persuasivo.

Primeiro aquele beijo, e agora isso? "O que deu em você?"

Ele abriu um sorrisinho malicioso. "Só fiquei imaginando."

"Imaginando o quê?" Dei um empurrão de leve ao passar. Ele me segurou pela mão.

"Como seria."

Mais uma onda de eletricidade percorreu a minha espinha, e fiquei com mais tesão. Emmett me encarou com o mesmo olhar de antes na cozinha.

Eu também estava imaginando. Como seria sentir sua pele se eu tirasse sua camisa e deslizasse a boca pela sua barriga sarada. Como seria sentir sua língua nos meus mamilos. Como seria sentir o pau duro que ele esfregou em mim, ver Emmett estremecer.

Não gostava dessa vontade urgente e descontrolada. Nunca tinha sentido isso antes. O sexo para mim sempre havia sido só uma coisa momentânea, como coçar uma irritação, mas era algo mais com Emmett. Parecia uma necessidade.

Perigoso, até.

Estremeci e tentei pensar em outra coisa. Eu estava ali por um motivo — cumprir a minha parte no acordo para conseguir o restaurante, não para brincar de marido e mulher com o cara mais gato da cidade.

"Eu vou pra casa", falei com firmeza.

"A pé?" Ele franziu a testa. "É perigoso."

"Imagina, faço isso todo dia no meio da madrugada."

"Gatos selvagens andam por aí à noite."

Dei risada e soltei um suspiro. "Eu chamo um táxi."

"Não precisa", Hannah interrompeu, chegando por trás de mim. "Eu te levo. Só bebi uma taça de vinho no jantar, posso dirigir sem problema."

"Ótimo. Obrigada, Hannah." Olhei para Emmett, levantando as sobrancelhas. "Satisfeito agora?"

Ele assentiu, ainda de cara fechada. "Da próxima vez, você dorme no quarto de hóspedes."

"Por que no quarto de hóspedes?", questionou Hannah, enquanto calçava seu Converse cor de creme.

Fiquei sem resposta, e Emmett e eu trocamos um olhar de *ops*.

"No quarto dele, na verdade", falei.

"É. Isso é uma brincadeira minha. Chamar de quarto de hóspedes."

Hannah ficou confusa e, enquanto terminava de calçar o segundo tênis, fiz uma cara de *que porra é essa?*

"Ele tá bêbado", falei para Hannah, e foi a vez dela de lançar o mesmo olhar. "Boa noite, Emmett."

"Boa noite, Emmett", ela disse, olhando por cima do ombro. "Tenta tomar bastante água."

Ele ficou contrariado. "Pode deixar. Obrigado por ter vindo, Hannah."

Segui Hannah até a porta da frente. "Nós temos um horário marcado no banco amanhã", lembrei a ele.

"Sim, eu sei." Emmett se apoiou no batente.

"Boa noite."

"Boa noite, Adams. Manda mensagem quando chegar em casa."

Ele ficou ali até eu entrar no carro e ir embora.

Puxei assunto com Hannah enquanto ela dirigia até a minha casa. "Você se divertiu hoje?"

Ela abriu um sorrisinho. "Sim. Estava meio apreensiva, mas ainda bem que eu fui."

Hannah era do tipo que se sentia ansiosa em eventos sociais, mas na maior parte das vezes acabava se divertindo. Só precisava de um empurrãozinho. E esse era o meu papel. Às vezes chego a pensar que, se não fosse por mim, Hannah nunca sairia da livraria. Ela costumava brincar que se sentia mais à vontade com homens fictícios do que com os reais.

"Eu fico feliz que você tenha ido." Apertei de leve seu ombro.

Ela mordeu o lábio, cautelosa na direção. E engoliu em seco.

"Que foi?"

Ela sacudiu a cabeça. "Nada." Soava hesitante.

"Não, tem alguma coisa, sim. O que é?"

Hannah olhou para mim e voltou a prestar atenção na rua. "Acho que só tô surpresa por você não ter contado sobre o Emmett. Ele disse que você estava insegura, por isso não quis abrir o jogo pra ninguém, mas..." Ela fez uma careta. "Pensei que a nossa amizade fosse mais significativa. Eu não teria espalhado pra ninguém."

Senti um aperto no peito. Puta merda. Eu estava sendo bem babaca.

"Perguntei uns dois meses atrás se você tinha interesse em sair com alguém daqui", ela continuou, demonstrando preocupação. "E a resposta foi não."

A maior babaca do mundo. Hannah era um amor, uma pessoa extremamente gentil, generosa e atenciosa. Eu tinha magoado os sentimentos da minha melhor amiga em Queen's Cove.

"É tudo fingimento", confessei.

Merda. Recostei a cabeça no assento, receosa.

Hannah me olhou de um jeito estranho. "Hã?"

"O lance com Emmett é uma mentira. Nós não estamos noivos, não somos nem namorados." As palavras saíram de uma vez. "Nem gosto dele."

Ela ficou de boca aberta. Já na minha rua, embicou na entrada de casa, estacionou sem dizer uma palavra e ficou observando o velho sobrado. Pessoas conversavam no quintal ao som de música.

"Hã, que tal explicar melhor, por favor?"

Quando comecei a falar, não consegui parar. Contei tudo. Que ele me procurou, mencionando seu desempenho nas pesquisas, que queria vencer a eleição apesar do obstáculo que era ser solteiro, que concordava em assinar o contrato de empréstimo como avalista se eu topasse ser sua namorada, que me convenceu quanto ao falso noivado e ao falso casamento.

Hannah me deixou confessar todos os segredos, com uma expressão de curiosidade. Por fim, desmoronei no assento do carro.

"E então?" Eu levantei as sobrancelhas. "Eu vou ser condenada às catacumbas mais profundas do inferno por mentir pra cidade inteira?"

Ela bateu com o dedo no queixo. "Talvez não às catacumbas *mais* profundas."

Dei uma risadinha, e ela sorriu.

"O deque e as janelas são um ótimo negócio", ela ponderou.

Eu fiz uma careta. "A Elizabeth tá empolgadíssima."

"E sério mesmo que você não gosta dele? Nem um pouquinho?"

Fiquei hesitante. Não gostava. Com certeza. Mas os beijos foram bons demais. Causaram impacto dos dedos dos pés à raiz do cabelos. Engoli em seco, pensando nos dedos dele no meu couro cabeludo e na sua língua deslizando na minha boca. Senti um calafrio na nuca.

Eu não queria mentir para Hannah de novo.

"É o Emmett Rhodes. Claro que tenho um crushzinho. Nada sério. De verdade. É uma farsa, pura encenação."

Ela pareceu duvidar.

"Fingimento, sabe?", enfatizei. "Desculpa, mas você não pode contar isso pra ninguém."

Hannah revirou os olhos. "E para quem eu vou contar? Passo o tempo todo com Oliver Twist, Harry Potter e Daisy Buchanan. Minha segunda melhor amiga, depois de você, é a Jane Austen. Seu segredo tá seguro."

O alívio descomprimiu meu peito. Eu sabia que podia confiar em Hannah. Me senti mais leve, como se o fardo do meu falso relacionamento tivesse sido suspenso por enquanto.

"Obrigada. Ah, o vestido de noiva. Você pode ir comigo comprar? No próximo fim de semana."

O rosto dela se iluminou. "Claro, eu adoraria."

"Certo, combinado." A gente deu um abraço rápido. "Obrigada, Han. Você é a melhor, sabia?"

Ao entrar em casa depois da despedida, meu celular vibrou.

???

Pois não?, respondi.

Queria saber se você chegou bem.

Fiquei curiosa com as mensagens. Emmett só se preocupava com uma coisa — eleição —, então aquilo parecia estranho.

Meu coração bateu mais forte ao pensar que ele se preocupava comigo de verdade.

Quando lembrei o que tinha falado para Hannah — *é uma farsa, pura encenação* —, eu caí na real. Além disso, Emmett era o tipo de cara que sempre perguntava para as pessoas se estavam bem, como iam as coisas em casa com a família e o trabalho. Um bajulador, repeti a mim mesma. Emmett se dava bem com todo mundo, e Elizabeth o criou para ser sempre educadíssimo. Ele estava fazendo isso. Sendo educado.

Cheguei bem. Até amanhã, digitei.
Boa noite, Adams.

Minha boca se contorceu num sorriso de prazer amargo ao ler meu sobrenome. A forma como ele me chamava. No quarto, pus o celular para carregar e tirei a roupa. Aí a calcinha caiu do meu bolso.

A calcinha da provocação. Dei uma risadinha, recolhendo do chão para ver melhor. Seda macia e renda de primeira qualidade. Parecia ser do meu tamanho.

Levantei a sobrancelha. Emmett tinha se empenhado naquela compra. Imaginei o cara comprando lingerie pela internet ou explicando o que queria para uma vendedora, e fiquei molhada.

Larguei a calcinha como se estivesse pegando fogo.

Deitada na cama no quarto escuro por meia hora, não consegui pegar no sono. Apesar de tentar tirar Emmett da cabeça, a sensação no meio das pernas continuava lá. E também a da boca quente dele, da sua barba por fazer roçando em mim, do seu toque firme. O tesão persistia, e soltei um grunhido, frustrada.

Eu precisava dormir, mas a minha mão deslizou por baixo da calcinha. *Dormir é importante, fico mal-humorada sem uma boa noite de sono*, pensei enquanto os dedos deslizavam pelo ventre. Suspirei de tão molhada. Ali sozinha, ninguém saberia que eu pensava em Emmett. Era uma coisa normal. Ele provavelmente também pensava em mim quando fazia o mesmo.

Fiquei ainda mais úmida, visualizando Emmett na cama, batendo uma pra mim, e a umidade aumentou. Soltei outro suspiro.

Meus dedos faziam movimentos circulares acelerados e, em questão de instantes, eu já estava no limiar da explosão de prazer, com os olhos fechados e a boca aberta. Estremeci e gemi, lembrando a ereção dele se esfregando em mim na cozinha, e sua boca no meu pescoço, com muita eletricidade. Minha mão foi mais rápido, e toda tensão acumulada se dissipou quando gozei.

Até que afundei no travesseiro para recuperar o fôlego.

Não fiquei melhor. Estava me sentindo vazia, ainda dominada pelo desejo. Eu queria mais. Apesar de protestar racionalmente, meu corpo precisava da boca, das mãos e do pau duro de Emmett.

Estávamos passando tempo demais juntos. Por isso eu estava me sentindo assim. Iria falar para Emmett que precisávamos recuar um passo. Todo mundo já estava convencido: a gente era um casal perfeito, feliz e dedicado que fazia demonstrações públicas de afeto, então os beijos não eram mais necessários.

No dia seguinte. Eu conversaria com ele o quanto antes.

13

AVERY

"O que você tá fazendo?", Emmett murmurou na manhã seguinte, em frente ao restaurante, enquanto eu martelava um prego na placa da campanha. Quando cheguei, dez minutos antes, uma das estacas de madeira estava quebrada.

Sua camisa branca fazia um belo contraste com a pele bronzeada, e ele sabia disso, mas o fato de *saber* disso me irritava. Reparei na bainha da manga, justa sem ser apertada. E dei uma espiada nos seus antebraços.

Eu estava mal-humorada porque tinha acordado com tesão naquela manhã.

Foco, lembrei a mim mesma.

A visita ao banco estava marcada para dali uma hora: Emmett assinaria a papelada, e o restaurante seria só meu.

Bom, não exatamente. Mas a parte do empréstimo daria certo. Eu me reuniria com Keiko em algumas semanas para resolver a documentação. Aquele dia era importante. A partir dali, ficaria tudo mais fácil. Eu só precisava cumprir minha parte do acordo, fazendo o papel de noiva amada.

De que modo ficar olhando seus músculos ajudaria, eu não tinha certeza.

Foco.

"A placa tá caindo." Continuei martelando e verifiquei a firmeza do suporte. "Você precisa cuidar melhor dessas coisas."

Ele agachou para inspecionar meu trabalho. "Onde foi que você arrumou um martelo?"

"Peguei emprestado com o Jim na loja de ferragens." De pé, limpei a poeira das mãos.

Emmett me lançou um olhar curioso, e um sorriso surgiu no seu rosto. "Obrigado."

Dei de ombros. "Não fiz isso por sua causa." A voz saiu mais irritada do que eu pretendia.

"Ah, não?" Ele levantou a sobrancelha. Estava duvidando de mim. "Por que você tá ranzinza desse jeito?" Fez uma cara sugestiva. "Sentiu minha falta ontem à noite?" Ele deu uma piscadinha e mordeu o lábio.

Fiquei com os ombros tensos de tão irritada. "Se essa coisa vai bloquear a visão do meu restaurante, então que pelo menos esteja em bom estado."

"O restaurante ainda não é seu." Ele só ficava mais contente. "Relaxa, Adams, vai dar tudo certo no banco hoje." Ele pegou o martelo. "Vou devolver isso pro Jim. Obrigado por ajudar a campanha de Emmett Rhodes." Rápido como um raio, ele levantou meu queixo e me deu um selinho antes de atravessar a rua até a loja.

Ao ser tocada, meus batimentos dispararam. Meu corpo sentiu o gosto da boca de Emmett e queria mais.

E meu mau humor piorou.

Olhei para os dois lados da rua vazia. Havia alguns turistas, mas não identifiquei nenhum local, e a placa nos escondia das janelas do restaurante.

Observei loja de ferragens. O que Emmett estava tramando? Ninguém estava ali para testemunhar a performance.

A pressão que tentei aliviar na noite anterior persistia. Olhei para a porta por onde Emmett tinha entrado. Eu estava apreensiva, pensando na sua boca no meu pescoço, seus dentes roçando a minha pele, suas mãos passeando pelo meu corpo, seus dedos aonde os meus foram depois na cama.

Merda. Acho que preciso dormir com Emmett Rhodes.

Dei risada e subi os degraus do restaurante. De jeito nenhum. Nunca. Jamais.

"Qual é a graça?", Max perguntou quando eu entrei.

Eu sacudi a cabeça. "Nada."

"Você pode não fazer isso aqui, por favor?", pedi a Emmett quando ele voltou ao seu banquinho no bar depois de ter cumprimentado uma família que tinha acabado de se acomodar. "Este é um restaurante familiar. Não quero você bajulando ninguém aqui."

"Só tô cumprimentando uns amigos." Ele deu um gole de água. "Amigos são pessoas com quem você conversa e passa tempo com alguma frequência."

Dei uma encarada enquanto passava pano no balcão, o que só o fez sorrir ainda mais.

"Uau, você é uma fonte de conhecimento. Muito obrigada por compartilhar comigo."

"Quando quiser, Adams." Ele se virou quando Holden se sentou ao seu lado. "Aí está ele."

Holden me cumprimentou com um aceno de cabeça. "Avery."

"Oi, Holden. Quer beber alguma coisa?"

Emmett olhou ao redor. "Seus funcionários não tiram os pedidos? Isso não parece uma forma muito eficiente de usar o seu tempo."

"Relaxa", retruquei. "Só tô conversando com os clientes. Se chama serviço ao consumidor."

Emmett apontou para si mesmo. "Eu sou um consumidor e quero que você faça uma pausa pra almoçar com a gente."

Holden assentiu. "Por favor, Avery. Ainda não tive a chance de te dar os parabéns." Ele ficou pensativo. "Parabéns."

Eu sorri. "Obrigada, Holden." Um homem de poucas palavras e nada de encenações. Bem que Emmett poderia ser mais como ele. Eu *jamais* admitiria em voz alta, mas Emmett era mais bonito que o irmão. Holden era um cara grande, do tipo alto e largo. Emmett era esguio, ainda alto, mas com corpo de nadador, mais definido do que musculoso. Ficava ótimo de camiseta branca. Pena que seu interior não estava à altura da aparência. Nisso, Holden ganhava fácil.

"Por que você não pode ser mais como o Holden?", perguntei, apontando para seu irmão mais velho. "Homens existem pra ser vistos, não ouvidos." Meu olhar se fixou onde sua camiseta se esticava nos ombros.

Emmett se espreguiçou no assento, ocupando bastante espaço. Em seguida, levantou uma sobrancelha, alegre. "Ah, é? Você tá gostando da vista, Adams?"

Senti meu rosto esquentar. Eu estava, sim, e ele sabia, o que de alguma forma piorava a situação.

Emmett deu risada da minha cara, deixando de lado o tom de provocação. "Senta com a gente."

"Avery, pode fazer uma pausa", Max incentivou atrás de mim. "Eu cuido do bar."

Eram três contra uma, e o meu estômago roncava de fome, então larguei o bloquinho e a caneta e saí de trás do balcão.

Max sacou papel do bolso do avental. "Certo, seus pedidos."

"Pode pedir primeiro." Emmett pôs a mão no meu braço, e eu ignorei o quanto fiquei impactada.

"Hambúrguer de salmão, por favor." Soei tensa.

"Holden?", perguntou Emmett.

"Sanduíche de rosbife." Ele fez um aceno de cabeça para Max. "Obrigado."

Max levantou os olhos, com a caneta ainda a postos. "Fritas para acompanhar?"

"Sim..."

"Ele vai querer uma salada. Você não come muita verdura, e as saladas daqui são boas."

Max observou Holden, que revirou os olhos e grunhiu em sinal de concordância.

"E eu vou querer o hambúrguer de salmão com uma salada." Emmett abriu um sorriso. "Obrigado, Max."

"Obrigada, Max", falei enquanto ele ia para a cozinha. "Você sempre pede pelo seu irmão?"

Holden se levantou de repente, com o celular vibrando. "Já volto."

Ele saiu pela porta da frente com o aparelho colado ao ouvido. "Eu não fiz o pedido dele. Só um ajuste." Emmett analisou todo o meu rosto.

"Sei. Ajuste."

"O cara quase nunca cozinha e, quando pilota o fogão, sempre faz uma coisa sofrida, tipo miojo."

Fiquei de queixo caído. "Ei, o que tem de errado com miojo?"

"Não conta pra ninguém que você come essa gororoba, ou nosso disfarce já era. Ninguém vai acreditar que eu me casaria com uma mulher que come miojo."

Deixei uma risada escapar à medida que uma voz anasalada e bem conhecida interrompeu os meus pensamentos.

"Max", chamou Chuck, estalando os dedos para atrair a atenção dele, que estava tirando outro pedido. "Me vê um club sandwich para viagem, com bastante maionese."

Max fez uma careta e um gesto pedindo tempo.

Chuck olhou para mim e levantou as mãos. "Olá? Alguém poderia me atender aqui? Minha nossa." Ele revirou os olhos.

Emmett pôs o guardanapo sobre a mesa e foi até ele. Eu respirei fundo.

O que estava acontecendo?

"Não, Emmett..."

Emmett sussurrou alguma coisa para ele, com um sorriso simpático, mas um olhar duro, com uma mão na parede e o outro punho cerrado junto ao corpo. A expressão de Chuck passou de irritada para defensiva. Ele retrucou alguma coisa. Eu via Emmett de perfil, mas ele cerrou o maxilar e ficou gesticulando. O que quer que tenha dito, deixou Chuck apavorado.

Fiquei vidrada na expressão de Emmett. Meus lábios se entreabriram e, mais uma vez, minha mente foi inundada por imagens da noite anterior na cozinha, da sua boca furiosa na minha e as suas mãos passeando pelo meu corpo.

Eu estremeci.

"O que está acontecendo ali?", Max perguntou. "Eles vão brigar?" Ele baixou a voz. "Seria um tesão."

"Pois é", murmurei. "Quer dizer, não, a gente não pode ter confusão aqui."

Chuck chamou a atenção da esposa, e os dois foram embora. Emmett esperou que saíssem, voltando à mesa como se nada tivesse acontecido.

"Nossa, eu não suporto esse cara", murmurou enquanto lia o cardápio. "Eu sempre levo os clientes para comer fora, porque o jeito como as pessoas tratam os funcionários mostra com quem estou lidando. Nem fecho negócio se forem babacas. Que foi? Você não concorda?"

Eu franzi a testa. "Concordo, sim. Você tem razão."

Holden voltou também. "Preciso ir." Ele enfiou o celular no bolso. "É a obra da McKinley. Um cano de água estourou."

Emmett fez que sim. "Pode ir. Eu levo seu almoço lá pro escritório."

Eu me despedi de Holden rapidamente, e ele foi embora.

Emmett e eu comemos num estranho clima de paz. Mas talvez só fosse estranho porque era novidade. As pessoas paravam para dizer oi, e Emmett batia papo enquanto eu só escutava. Vi como os outros interagiam com Emmett, sempre contando as novidades, e ele sempre lembrava os mínimos detalhes. Se estava apenas bajulando os eleitores, era muito bom nisso. Mas eu achava que não era pura bajulação. Emmett talvez fosse simplesmente assim.

Não conseguia parar de pensar no seu maxilar cerrado e punho fechado, no quanto ele ficava *gostoso* com raiva. Sob o risco de pôr nosso plano a perder. Eu precisaria tomar muito, muito cuidado dali em diante.

"Você realmente gosta de gente." Inclinei a cabeça depois que o interlocutor da vez foi embora. "Se importa de verdade com as pessoas. Não é só encenação."

Ele se divertia. "Claro que não é encenação. É melhor a gente ir." Ele olhou no relógio.

Comecei a tirar os pratos da mesa, mas Emmett pôs a mão sobre a minha.

"Não esquenta com isso", falei. "Max tá ocupado."

Max surgiu. "Deixa comigo."

"Obrigada, Max." Emmett me conduziu à porta. "Vamos lá, Adams, comprar o seu restaurante."

14

AVERY

"Tudo parece em ordem", Harold, o especialista em análise de crédito, falou com a voz monótona antes de limpar a garganta. "Srta. Adams, pode assinar aqui, por favor", ele pediu, apontando para a papelada.

Eu fiz a assinatura. Harold assentiu com a cabeça, satisfeito.

"E, sr. Rhodes, pode assinar aqui, por favor." Harold apontou para a linha ao lado na minha.

Ele se inclinou e fez uma pausa.

Havia chegado a hora. Tudo iria por água abaixo. Eu vinha esperando por isso o dia todo. O chão estava prestes a se abrir, com um terremoto, ou a caneta explodiria na mão dele. Algo impediria que Emmett fosse o avalista do meu empréstimo.

Ele abriu um sorriso rápido e malicioso antes de assinar, cheio de floreios, e de largar a caneta.

"Muito bem." Harold juntou os papéis. "Obrigado por escolherem nosso banco."

"É só isso?"

Harold ficou confuso. "Você estava esperando outra coisa?"

Emmett levantou uma sobrancelha para mim, se divertindo.

"Não, acho que não mesmo." Eu dei de ombros.

Não devia ser assim tão fácil. Não precisei nem me esforçar. Tive que aturar Emmett e brincar de faz de conta, verdade, mas o lance não foi *tão* difícil, sendo sincera.

Agora com o empréstimo, eu poderia comprar o restaurante logo que Keiko voltasse de Vancouver.

Harold se remexeu na cadeira, enquanto Emmett se levantava.

"Vamos deixar você em paz. Obrigado, Harold." Emmett estendeu a mão. "Vem, amor."

Fiquei olhando para as nossas mãos dadas, indo para fora do banco, mas alguém chamou seu nome.

"Emmett", disse uma mulher mais ou menos da idade da mãe dele. "Você tem um minutinho para assinar a papelada da Mochila Amiga?"

"Claro." Ele se virou para mim. "Só um minutinho." Seus dedos roçaram meu braço, e ele foi até lá.

Fiquei esperando na rua e, em alguns minutos, ele apareceu. "Desculpa a demora."

Eu sacudi a cabeça. "Sem problema. O que é Mochila Amiga?"

"Nada de mais. Tô com uma fome." Ele apontou com o queixo para a rua principal, onde havia barracas de comida e artesanato. "Vamos dar uma volta pela feira."

Mas alguma coisa na expressão dele chamava atenção. Seria vergonha? Ele se recusava a me olhar, bem sério e concentrado.

"Que foi?", insisti.

Ele sacudiu a cabeça e pegou a minha mão. "Nada. Será que vai ter aqueles waffles de novo?"

Peguei meu celular do bolso de trás da calça e fiz uma busca no Google: "Mochila Amiga".

Mochila Amiga é um programa educacional da ilha de Vancouver que distribui mochilas com alimentos a alunos de baixa renda, para que tenham refeições nutritivas à noite e nos fins de semana, eu li enquanto caminhávamos de mãos dadas. Me derreti toda por dentro, como sorvete em um dia quente.

Emmett grunhiu e revirou os olhos. "Você é muito xereta, sabia?"

"Emmett", falei num tom de provocação.

Ele me ignorou.

"Emmett." Soltei a mão e me enfiei debaixo de seu braço. "Você é um bonzinho enrustido?"

Ele fechou a cara. "É pela dedução no imposto de renda."

"Não é, não."

Meu estômago deu uma cambalhota lenta e deliciosa. Seu olhar se fixou no meu, carinhoso e reconfortante. "Não conta para ninguém, por favor."

"Por que não?"

Ele encolheu os ombros e virou a cabeça. "Seria apelativo na campanha. Eu quero me concentrar no que posso fazer pela cidade."

Não consegui conter um sorriso. "Certo. Não vou falar nada, então."

"Obrigado." Seu polegar acariciava distraidamente meu ombro.

"Emmett?"

A pequena cicatriz esbranquiçada no seu lábio ficou torta, e o meu dedo até coçou. Eu queria contornar o formato.

"Obrigada por ser o avalista do meu contrato." Com um nó na garganta, fiquei com vontade de calar a boca, só que precisava me expressar. Sem Emmett, Chuck já estaria trocando a mesa três por um palco de striptease e mandando instalar luzes de neon no bar. Eu podia me culpar pelas vezes que comprei um pacote caro de biscoitos em vez de levar um baratinho ou por cada dólar gasto em bijuterias, mas passei a me sentir grata pela confiança de Emmett.

"Sei que vivo te tratando mal, mas..." Mordi o lábio e abri um sorriso arrependido. "Eu estaria ferrada sem você, então obrigada. Prometo fazer o que puder pra você ser eleito." Engoli em seco. "Porque acho mesmo que você seria um prefeito melhor que o Isaac."

Ele ficou todo convencido, como se soubesse de algum segredo meu. O polegar ainda acariciava minha pele, o que me deixava desconcentrada. "Obrigado, Adams. Fico contente. E sei que você vai cumprir sua parte do acordo. Eu confio em você."

Meu rosto ficou quente. A conversa foi bem mais séria do que de costume.

Engoli em seco, observando sua boca. "Como você ganhou essa cicatriz?"

"Aqui?"

Fiz que sim com a cabeça.

"Wyatt e eu estávamos pulando pela sala, e eu escorreguei e meti a cara na mesa de centro." Ele abriu um meio sorriso. "Antes fosse fazendo uma coisa mais interessante, tipo andar de skate."

Ele riu e me deixou conduzi-lo até a feira.

Nós passeamos pelas barracas, cumprimentando os expositores e comprando produtos dos agricultores locais. Muitos eram fornecedores do restaurante, mas ficavam tão ocupados nas entregas que era bom ter um tempo para bater papo ali. Emmett distribuiu apertos de mãos, pegou bebês no colo e comeu tudo o que punham na sua mão.

"Quer comprar um número de rifa?", uma adolescente perguntou, com uma cartela na mão. "A gente tá arrecadando dinheiro pro baile de formatura."

"Claro." Eu peguei minha carteira.

"Vou querer também", disse Emmett. "Quando é o baile?"

Ela aceitou o dinheiro e entregou os números. "Amanhã à noite."

Nós agradecemos e fomos para a barraca seguinte.

"Na minha formatura, eu usei um vestido azul que ia até os pés. Meus amigos e eu não conseguimos uma limusine, todas estavam alugadas, então a gente teve que se contentar com uma carruagem a cavalo."

Ele cumprimentou o atendente e sorriu para mim. "Parece divertido."

"Foi mesmo. E você? Como foi seu baile de formatura?"

Ele deu de ombros. "Eu não fui ao baile."

Eu dei um passo atrás, segurando seu braço. "Como é? *Você* não foi ao baile? Estava no hospital ou coisa do tipo?"

Emmett olhava os potes de mel na bancada. "Não. As coisas só não deram muito certo para mim."

Fui atrás dele na banca de frutas. "Como assim?"

"A minha namorada terminou comigo no dia anterior", ele contou melancólico ao pôr maçãs numa sacola, "e eu não quis ir até lá sabendo que ela estava com outro."

Senti um aperto no coração. "Que horror. Que atitude merda."

Ele deu de ombros. "Tudo bem, foi melhor assim. Eles são casados e felizes até hoje, então eu entendo. E acho que ele já gostava dela fazia um bom tempo."

"Não acredito que *você* tinha namorada." Abri um sorrisinho provocador. "Pensei que não fosse esse tipo de cara."

Ele deu risada. "Ah, enfim, Nat me ajudou a descobrir isso rapidinho."

Espera, o quê?

"Nat? A Nat do Will?"

Ele confirmou com a cabeça. "É. A Nat do Will."

"Uau." Então a namorada de Emmett deu um pé na bunda dele e o trocou pelo seu melhor amigo. "Como assim, ela te ajudou a descobrir?"

Mil ideias passaram pela minha cabeça. Uma gravidez inesperada? Emmett teria engravidado Nat, e ela queria ter o bebê e ele não? A ideia de Emmett engravidando outra me deixou possessa de ciúme.

Ele respirou fundo e examinou a maçã antes de colocá-la na sacola. "Ela tinha planos, queria uma família no futuro, e não me considerava esse tipo de cara. Eu não estava interessado nessas coisas."

Meu coração se partiu ao imaginar Emmett adolescente e magrelo, em casa sozinho na noite do baile de formatura, pensando que não era bom o suficiente para os desejos de Nat.

Ele percebeu a tristeza e deu risada. "Adams, tá tudo bem. Sério mesmo. Uns anos depois, ela pediu desculpas por ter me dado um fora na véspera do baile. Além disso, eu gosto mais de ser tio. Will é um pai e marido muito melhor do que eu poderia ser."

Levei a mão ao peito ao ouvir isso. Então Emmett não queria um relacionamento sério por essa razão? Porque foi rejeitado, trocado pelo melhor amigo?

Eles eram adolescentes na época, verdade. Eu entendia. E sabia que Nat era uma ótima pessoa. Ia com Will ao restaurante e sempre se mostrou simpática, educada e paciente. As pessoas cometiam erros, só isso. Eu também já tive atitudes de que não me orgulhava.

Mas ela também fez Emmett sofrer. E que ele se sentisse alguém que não valia a pena.

Num lugar venenoso no fundo da minha mente, surgiu um questionamento: e se ele ainda fosse meio a fim dela? Os dois estavam na casa dos trinta e poucos anos e, pelo visto, Will e Nat eram felizes juntos. Mas eu nunca tinha visto Emmett sozinho com Nat. Talvez houvesse uma paixão latente.

Uma ideia me deixou animada. "O que você vai fazer amanhã à noite?"

"A gente vai jantar com a minha família, lembra?"

"Ah, é." Elizabeth tinha nos convidado para esse evento na casa dela no dia seguinte. A família inteira estaria lá. Mesmo assim, podia funcionar. "Eu já volto."

Ele lançou um olhar de curiosidade, mas assentiu com a cabeça, e eu me afastei. Depois de uma rápida conversa com Miri, em que ela fez um monte de perguntas que eu não soube responder sobre o meu casamento, e eu fiz outros questionamentos, voltei até Emmett, que pagava pelas frutas.

"Tenho uma proposta", falei enquanto íamos a mais uma barraca.

"Beleza."

"Vamos ao baile de formatura amanhã à noite." Eu levantei as sobrancelhas sugestivamente. "A gente pode se arrumar, alugar uma limusine, dançar uma música lenta de um jeito desajeitado, cercados de adolescentes com hormônios à flor da pele. Vai ser bem divertido."

Ele pareceu hesitante. "Não sei, não."

"Qual é", eu insisti, oferecendo o braço. "Prometo que vai ser legal, e é um ótimo evento de campanha. Isaac nunca faz trabalho voluntário. Além disso, Miri vai ficar muito feliz."

"Bom, se a Miri vai ficar feliz..."

Eu fui ficando toda vermelha e empolgada. "Sim, pra valer. Isso vai ser o máximo."

15

EMMETT

Pouco antes das oito, parei na frente da casa de Avery. O jantar com a minha família acabou sendo remarcado depois que a minha mãe soube que nós íamos ao baile e, quando Div avisou que a única limusine da cidade havia sido alugada para um grupo de adolescentes, meu pai insistiu para que eu fosse buscar minha acompanhante com seu Porsche.

O modelo 911 verde-esmeralda de 1989 era o orgulho e a alegria do meu pai, um cara simples, nem um pouco materialista, que costumava usar até camisetas furadas. Todas as suas roupas eram compradas pela minha mãe e, desde sempre, ele ensinou para nós que consertar alguma coisa era melhor do que jogar fora e comprar uma nova.

Mas ele adorava aquele carro. Normalmente ficava na garagem coberto por uma lona, e só saía de lá quando não havia a menor possibilidade de chuva.

Eu tinha implorado para pegar Nat com o Porsche na noite do baile de formatura dezessete anos antes e, depois de muita insistência, ele acabou cedendo.

Ao pensar naquela noite, fiquei com os ombros tensos e embiquei na entrada de cascalho que ladeava a casa de Avery. Fazia dezessete anos. Não importava mais.

Amassei alguma coisa com o pé quando passei pelo quintal — uma lata de cerveja. Havia várias espalhadas pelo chão.

"E aí, amigo." Um cara de vinte e poucos anos, cabelos loiros na altura do ombro e camiseta florida desabotoada estava recostado na parede do pátio. Havia outros em cadeiras de jardim remendadas com fita isolante. Reconheci o sujeito de camisa florida. Ele trabalhava para Wyatt na surf shop no verão. Um cheiro forte de maconha pairava no ar.

Trabalhadores de alta temporada. Eles vinham em massa atrás das ondas, das garotas e das festas de Queen's Cove. Eu apostava que aquela casa era subdividida em, no mínimo, quatro unidades de aluguel e que nada ali seguia os códigos de segurança de edificações.

Eu fiz um aceno de cabeça. "E aí?"

"Belo terno. Você veio buscar a Laser?", ele perguntou com um sorrisinho.

"Laser?"

Ele apontou para o apartamento de Avery. "Aquela garota é a maioral no *beer pong*." Em seguida, fez um arremesso no ar e um *pfiiu* com a boca. "Como um laser."

Um sentimento de irritação e possessividade se instalou no meu peito. Normalmente, eu pararia para conversar com esses caras. Perguntaria de onde eram, quanto tempo fazia que estavam na cidade, se estavam gostando daqui e blá-blá-blá. Eu gostava de bater papo e conhecer as pessoas.

Mas por algum motivo o santo não bateu. Não gostei do fato de ele ter um apelido para Adams. E não gostei de não ter gostado dele. Eu não era assim. Ia contra a minha personalidade.

"Você é o contador dela?", quis saber um dos amigos na rodinha, e todos caíram na risada.

O cara parou de rir ao perceber que eu estava sendo intimidador. Lancei o mesmo olhar que eu reservava aos clientes que tentavam dar calote na Construtora Rhodes. O que dizia *nem fodendo*.

"Sou o noivo dela." Fui grosso.

"Sério mesmo, mano?"

"Sério." Subi os degraus em silêncio e abri a porta de Avery.

Dei um grito: "Querida, cheguei". Minha pulsação havia acelerado na escada. Eu estava nervoso por causa do baile feito um idiota, afinal era uma festa para adolescentes. Pra que nervosismo?

"Quase pronta, já vou." A voz veio de outro cômodo.

Andei no pequeno apartamento à procura de um copo. O primeiro armário que abri estava cheio de pacotes de miojo. Fiquei decepcionado. Que tristeza. Havia uma gaveta lotada de cardápios de delivery, hashis e sachês de shoyu.

Encontrei a geladeira praticamente vazia. Mostarda, leite de aveia e uma cartela de ovos.

"Você se alimenta como um garoto de faculdade."

"Para de xeretar!", ela retrucou.

Peguei um pouco de água e fui ao sofá. Onde estava a TV? Havia um notebook no chão ao lado do sofá, plugado na tomada, e um livro enorme sobre moda vintage na madeira arranhada da mesinha de centro. Nas paredes, nada pendurado. Parecia um alojamento universitário, temporário, básico e sem personalidade.

"Obrigada por esperar." Ela passou por mim, e senti o cheiro de seu perfume cítrico.

Avery usava um vestido de veludo verde-esmeralda e alças fininhas. O cabelo estava solto, caindo em ondas sobre os ombros, e os meus dedos coçaram de vontade de tocá-la. Ela se sentou no sofá, me fazendo baixar o olhar.

Ela deu uma piscadinha. "Você tá gato."

Fui atingido por um desejo irresistível como o atropelamento de um trem de carga. Meu pau até doía, porque eu só conseguia pensar em levá-la para o quarto e ficar dentro dela. Não sabia descrever exatamente aquela maquiagem, mas ficou linda. Natural, suave e elegante. Uma corrente delicada de prata pendia em seu pescoço, e minha atenção deslizou até o decote discreto. Ela estava de sutiã? Não tinha certeza.

Que pergunta era *essa*? Meu Deus, Rhodes. Eu limpei a garganta e desviei o rosto. Para bem longe.

A parede. Uma boa opção.

Rapidamente voltei aos peitos dela. Minha nossa, como Adams era gostosa. Sempre de blazer ou camiseta, nunca revelava demais. Eu apostava que os peitos eram espetaculares. Tanto para ver quanto para pegar.

Ops, ela tinha dito alguma coisa.

"Quê?", eu perguntei, engolindo em seco e tentando ignorar o pau duro.

Ela me olhou de um jeito esquisito. "Eu disse que você tá gato. Fica bem de terno."

"Obrigado." Minha voz saiu meio rouca.

Pensa nas tartarugas. Elas são nojentas. Uns bichos gosmentos.

Ótimo. Isso ajudava.

Eu limpei a garganta. "Você também fica bem de terno." Quê? "Quer dizer, você também. Bonita. Você também tá bonita."

Ela deu uma risadinha. "Tudo bem com você?"

"Sim, sim." Meu pau latejava, e eu evitei imaginar Avery com a calcinha com que havia pregado aquela peça. Eu não devia ter comprado aquilo. Foi um erro. A fantasia surgia na minha mente nos momentos mais inapropriados.

Avery pôs a mão no meu ombro. Com aquele perfume invadindo meu espaço pessoal, eu senti uma vontade avassaladora de enfiar a cara no seu pescoço e marcar seu cheiro na minha alma.

Ela ficou na minha frente, proporcionando uma visão de camarote de seus peitos suculentos bem na minha cara.

"Você tá estranho."

"Imagina", falei, com a voz falha, enquanto me esforçava ao máximo para me controlar. "Posso pegar um copo d'água?"

Tinha que tirar os peitos da jogada antes que eu acabasse falando besteira.

"O seu tá aqui." Ela me entregou.

Verdade. Merda.

Esfreguei o rosto e respirei fundo, tentando me acalmar. Meu pau latejava de vontade. Eu devia ter batido uma no banheiro. Vinha adiando isso porque desconfiava que, assim que encostasse a mão ali, não conseguiria tirar mais Avery da cabeça.

"É mesmo. Obrigado." Peguei o copo e virei de uma vez enquanto ela sorria. "Cadê a sua TV?" Eu fiquei desesperado por uma distração.

Ela se se ajeitou ao calçar os sapatos e, de novo, evidenciou os peitos maravilhosos. Imaginei arrancar aquele vestido e passar a língua nos mamilos duros. Puta que pariu.

Ela deu de ombros. "Eu não tenho."

Tartarugas. Tartarugas gosmentas te olhando. Uma tartaruga andando na sua cama. Avery engatinhando na sua cama. Porra. Não.

"Hannah disse que você adora filmes antigos." Minha voz soou distante. Soube disso quando fui conversar com Hannah sobre as alianças.

"Eu vejo no notebook."

"Seu notebook tem uns mil anos. Foi achado numa tumba egípcia."

"Você tá pronto ou prefere ficar só olhando o meu decote a noite toda?"

Nossos olhares se encontraram, e uma risada me escapou. No flagra. "As duas coisas não valem?" Dei um sorriso malicioso.

Avery trancou a porta, e segurei seu cotovelo enquanto descíamos a escada.

"Opa, Laser à solta!", o maldito cara de camisa gritou do pátio, espichando o olhar para a fenda no vestido.

Meu sorriso desapareceu. Puxei Avery pela cintura.

O Cuzão de Camisa Florida chegou perto do peito dela. "Esse é o pingente vintage de pedra da lua que você comprou faz umas semanas?"

Ela assentiu com entusiasmo e levou a mão ao colar. "É, sim."

Ele inspecionou melhor o pingente, e uma raiva cega inundou as minhas veias. "Que bela peça." O cara continuou secando Avery com a maior tranquilidade do mundo. Cerrei os dentes, sentindo o maxilar trincar, com os olhos cravados nele.

Como um soco no estômago, fui atingido pela seguinte ideia: Avery só se envolvia com gente que vinha para cá a trabalho no verão. Podia não ser uma regra, mas era no mínimo uma tendência. Lembrei da nossa conversa sobre sair discretamente com outras pessoas.

E se, em algum momento, ela teve um lance com *esse* cara? E se quisesse continuar? E se estivesse só esperando o fim do nosso acordo para transar com ele de novo?

Esse babaca não tinha nem vinte e cinco anos. Ela devia usar o cara apenas para sexo, sem dates. Ele ficava logo no andar de baixo. O que poderia ser mais conveniente?

Fui tomado completamente pela raiva e apertei a cintura dela. Nossa, que aparência idiota. A cara dele havia sido feita para levar porrada, era o que Holden costumava dizer sobre esses abobalhados. Não conseguia nem cultivar uma barba de verdade.

Outro sentimento começou a vibrar: possessividade. E uma palavra me veio à mente ao tocar Avery.

Minha.

"A gente vai se atrasar." Puxei-a para a lateral do quintal, longe deles, com a melhor expressão de *quero ver quem vai abrir a boca*. "Não precisam esperar acordados pela mamãe."

"Tchau, pessoal", Avery disse.

Continuei com a mão firme enquanto íamos para o carro. Aí ela soltou um assobio.

"Que carro bacana."

Dei uma piscadinha, ainda dominado pela possessividade. "Tudo do bom e do melhor pra você, *amorzinho*."

"Você sabe mesmo como fazer uma garota se sentir especial." Ela fez um gesto para o vestido. "O que achou? Eu estou digna de ser vista com Emmett Rhodes esta noite?"

Ela pôs a mão no quadril e se remexeu um pouquinho.

Num piscar de olhos, o autocontrole foi para o espaço, como um elástico arrebentando. *Ah, foda-se.*

Eu a agarrei, aproveitando a oportunidade para saboreá-la. Despejei os sentimentos confusos de ciúme naquele beijo, abraçando-a, sentindo seu gosto. Ela relaxou grudada em mim.

Minha.

Ela deixou escapar um leve gemido, que reverberou até o meu pau. Sua boca era doce, macia, convidativa e, *puta que pariu*, que sensação incrível. Meus dedos se enroscaram no seu cabelo sedoso, e eu tirei uma mexa da frente para poder beijá-la melhor. Esfreguei minha ereção na sua barriga, e ela correspondeu.

Minha cabeça estava girando sem parar. Beijar Avery era como uma droga perigosa: eu precisava sempre de mais uma dose. Eu já me via no chuveiro, batendo punheta e pensando nesse momento — a bunda gostosa na minha mão enquanto ela gemia na minha boca.

Deslizei pelo vestido macio e apalpei um dos peitos perfeitos. Soltei um gemido grave e, assim que o meu polegar encontrou o mamilo duro, ela gemeu também e se esfregou com mais força em mim. O desejo me dominou por completo. Quase gozei ali mesmo.

Eu me afastei para respirar fundo, dando voltinhas para me recompor. Meu pau latejava dentro da calça, desesperado para entrar nela. Desesperado para saber qual seria a sensação. Desesperado para dar prazer a Avery.

Puta merda.

Sua respiração estava ofegante, e encarei seu decote antes de me voltar aos seus olhos, inebriados e com as pálpebras pesadas. Meu pau voltou a pulsar.

"Você tá absurdamente maravilhosa hoje, Adams."

"Obrigada." Ela estava arfando.

"Eu não quero que você saia com ninguém enquanto a gente estiver junto." Soei rouco. Engolindo em seco, eu sustentava o olhar.

Avery assentiu, ainda atordoada. "Eu sei. A gente já conversou sobre isso."

Sim, verdade, mas eu pretendia deixar as coisas absolutamente claras. Fiquei com a boca a centímetros da dela. Seus olhos azuis escuros se arregalaram. "Só eu posso encostar em você. Entendeu bem?"

Ela concordou, observando minha boca. Ela queria mais. Queria meus lábios. Se continuasse ali, acabaria carregando-a no colo de volta ao apartamento para rasgar o vestido e mostrar tudo o que era capaz de fazer com a boca.

Em vez disso, abri a porta. Com Avery acomodada no carro, dei a volta e liguei o motor. Ela ficou quieta por dois minutos.

"Você achou que..." Ela estreitou os olhos, dando um sorrisinho. "...que Carter e eu..." Ela me deu um olhar meio esquisito.

Hesitei. Aquele puto.

"Emmett", ela falou baixinho, e meu pau pulsava.

Avery dizer meu nome vinha provocando efeitos curiosos ultimamente. Eu escutava sua voz na minha cabeça, em tons diferentes. Arfando, gemendo, gritando.

"Eu não tô saindo com ninguém. Nem com o Carter, principalmente."

"Ótimo."

"Ele tem vinte e dois anos. Universitário demais pro meu gosto."

Só de pensar nisso, apertei o volante até as juntas dos dedos ficarem pálidas. "Nem me diga o seu tipo. Só achei que você pudesse querer uma válvula de escape."

Ela deu risada. "Válvula de escape para quê?"

Uma válvula de escape para o que estávamos fazendo antes, encostados no carro. Para o tanto que ela vinha me deixando de pau duro, cada vez mais, naqueles dias. "Talvez você estivesse precisando transar."

"Ah." Ela se virou para mim, e eu mantive os olhos na rua. "E você acha que a minha escolha seria um garoto que fica chapado do começo ao fim do dia?" Ouvia o sorriso em sua voz.

"Pelo jeito, ele estava querendo."

Ela deu risada. "Pois é, ele é meio a fim de mim." Ela deu de ombros. "Mas e daí?" De repente, ela ficou pasma. "Emmett, você tá com *ciúme*?"

"Eu não gostei nada daquilo." Principalmente sabendo que ele está sempre lá. Secando... com uma cara de tonto. Avery estava de pernas cruzadas e o braço apoiado na porta. Seu cabelo flutuava ao vento ao redor dos ombros. A pele parecia tão macia.

"Tá mesmo. Você é ciumento." Seu olhar percorreu o meu rosto com uma expressão alegre.

Eu não respondi, mas era ciumento, *sim*. Ela sabia disso, porra. Pus a mão na sua coxa. Senti que ela prendeu a respiração, e que seus músculos se enrijeceram por um momento. Puta merda, como o meu pau estava duro. Seria melhor dar meia-volta e ir direto para a minha casa.

Não. Que merda. Onde eu estava com a cabeça? As coisas entre nós não eram assim. Puta que pariu. Nunca senti tanto tesão e aborrecimento ao mesmo tempo.

"Pode ficar tranquilo", ela falou com a voz suave.

"Que bom. Se precisar de uma válvula de escape, é só me chamar. Vou te fazer gozar de um jeito que ele nunca conseguiria."

Ela estremeceu, suas coxas se juntaram sob a minha mão, e nós trocamos um olhar. Os lábios dela se entreabriram. "Entendido."

Voltei a prestar atenção no caminho. O que eu estava fazendo? Nosso lance era apenas um contrato de negócios, e agora eu tinha ciúme e dizia para ela não sair com outros? Que vou fazer Avery gozar muito? Parei de tocar sua perna e imediatamente me arrependi, mas não era para isso que ela estava comigo. A raiva e a frustração me atingiram com força, e fechei a cara ao volante.

Avery ligou o rádio, e chegamos à escola em poucos minutos. Deixei a mão nas suas costas enquanto andávamos lá dentro.

O baile seria no ginásio, e apenas alguns professores haviam chegado. A iluminação era escura, e globos de discoteca estavam pendurados, fora os balões dourados e pretos flutuando no ar. Uma música que reconheci do rádio estava tocando. Avery pegou no meu braço, e meu peito se aqueceu por dentro.

"Ai, nossa. Que máximo." Ela sorriu, com os olhos brilhando. "Obrigada por ter topado fazer isso comigo."

Senti vontade de rir. Eu era o verdadeiro sortudo. Nem lembrava por que tinha ficado com receio antes de aceitar o convite.

Ah, verdade. Por causa do pé na bunda um dia antes do baile original e da traição com o meu melhor amigo.

Esperei pela pontada no peito que costumava acompanhar essa lembrança, mas não aconteceu. Avery chegou mais perto, e senti o veludo macio do vestido na palma da minha mão.

"Sem problemas." Eu tinha muito mais a dizer.

"Como vocês estão lindos." Miri vinha com os olhos radiantes. "Parecem estrelas de cinema. Vou deixar vocês dois na mesa de bebidas."

Os adolescentes começaram a chegar, e subiu o nível de energia no ginásio. Na hora seguinte, Avery e eu ficamos ocupados, servindo ponche e distribuindo guardanapos. Foi surpreendentemente divertido. Os estudantes estavam empolgados, e Avery se divertia, conversando com todo mundo, elogiando os vestidos e penteados das meninas. Scott veio dizer um oi.

"Façam uma pausa", Miri falou. "Eu cuido de tudo aqui."

Avery entregou mais um copo de ponche. "Tem certeza?"

"Obrigado, Miri." Sem esperar pela resposta, fui logo puxando Avery para a pista de dança. "Vem, vamos mostrar pra esses adolescentes o que é passar vergonha de verdade."

Ela deu risada e veio comigo. À medida que eu girava Avery, seu sorriso fazia meu coração dar cambalhotas. Como ela era maravilhosa.

Nós dançamos algumas músicas, até que tocou uma lenta e eu pus as mãos na sua cintura.

"Adams, você me acompanha numa lenta?", pedi baixo, puxando-a.

Ela assentiu e levou os braços à minha nuca. "Eu não danço assim desde a época de escola."

Ficamos bem abraçados.

"Acho que tá faltando espaço pra Jesus", ela murmurou na minha orelha.

"Aqui não é uma escola católica." Com uma mão na sua lombar e a outra entre seus ombros, passei os dedos pela sua pele macia. Ela suspirou e relaxou, encostada em mim.

"Que gostoso." Ela descansou a cabeça no meu ombro.

Senti meu coração ir longe, mas no bom sentido. Eu estava flutuando naquele ginásio com cheiro de suor e desodorante, agarrado com a mulher mais linda, divertida e irritante que já tinha conhecido. Se buscasse na memória outro momento como esse, não encontraria.

Colei a boca no topo da cabeça dela, e então tive um estalo.

Depois da eleição, o acordo com Avery chegaria ao fim, e o que estava rolando entre nós, seja lá o que fosse, terminaria.

Não nos pegaríamos na cozinha ou encostados no carro. Não haveria jantares. Nem provocações com fotos de tartarugas resgatadas.

Eu a abracei forte, e ela fez um barulhinho feliz contra o meu peito.

Não queria que acabasse. Fiquei chocado, mas era a verdade. Eu gostava de passar tempo com Avery, mesmo quando ela estava me irritando. Ficava ansioso para vê-la. Meu coração disparava sempre que os nossos corpos se tocavam. Eu pensava nela o tempo todo, e não só em como ela se contorceria num orgasmo, sendo penetrada pelo meu pau; fantasiava com Avery no restaurante comigo, em como ficava bonitinha concentrada, no quanto seu cabelo era bonito, e como eu gostava de ouvir suas piadas sobre mim.

Merda.

Meus dedos pararam de se mover no seu cabelo, e senti um nó na garganta.

Não era para isso acontecer. Essas coisas não aconteciam comigo. Eu não era esse tipo de cara. Esse era o lance de Will. Eu era Emmett Rhodes, livre e desimpedido, um solteiro convicto.

Depois da eleição, minha vida com Avery seria uma grande lacuna. Um território desconhecido. Nós continuaríamos juntos? Terminaríamos tudo e só nos veríamos de vez em quando por aí? Senti uma pontada ao pensar que poderia deixar de vê-la sempre, mas a ideia de continuarmos casados, de ser casado de *verdade*, me deixava em pânico.

Eu não sabia o que queria.

Quando Will e Nat ficaram juntos, ele sabia exatamente o que queria.

Tudo havia sido traçado desde os seus dezoito anos. Ao fim da faculdade, eles se casariam, economizariam dinheiro por alguns anos e então formariam uma família.

Eu não tinha plano nenhum. Não fazia ideia do que queria nesse sentido. Só sabia que queria Avery.

O flash de uma câmera piscou, e Avery levantou a cabeça. Miri ficou olhando para a foto com um sorriso. "Perfeita."

"Você tá precisando da nossa ajuda?", Avery perguntou, e eu a puxei. Não queria ajudar. A vontade era de continuar dançando agarradinho até a madrugada.

Miri fez um gesto vago com a mão. "Está tudo certo. Me procurem na hora de limpar."

Avery deitou de novo a cabeça no meu peito, e a música continuou tocando. A seguinte era mais agitada, e ela abriu um sorrisão. "Eu adoro essa."

Joguei o paletó sobre uma cadeira. "Então me mostra o seu gingado, Adams."

Nós dançamos por mais uma hora, mas pareceram dez minutos. Música após música, umas lentas, outras aceleradas, continuamos na pista de dança, cercados de adolescentes constrangidos que riam da cena. Avery não estava nem aí, então eu também não. Só o que importava era que ela estava se divertindo.

Até que a fila da fotografia ficou livre, então eu a chamei para tirar um retrato nosso.

"Que mico." Ela caiu na risada enquanto eu a posicionava atrás de mim com as mãos na minha cintura.

"É assim mesmo, Adams. Pensei que você quisesse que eu tivesse a experiência genuína de um baile de formatura."

O flash da câmera se acendeu, e até a fotógrafa riu. "Mais uma então, que se dane."

Eu levantei o queixo de Avery e dei um selinho em sua boca. Com o clarão, eu devia ter interrompido tudo ali. Mas minha língua deslizou para dentro, e ela abriu os lábios para eu sentir seu sabor. Uma das mãos estava na sua nuca para dar sustentação, enquanto a outra deslizou para a bunda. Eu apertei forte, e ela suspirou. Meu pau ficou duro.

A fotógrafa pigarreou. "Próximos."

Avery se afastou primeiro. As bochechas estavam vermelhas. "Desculpa." Ela me puxou atordoada para a pista.

Quando o baile acabou e a garotada foi para casa, Avery e eu ficamos para a limpeza.

"Emmett, você pode me ajudar a carregar essa mesa?", Scott pediu, e fomos levando os móveis dobráveis para o depósito de materiais de limpeza. Por fim, eu olhei ao redor à procura de Avery.

Miri apareceu ao meu lado. "Vocês podem ir embora." Scott surgiu com a vasilha de ponche. "Scott, querido, isso vai para o carro. Obrigado." Ela se voltou para mim. "Muito obrigado por ter vindo."

"O prazer foi todo nosso, Miri."

"Foi mesmo", Avery disse. Mesmo sob a iluminação feia, ela continuava linda. A pele brilhava por causa do calor da dança. Ela me olhou com um leve sorriso. "Oi."

"Oi." Eu a abracei pelos ombros. "Podemos ir?"

Ela assentiu.

Abri um sorriso de gratidão. "Tchau, Miri."

"Tchau, Miri", Avery repetiu. Ela me abraçou pela cintura, e fomos até as portas. "Foi o baile de formatura que você queria?"

Pensei na minha versão adolescente, jogando videogame sozinho na noite do baile enquanto meus amigos se arrumavam, dançavam e passeavam de limusine. O que teria acontecido se Nat não tivesse terminado o namoro? Eu até curtiria a noite, mas não assim. Nat e eu não tínhamos tanta sintonia. Além disso, Will ficaria de escanteio, vendo sua crush dançar com outro cara. Uma vez ele confessou que se sentiu péssimo indo ao baile com Nat, sabendo que ela havia acabado de me dar um pé na bunda, mas confirmei sem pensar duas vezes que as coisas aconteceram do jeito certo.

E era verdade, eu me dei conta ao olhar para a mulher com quem estava abraçado.

"Foi isso e muito mais."

Estar com Avery me dava energia. Eu sempre fui feliz sozinho. Me orgulhava de ser desapegado, mas o meu corpo queria contato com o dela o tempo todo. Eu tinha descoberto uma novidade. Essa sensação no meu peito era desconhecida, e eu não tinha ideia do que fazer a respeito.

Só conseguia entender que havia duas verdades conflitantes: eu queria ficar com Avery, mas não era do tipo que tinha relacionamentos sérios.

Engoli em seco, olhando nos seus olhos de um azul tão escuro e profundo — como o mar, quando eu fazia minhas corridas matinais.

Percebi que ela poderia acabar comigo. Com um estalar de dedos, me destruiria. Como eu tinha ido parar nessa situação? Eu nunca caía nessa, mas lá estava eu.

E disse a verdade: "Dessa vez, eu fui com a garota certa".

16

AVERY

Estávamos quase saindo da escola quando eu tive uma ideia.

"A foto da sua classe. Eu quero ver."

Ele soltou um risinho. "Sem chance. Eu tô muito melhor agora."

Dessa vez, eu fui com a garota certa, ele tinha dito para mim sobre o baile. Eu fiquei repassando aquilo na cabeça, ignorando o frio na barriga.

Com um olhar de canto, observei Emmett, de terno, todo bonito e elegante. Devia ser feito sob medida, pelo caimento perfeito nos ombros largos. Quando eu o vi sentado na minha sala, parecendo o protagonista de um dos filmes antigos que eu adoro, mal consegui segurar a vontade de pular em cima dele e ficar me esfregando em seu colo como uma gata.

"Caramba. Sua arrogância não tem limites. Eu quero ver a foto, mesmo que seja tosca. Quero te conhecer melhor."

Quero conhecê-lo melhor? Foi isso mesmo que eu disse? Uau, meio íntimo demais.

Ele fez uma cara curiosa, e eu fiquei sem graça.

"Que tal? Se a gente for pra Vancouver, eu mostro a minha foto do colégio. Só pra você ter uma ideia, eu usava delineador de glitter."

Sua expressão continuava peculiar. "Por que a gente iria pra Vancouver?"

Que maravilha, eu tinha me afundado naquele buraco. *Sai dessa agora, Avery.* Eu sugeri que nós viajaríamos juntos. Como se isso que estávamos fazendo, fosse lá o que fosse, pudesse continuar depois do combinado. Meu coração deu um nó.

"Quer dizer, se você for lá um dia."

Seu olhar fazia meu estômago dar cambalhotas.

"Eu não posso simplesmente entrar num colégio. Vou acabar na cadeia. Você precisa ir comigo."

Um sorriso se abriu no meu rosto. "Combinado."

"Combinado."

"Combinado." Ele revirou os olhos e pegou minhas mãos. "Vem, Adams, vamos ver umas fotos toscas de adolescentes."

"Ah, sim, você era o representante da classe, claro." Passei o dedo sobre o vidro frio diante da foto de formando — uma versão mais jovem de Emmett, com o mesmo sorriso confiante e presunçoso. "Você parecia o tipo de cara de quem eu ficaria a fim."

Mais cedo, quando encostei a cabeça no seu peito e nós balançamos ao som da música em meio a dezenas de adolescentes com hormônios à flor da pele, eu me derreti toda nele. Seu corpo era quente, e seus dedos no meu cabelo me deixaram tão confortável que eu ficaria ali a noite inteira.

Soltei um suspiro, olhando para o retrato. E aquele beijo encostados no carro. *Aquele beijo*. O jeito como ele me agarrou contra a janela.

Eu me lembraria disso. Quando morresse, minha alma gemeria por aquele beijo. Eu me lembraria do jeito como meu corpo se contraiu de prazer quando ele passou o polegar no meu mamilo. E, depois disso, meu ventre ficou tenso e contraído noite adentro.

A anjinha no meu ombro recordou carinhosamente que eu estava decidida a frear as demonstrações de afeto em público.

A diabinha no outro ombro não queria frear coisa nenhuma. Desejava mais. A boca quente de Emmett por toda a minha pele. Com um calafrio, os pelos dos meus braços se arrepiaram.

Nessa noite, eu convidaria Emmett para entrar, e nós veríamos o que ia rolar. Eu o imaginei deitado na minha cama, sem roupa, com os lençóis bagunçados como seus cabelos. Um leve tesão percorreu as minhas pernas. Aquela pele lisa sobre os músculos salientes. O abdome que dava trabalho para ser mantido assim.

Precisei me esforçar para não arrastá-lo imediatamente.

Voltei à foto. "Você ia ser o meu crush."

"Ah, é?" Ele fez o mesmo sorriso presunçoso da foto.

"Ah, sim." Dei uma olhada nas outras fotos até encontrar uma com o nome de Will Henry. "Ah, e olha o Will aqui."

Ele espiou por cima do meu ombro, e senti seu calor nas minhas costas. "É, esse é o Will. Tem umas rugas a mais hoje em dia."

Soltei uma risadinha pelo nariz. "Você também."

"É, mas eu continuo bonito mesmo com as rugas." Ele deu uma piscadinha.

"Detesto admitir, você tem razão." Encontrei a imagem de uma garota bonita de cabelos castanhos claros. "Olha aí a Nat."

"Pois é."

Tentei analisar sua voz, se havia um toque de afeição ou melancolia que indicasse que Nat era seu amor perdido, mas não captei nada. Engoli em seco e continuei observando. "Você ainda sente alguma coisa por ela?" Minha voz saiu insegura. Pretendia soar como se não estivesse nem aí.

Ele ficou debochado. "Não." E me abraçou por trás. "Ainda bem que ela me deu um pé na bunda." Emmett me deu um beijo no rosto, roçando a barba por fazer na minha pele.

Eu também agradeci por aquele pé na bunda enquanto me recostava nele.

"Você ainda conversa com ele?"

"Dia sim, dia não."

"Você sente falta dele." Deu para perceber pela voz.

"Claro. Nós somos amigos desde criança. Ele é como um irmão pra mim. Por isso me candidatei a prefeito. Assim a família dele pode voltar pra cá."

Eu fiz uma pausa. "Pensei que fosse pra modernizar a rede elétrica."

Ele assentiu. "Pra não precisarem conviver com apagões. É difícil demais pra eles. Kara não deveria crescer longe da comunidade dela."

Lembrei que costumava pensar que Emmett era como meu pai, só bajulação e carisma. Mas meu pai nunca faria uma coisa dessas. Ele só pensava em si mesmo.

Emmett estava nessa jornada para que a família do seu melhor amigo tivesse uma vida melhor e voltasse para casa. Algo que não teria nem passado pela cabeça do meu pai.

"Tô ficando cansada", falei com um sorrisinho, sem perder o contato com aqueles olhos de cinza claro.

"Ah, é?" Seu tom de voz foi bem suave enquanto a boca roçava na minha orelha.

Com a respiração acelerada, fechei os olhos. "Pois é. Exausta."

"É melhor eu te levar pra casa, então."

Mordi o lábio, excitada.

Ele me conduziu pelo corredor quase às escuras, passando por armários e estantes com troféus e fotografias, pela secretaria vazia e porta afora. No estacionamento, fiz esforço para acompanhar de salto alto suas passadas largas, então ele se agachou e me jogou sobre o ombro.

"Me põe no chão, seu troglodita!", gritei, aos risos.

"Você é devagar demais." Ouvi seu tom igualmente alegre.

Ele me pôs no carro. Eu não conseguia parar de rir, mas toda a tensão que vinha crescendo dentro de mim semana após semana estava instalada no meio das minhas pernas. Ofegante e ansiosa, eu fiquei pensando no que aconteceria no meu apartamento em vinte minutos.

Com certeza Emmett e eu íamos transar.

Ele merecia certo crédito — dirigiu dentro do limite de velocidade durante todo o caminho.

"As tartarugas da Miri são mais rápidas que você. Quem é devagar mesmo?"

"Adams, eu sou um cidadão que cumpre a lei, e você é uma má influência."

"Você não faz ideia." Abri meu sorriso mais malicioso.

Ele ficou sério, e eu respirei fundo, comprimindo as coxas. Meu ventre pulsava, e mordi o lábio, olhando pela janela. Não havia mais volta. A tensão entre Emmett e eu só crescia, e agora nós liberaríamos tudo fazendo o melhor sexo da minha vida. Ele arrancaria meu vestido na primeira oportunidade, antes até de fechar a porta do apartamento.

Ele estacionou o carro na frente da casa, e eu já estava correndo pelo corredor, o motor ainda ligado. Emmett teve que correr para me alcançar.

"Espero que o seu amiguinho use tampões nos ouvidos", ele falou baixinho quando contornamos a parede.

Dei uma risadinha, mas detive o passo ao dar de cara com os caras do andar de baixo parados no quintal escuro, pondo seus pertences em sacos plásticos.

"O que tá acontecendo? Vocês foram despejados?" Não seria a primeira vez que alguém do térreo era chutado para fora.

Carter deu um passo à frente, e Emmett estufou o peito e me abraçou pela cintura. Precisei conter a alegria — eu meio que gostava do ciúme. Não tinha interesse nenhum em Carter, mas não me incomodava ver Emmett perdendo a cabeça por minha causa.

"Más notícias, Laser", Carter avisou. "Infestação de percevejos."

Emmett e eu ficamos paralisados, olhando para todas aquelas sacolas cheias de tralhas, e ele me puxou para longe do cara. Percebi sua expressão de horror e hesitação.

"Humm. Que nojo." Olhei para a minha porta no andar de cima. "Você acha que os bichos..."

"Nem pense nisso, Adams. A gente não vai entrar naquele apartamento de jeito nenhum."

Carter acenou com a mão. "Lá em cima com certeza tá tranquilo, mano."

Emmett formou a expressão mais fria que eu já vi. "Na verdade, *mano*, eles podem subir até pelas tomadas."

Fiz uma careta. "Sério?"

Ele assentiu igualmente enojado, e eu estremeci. Imaginei que levantava as minhas cobertas e via pontinhos escuros se movendo pelo colchão.

"Eu não quero entrar lá, não. Não me obriga a fazer isso."

"Não, nem ferrando. Vamos embora." Ele me puxou na direção do carro.

"Aonde a gente vai?"

"Dormir na minha casa."

Fomos num silêncio interrompido apenas por sons de nojo. A ideia de transar naquela noite já tinha ido para o espaço — o desejo que senti no baile desapareceu assim que ouvi a palavra *infestação*, e acho que o mesmo valia para Emmett.

"Parece que eles estão passeando em mim." Esfreguei o couro cabeludo. "Tem algum no meu cabelo?"

"Adams, se encontrar um vou largar esse carro aqui."

Eu caí na risada. "Esse foi o pior baile de formatura de todos os tempos."

Ele começou a rir também. "O baile foi ótimo, mas o *after* foi pior do que um pé na bunda."

Ri ainda mais. Eu sabia que ele estava brincando, mas nosso azar de fato era cômico. Quando estacionamos na garagem dele, eu ainda estava rindo.

Na porta da frente, Emmett deixou o paletó no gradil.

"Deixa o seu vestido, acho que não vai chover." Ele desfez o nó na gravata.

"Do que você tá falando? E o que tá fazendo, aliás?"

Ele me olhou como se eu fosse louca. "O seu apartamento. As roupas podem estar com bichos."

"Aaargh. Você acha que tem um percevejo pegando carona em mim agora?"

"Não faço ideia, mas a gente não vai entrar com essas roupas."

Fui atingida por uma onda de tesão. "Eu não vou ficar pelada na sua frente!" *Pelo menos não sem preliminares*, pensei.

Emmett tirou a camisa, proporcionando uma visão frontal da sua musculatura. Meus lábios se entreabriram.

"Eu não vou ficar olhando. Vou pegar alguma coisa pra você vestir", ele disse, dando uma risadinha quando me pegou secando seu abdome. "Gosta da vista, Adams?"

Senti meu rosto queimar. Ele levou as mãos ao cinto, e eu me virei. Não era *isso* o que eu tinha em mente diante da vontade de vê-lo pelado. Percevejos idiotas. E aquele idiota do Carter e seus amigos nojentos arruinaram uma noite de muitos orgasmos.

"Eu já volto." Em instantes, ele ainda estava sem camisa, mas vestia uma calça de moletom e segurava uma camiseta.

"Só isso? Você não tem um roupão ou coisa do tipo? Um daqueles de flanela?"

Ele deu risada. "Quê? Não. Eu ainda não sou um senhor de sessenta e cinco anos. Anda logo, Adams, tá frio."

"Eu sei que tá frio." Os pelos do meu braço se arrepiaram, talvez por causa do ar gelado ou da barriga tanquinho de Emmett. Deu vontade de sentir aqueles músculos com os dentes.

Deixando a camiseta pendurada na maçaneta, ele foi para dentro.

"Nada de espiar", avisei.

"Ok, prometo. Vou preparar um chá pra gente."

Um chá. Se não havia certeza de que o sexo estava fora de cogitação por causa dos percevejos, isso deixou bem claro. Ninguém transava depois de beber chá, a bebida menos sensual.

Soltei um suspiro e abri o zíper do vestido. Ainda bem que Emmett morava numa área cercada de árvores enormes. A última coisa de que eu precisava era um vizinho tarado me vendo pelada. Deixei o vestido sobre o gradil do lado do terno. Olhei para baixo — a calcinha e o sutiã também precisavam ficar ali?

Eu não queria entrar desse jeito na casa de Emmett (será que não?), mas também preferia deixar de fora os percevejos. Com ânsia de vômito ao pensar numa praga escondida na minha lingerie, tirei a calcinha e o sutiã rapidinho antes de vestir a camiseta.

Tinha o cheiro dele. Amadeirado, almiscarado e masculino. O desejo deu uma pontada no meu ventre.

A diabinha safada no meu ombro abriu o olho, ameaçando despertar.

17

AVERY

"Hortelã?", ele gritou da cozinha quando fechei a porta.

"Beleza." *A gente também pode declarar o imposto de renda e planejar o cardápio da semana*, pensei, decepcionada. O sexo estava fora de questão. De nada adiantou o vestido que escolhi por realçar o meu decote.

Emmett estava de costas, despejando água quente nas canecas, até que ficou vidrado nas minhas pernas de fora. A camiseta era grande, mas só chegava até a metade das coxas.

Sua expressão ficou intensa, então ele piscou algumas vezes e ofereceu o chá.

"Obrigada."

"Por nada."

Eu fiquei parada, mordendo o lábio, sem saber se faria uma pergunta. O ar frio batia nas minhas partes íntimas. Não estava acostumada a ficar sem calcinha.

"O quê?" Ele levantou a sobrancelha. "Que foi?"

"Você..." Não queria perguntar. Senti meu rosto quente.

"O quê?"

"Você tem outra daquela calcinha da festa?"

Emmett deu um sorrisinho. "Calcinha da festa? Você tá sem nada por baixo da camiseta, Adams?"

Minha cara estava queimando. "Eu posso pegar a minha, se você não se incomoda com os percevejos do Carter." Virei as costas, mas ele me segurou pelo braço.

"Não ouse", ele falou com uma risada rouca. "Não, eu não tenho outra calcinha. Você vai ter que ficar sem mesmo." Sua mão ficou no meu braço, e ele me encarou intensamente. Seu peito subia e descia, e eu ouvia a minha pulsação ecoando.

Por que mesmo eu achei que isso era uma má ideia?

"Você devia ir pra a cama." Ele continuava me encarando cheio de desejo.

Eu assenti, pus as mãos no seu peito e passei os dedos na superfície firme. Meu Deus, como ele era sarado. "Pois é."

"Você tá exausta." Os dedos dele levantaram meu queixo, e sua boca tocou a pele sensível do meu pescoço. Sentindo uma mordiscada, fiquei sem fôlego.

O tesão estava de volta.

"Humm." Passei as unhas pelo seu abdome, e os músculos saltaram. Abaixo do elástico da calça, a ereção despontava obviamente do tecido. Meus lábios se abriram, tive um calafrio.

Puta que pariu, eu estava com tesão demais. Não conseguiria dormir de jeito nenhum, talvez nunca mais, inclusive. Ficaria deitada na cama, olhando para o teto e tentando não pensar em como seria senti-lo deslizando para dentro de mim. Só de pensar já estava bem molhada.

"Lembra daquela conversa sobre a válvula de escape?"

Seu olhar ficou mais intenso quando ele assentiu. Emmett me pegou pela parte de trás da coxa, e foi subindo até apertar minha bunda com a mão grande.

Ele soltou o ar com força. "Você tem uma bunda maravilhosa."

"Uma válvula de escape." Minha voz saiu entrecortada. "Eu preciso disso."

Ele passou a boca no meu pescoço, e dei um gemidinho. "Pode complicar as coisas."

Seu hálito fazia cócegas na minha orelha. Ele tinha um cheiro incrível, uma mistura de cedro, desodorante e sabonete. Masculino, limpo e forte. O calor irradiava da pele. Seu pescoço estava a centímetros da minha boca, e sem nenhum esforço poderia...

Ele grunhiu ao sentir meus lábios ali. Seu pomo de adão subia de descia, e sua cabeça tombou para trás.

Era uma má ideia, mas não estava nem aí. Eu queria aquilo. Tinha vontade *dele*. Meu corpo todo estava vibrando com os calafrios espalhados pelo meu ventre, me levando a fazer coisas que normalmente não ousaria. A pressão subiu, e nós ainda não tínhamos feito *nada*. Fiquei excitada como nunca. Ninguém nunca havia causado esse efeito em mim. Se não me aliviasse, eu explodiria.

Com meus dentes na sua pele, ele me beijou. Entre gemidos, minhas mãos agarraram seu cabelo enquanto sua língua me saboreava. Uma de suas mãos estava na minha nuca, e a outra agarrou minha bunda para me pôr na bancada, com ele de pé entre as minhas pernas. Senti intensamente a umidade ser exposta ao ar, diante de Emmett, mas ele ignorou isso, o que só me atiçou. Sua boca era sedenta, insaciável e voraz, provocando chamas em mim. A umidade e o calor me inundavam.

"Eu preciso de você", ele sussurrou no meu ouvido, interrompendo o beijo na boca para dar vários no meu pescoço. "Porra, eu preciso demais, Avery. Não paro de pensar nisso. Você nem imagina o tamanho da vontade."

Ele passou a língua na minha. Suas mãos passeavam pelo meu corpo — cabelos, seios, mamilos. De olhos fechados, suspirei e fiquei com a cabeça suspensa.

Minhas mãos se enfiaram pelo elástico da calça e agarraram o pau dele, bem quente, grande e grosso. Ele ficou trêmulo quando comecei a acariciá-lo.

Emmett se abaixou para roçar os dentes no bico do meu peito por cima da camiseta. Eu arquejei.

"Preciso te ver", ele murmurou, me encarando cheio de safadeza.

Só consegui assentir. Sim, claro, porra. Eu também precisava que ele me visse.

Ele arrancou a camiseta por cima da minha cabeça, expondo meus seios. Os mamilos ficaram duros, desesperados pelo toque. Eu estava sentada na bancada, pelada e aberta para ele. Mas antes que eu tivesse um surto, ele levantou meu queixo e nossos olhares se encontraram.

Fiquei sem reação. O jeito que ele me olhou era inédito para mim.

Nós dois estávamos ofegantes. De olhos acesos, ele parecia inebriado. "Porra, você é linda."

Meus lábios se entreabriram, mas ele logo abocanhou meu mamilo duro, e minha cabeça caiu para trás. Me puxando, ele pegou o outro seio, e soltei um gritinho de puro prazer no meio da cozinha. Estava delirando de tanta vontade, mas aquilo estava uma delícia. Eu não podia me mexer enquanto a boca dele estivesse ali.

Sua mão acariciou as minhas costas, e eu me contorci, tensa e extasiada. Minhas unhas arranharam seu abdome, e ele grunhiu e me apertou com mais força, chupando meu peito e arrancando outro gemido de mim.

Minha mão voltou para dentro de sua calça: segurei o pau grosso e duro e pressionando o forro da roupa, até que suas unhas se cravaram nas minhas costas. Ele latejava na minha mão.

"Meu Deus", ele grunhiu. "Cuidado aí."

Comecei a deslizar a mão pelo pau inteiro, e sua respiração ficou aceleradíssima quando ele colou a testa no meu peito. "Ou então o quê?"

"Porra, Avery. Caralho", ele gemia, percorrendo minhas costas.

Continuei focada no pau, ouvindo os sons que saíam da sua garganta. Ele estava tão duro, e cada movimento parecia provocar dor. Seu olhar implorava para que o sofrimento fosse encerrado.

Nossa, ele ficava lindo assim.

"Prometo que vou tomar bastante cuidado." Acariciei aquele membro enorme, e ele ficou de boca aberta.

"Assim." A voz saiu como um rosnado grave.

Emmett se desvencilhou do meu toque. Tentei retomar, mas suas mãos subiram pelas minhas coxas até seus dedos entrarem em mim.

Minha mente parou de funcionar.

Eu não conseguia nem me mover. Era gostoso demais.

"Caralho, Avery, como você tá molhada." Sua boca estava colada na minha orelha enquanto seus dedos faziam movimentos circulares e suaves no meu clitóris. Eu gemi, mordendo o lábio e me agarrando ao seu ombro enquanto ele continuava, e a tensão só se acumulava.

"Ai, nossa", consegui falar, me contorcendo. "Caralho, Emmett, que delícia."

"Eu adoro quando você fala o meu nome." Ele mordiscava meu pescoço. Eu estava escorrendo, e ele ficou admirado. "Fala de novo. Quero ouvir quando você estiver gozando pra mim."

Eu não tinha forças para protestar. "Emmett", gemi, e seus dedos me penetraram ainda mais. Soltei um gritinho. "Ai, nossa, Emmett."

Os dedos se mexiam, encontrando o ponto que daria a recompensa.

"Não para, Emmett", implorei, pegando no pau dele. "Não para, caralho." Comecei a masturbá-lo com força.

"Não vou parar. Vou te fazer gozar." Os dedos continuavam o movimento, me deixando zonza de prazer, e a outra mão massageava o meu clitóris. Eu dava gemidos curtos e agudos. Era tão intenso que eu mal aguentava. A sensação me dominava por inteiro. Eu não conseguia pensar, não sabia nem qual era o mês do ano. Me concentrei apenas nas mãos dele e no fato de que precisava gozar o quanto antes.

"Não tô aguentando, tá bom demais." Encostei a testa no seu peito. Fui mais depressa, mas ele recuou.

"Ainda não", Emmett grunhiu. "Você primeiro."

Me segurei nele enquanto seus dedos entravam e saíam com velocidade e urgência. Ainda gemendo, a tensão se intensificou, e voltei ao pau. Ele aumentou a pressão, esfregando os dedos no lugar exato. Eu o masturbava com força, e ele não parava de latejar.

Emmett me encarou. "Puta merda, não vai me fazer gozar primeiro."

Eu gostei desse lado de Emmett, uma versão insaciável e furiosa. Sabia que reviveria o momento muitas vezes na minha cabeça.

"Eu nem tô encostando." Minha voz estava ofegante.

"Vou te fazer gozar tão gostoso que você vai esquecer seu nome", ele falou entredentes.

Estava prestes a desmoronar.

Com a testa na minha, suas pupilas dilataram. "Vou fazer você gozar tão gostoso que sempre vai pensar em mim quando isso acontecer." Seus dedos se aceleraram, deslizando pelas minhas dobras e massageando aquele pontinho dentro de mim. Eu mal respirava de tão delicioso que era tudo aquilo.

Seus dedos eram implacáveis. Minha mão o masturbava, e não via a hora de ter o pau em mim. Mas, por enquanto, só queria atingir o prazer máximo, que subia pela minha espinha. Minha pele estava arrepiada e em chamas ao mesmo tempo. A eletricidade se espalhou pelo corpo, e as pernas começaram a tremer.

"Emmett", murmurei. À beira de desmoronar, eu o abracei com as pernas.

"Mais alto", ele falou, e o pau ficava mais duro.

Só gemia, com a testa caindo sobre seu peito. "Por favor."

"Fala." O ritmo diminuiu, e protestei gemendo. "Você sabe o que fazer."

Eu precisava gozar. Precisava demais. Os seres humanos não foram feitos para ficar no limiar do prazer extremo por tanto tempo. Fiquei furiosa por ele me deixar nesse estado.

"Emmett." O nome saiu com desespero.

Ele reagiu aumentando a pressão e a velocidade, e eu caí no abismo. Paralisada, a boca aberta num grito silencioso, os membros imóveis. Eu caí para trás, e um de seus braços me segurou, enquanto a outra mão continuava enfiada em mim. Eu pulsava, apertando os dedos e gemendo contra seu peito enquanto gozava.

Minha mão continuou no seu pau grosso o tempo todo e, quando as ondas do orgasmo foram se acalmando, passei a masturbá-lo melhor. E fui puxada com força para junto dele.

Emmett grunhiu sem tirar a boca da minha, e sua cabeça pendeu no meu ombro enquanto o líquido quente se despejava na minha mão. Ele tremia, e eu dei um sorriso convencido. Ele quis me olhar. Os dois tentavam recuperar o fôlego.

Fazer Emmett gozar virou meu novo vício. A maneira como ele perdeu o controle sob o meu toque, ficando trêmulo e abandonando a aparência perfeita, os desejos primitivos vindo à tona — eu precisava disso de novo.

"Foi divertido." Minha voz estava tão bamba quanto minhas pernas.

Ele desabou sobre mim, com a boca no meu pescoço. "Bom trabalho, Adams."

Descansamos brevemente antes que ele me levantasse da bancada, dando beijos suaves e carinhosos no meu pescoço, e me carregasse no colo para o andar de cima. Nossos chás ficaram na cozinha, frios e esquecidos.

Subimos na cama, e Emmett apagou a luz. Ele me puxou para o peito, e fiquei escutando seu coração, as batidas lentas me embalando para dormir. Não queria ficar preocupada pensando no que isso significaria para nós, no rumo que estávamos tomando e no que aconteceria a partir de então. Só queria focar no quanto estava contente, e mal podia esperar para repetir a dose.

18

AVERY

"Vamos apertar um pouco aqui", disse Geraldine, a vendedora, ao ajustar a parte de trás do vestido com prendedores de metal enquanto eu me olhava no espelho.

Eu estava detestando aquilo.

"Como ficou?", gritou Elizabeth. Fora do provador, ela bebia champanhe com Hannah, Max e Div, que tinha passado no restaurante no café da manhã no dia anterior, e acabou sendo convidado também, porque parecia alguém que daria opiniões sinceras sobre os vestidos.

"Ela tá maravilhosa", Geraldine gritou, apertando o corpete.

"Tá apertado demais", falei, ofegante.

O modelo tinha tanto volume que eu mal cabia no provador. Geraldine estava espremida contra a parede.

Eu não fazia ideia de que vestido queria, porque nunca tinha cogitado isso na vida. Se algum dia fosse me casar, imaginava uma cerimônia simples, para pouca gente, e eu usaria algo que pudesse servir para mais de uma ocasião, como no trabalho. Nada contra festões, que eu adorava ir como convidada, mas todos os olhos voltados para mim? Não era minha praia.

Quando fui à parte da frente da loja com o pessoal, encarei aquilo como mais uma tarefa a se riscar da lista, e logo o restaurante seria meu. Geraldine garantiu que aquele ficava mais bonito no corpo do que no cabide, então eu resolvi experimentar. Além disso, entrei nessa não apenas por mim, mas também por Elizabeth, Hannah, Max e Div. Os demais vestidos pendurados haviam sido escolhidos por eles. Eu disse sim para todas as sugestões. Não sabia nada sobre vestuário de casamento, confiando que aquelas pessoas jamais me deixariam escolher uma coisa ridícula.

Um vestido tinha chamado minha atenção enquanto dávamos uma olhada, bebendo champanhe e passando os dedos pelos tecidos. Era de seda, de um tom creme bem sutil, com mangas na altura dos ombros e um bordado delicado no corpete. Parecia saído dos anos 1920, e eu fiquei hipnotizada.

"Uau, vintage", Hannah comentou antes de pegá-lo. "Vamos pôr na pilha."

"Não", eu falei, deixando na arara. "Acho que esse não é o meu estilo."

Não sei por que fiz isso. Eu queria esse vestido delicado, interessante e único, mas alguma coisa me fez desistir. Era um casamento falso, lembrei a mim mesma. Uma peça como aquela faria tudo parecer real demais, seria um risco, como se aproximar demais da chama de uma vela.

No provador, através do véu que Geraldine tinha posto na minha cabeça, olhei para o meu reflexo. Ah, que situação. Desfilar por aí como uma boneca era o preço para conseguir o que eu queria.

O dinheiro havia caído na minha conta alguns dias antes, e Keiko e eu tínhamos marcado uma reunião no banco em dois dias depois do casamento.

Uma parte de mim ainda não conseguia acreditar naquilo. Emmett assinou um papel, e o banco me concedeu uma montanha de dinheiro para comprar um restaurante. Que sonho. Esse tipo de coisa não acontecia com pessoas como eu. Na verdade, nem sabia ao certo que tipo de pessoa eu era, apenas que tive muitíssima sorte.

"Certo, princesa, pode sair", Geraldine falou, me pondo para fora. A saia era mais larga que a porta, então ela me empurrou com as duas mãos.

Eu fui cambaleando, e meus acompanhantes ficaram espantados. Não dava para ver meu rosto com o véu, e eu enxergava o deles.

"O que vocês acham?", perguntei, espremendo os olhos.

"O que *você* acha?", Elizabeth perguntou, com uma voz alta.

"Não é divino?" Geraldine surgiu atrás de mim. "Tão moderno e elegante, como uma princesa da Disney."

Eu levantei o véu. "Não sei se esse é pra mim."

Todo mundo, a não ser Geraldine, soltou um suspiro de alívio. Elizabeth e Hannah trocaram caretas.

"Ainda bem", disse Max, balançando a cabeça.

"Você não pode casar com Emmett com esse vestido", Div disse. "Você parece uma daquelas bonecas que vendem pela TV de madrugada e que só as velhinhas solitárias compram."

"Que vai na coleção assustadora que fica na cristaleira da sala de jantar", acrescentou Max, e os dois caíram na risada.

"Minha filha usou esse vestido no casamento dela", Geraldine falou, com os olhos arregalados.

Elizabeth pôs a mão no ombro de Geraldine. "Com certeza ficou lindo nela. Avery, querida, por que você não experimenta outro?"

Geraldine continuou pondo em mim um modelo atrás do outro e me empurrando como um cachorro numa exposição. E, todas as vezes, Geraldine me viu com os peitos de fora. Como não havia alternativa, parei de me preocupar com isso depois do terceiro vestido.

"Esse ficou bom", Hannah falou, observando a minha reação.

Assenti com um sorriso simpático, olhando para o corpete com bojo. "É mesmo."

"Seus peitos ficaram ótimos", Div acrescentou.

"Pois é", concordei diante do amplo decote. "Com certeza."

Pensei em Emmett vidrado nos meus peitos na noite anterior ao baile de formatura, me segurando para não sorrir.

Emmett. Até seu nome provocava excitação.

Aquela noite foi... incrível. O melhor sexo da minha vida, e nós nem transamos de fato. Não que eu fosse admitir isso para Emmett e seu ego enorme. Mas o jeito como seus dedos deslizaram, o jeito como encontrou o ponto certo para me dar um orgasmo, o jeito como desabou sobre mim quando gozou na minha mão...

Caramba.

"Tudo bem?", Hannah perguntou, preocupada. "Você ficou toda vermelha."

Isso me trouxe de volta ao momento. Nada de ficar pensando em sacanagens com Emmett, muito menos quando a mãe dele estava sentada bem na minha frente. Engoli em seco e sorri. "Acho que tô com um pouco de fome."

Faminta por mais atos sexuais com Emmett.

Elizabeth apontou para o meu vestido. "Esse também não é o ideal."

Voltei a observar aquele vintage. "Certo, pessoal, então qual? O segundo?" O segundo era simples, de cetim, com as costas abertas. Era bonito, e eu fiquei bonita nele.

Hannah deu a volta no sofá. Senti um frio na barriga. Ela estendeu a mão — *até aquele* — e trouxe para Geraldine. "O último."

"Não", eu falei, balançando a cabeça. "Acho que o segundo é melhor."

"Faça isso por nós", pediu Hannah. "Por favor? Depois vamos almoçar."

Havia uma expressão de desafio em seu rosto normalmente tímido. Meu estômago se revirou. Ela sabia. Percebeu que aquele havia causado sentimentos.

No provador, fiquei olhando para a parede sem espelho enquanto Geraldine me ajudava. O forro era de cetim bem macio. Droga. O peso era perfeito, volumoso e pesado. Deu vontade de ficar passando as mãos sem parar.

Ao sair, senti que estava com uma expressão preocupada.

Os olhos de Hannah se iluminaram. Elizabeth ficou surpresa. Max e Div não abriram a boca.

"Que foi? Não ficou bom?"

"Veja você mesma", Elizabeth sugeriu.

Diante do espelho, meu coração deu uma cambalhota. Eu mordi o lábio.

E comecei a chorar.

Elizabeth ficou de pé num pulo. "É esse! Encontramos."

"Eu sabia", Hannah murmurou para si.

Geraldine se dirigiu para trás do balcão. "Vou passar no caixa."

"O que...? Espera." Eu enxuguei os olhos.

Olhei para o meu reflexo no espelho de novo. O vestido servia perfeitamente, com presilhas e prendedores aqui e ali, e era lindo. Maravilhoso. Gastaria meses procurando algo do tipo no eBay e em sites de artigos vintage. Apesar do nó na garganta, meu pulso acelerava. Eu queria esse vestido, isso era fácil admitir, e queria muito, mas poderia me casar com Emmett com ele? Era um vestido de noiva de verdade, também pela maneira como fez que eu me sentisse. Eu encararia um casamento de mentirinha com um verdadeiro vestido de noiva?

"Você tá linda", Hannah falou com um sorriso gentil, que eu retribuí.

Com coragem, eu compraria esse vestido maravilhoso com o qual me sentia incrível.

Max e Div estavam olhando os véus, tentando decidir qual ficava melhor na minha cabeça.

"Sem véu." Apontei com o queixo para as presilhas de cabelos numa mesa diante deles. "Mas vocês podem escolher um grampo."

Os olhos deles brilharam, e os dois foram até lá correndo.

Deixei de lado a hesitação ao analisar o espelho. Eu estava ótima.

"Os ajustes vão demorar de três a quatro meses", Geraldine avisou, me deixando tensa. O casamento seria na semana seguinte. Eu teria que escolher um vestido que não precisasse de ajustes.

Elizabeth sorriu e pôs a mão no meu ombro. "Eu faço os ajustes."

Ofereci um olhar de gratidão.

"Nem pense nisso", Div falou quando peguei a carteira na bolsa. "Emmett me encarregou de ficar de olho, porque você ia querer pagar."

"Vamos lá." Max foi me puxando para fora da loja.

"Eu não vi nem quanto custa", protestei.

"Não importa", retrucou Max, ignorando as objeções.

Minutos depois, estávamos todos prontos. Div carregava a caixa, e eu não conseguia tirar os olhos dela.

Nosso grupo se dirigiu a um restaurante ali perto, conversando e rindo, de ótimo humor. Naquela manhã, quando pensei que sairia para comprar um vestido, fiquei apavorada, mas naquele momento me sentia mais leve, feliz e otimista.

Tudo ia dar certo.

"Que dia mais delicioso", Elizabeth comentou à mesa, "com a minha futura nora." Ela abriu um sorriso afetuoso, e eu senti seu carinho por mim.

Aí uma pontada de culpa atingiu minha barriga. Eu não podia me acostumar muito com aquilo. "O atum parece bom", comentei, depois de limpar a garganta.

"Eu mal posso esperar para conhecer seus pais", ela falou ao ler o cardápio. "Eles devem estar superfelizes porque a filhinha vai se casar."

Meu estômago deu um nó.

Eu tinha conversado com a minha mãe no dia anterior. Liguei com a intenção de contar sobre o restaurante e o casamento, mas na hora... eu travei. As palavras ficaram presas na garganta. Fiquei só ouvindo enquanto ela me contava sobre o livro que estava lendo, nos despedimos e desligamos. Dessa maneira, ligar para o meu pai estava fora de questão. Fazia quase dois anos que a gente não se falava.

Me remexi na cadeira, imaginando meu pai abordando Emmett para pedir dinheiro emprestado. A vergonha me dominou, subindo pela garganta.

"Humm." Engoli o constrangimento e continuei encarando o cardápio. "Só preciso saber se o atum é congelado ou fresco."

"Eles vão passar alguns dias na cidade? Eu adoraria recebê-los para um jantar."

"Hã, não sei direito", falei, sem erguer os olhos. "Eles andam bem ocupados."

Imaginei a minha mãe conhecendo Emmett, que por sua vez usaria o charme de político para cativá-la. Ela pensaria que ele era parecido demais com o meu pai e o desaprovaria? Ou ficaria encantada como todo mundo?

Que diferença isso fazia? O casamento com Emmett não seria de verdade. Por algum motivo precisava lembrar disso a mim mesma o tempo todo.

"Vocês estão sentindo um cheiro estranho?", Max perguntou, me lançando um olhar cheio de significado.

Eu estreitei os olhos para ele.

"Hã, não?", disse Hannah, respirando fundo.

Max continuou a me encarar. *Mentira tem perna curta*, ele articulou com a boca.

Voltei ao cardápio. Eu ligaria para eles ainda naquele dia, para fazer o convite.

Um calafrio de ansiedade percorreu meu corpo.

No dia seguinte. Eu ligaria no dia seguinte.

19

EMMETT

"Pensei que a gente ia à praia", Avery falou enquanto eu dirigia pela estrada.

Eu tinha passado o dia todo pensando nela. Durante minha corrida matinal, fiquei me lembrando dos seus lindos olhos azuis. Enquanto tomava banho, pensei nela sentada na bancada, gemendo meu nome, sendo estimulada pelos meus dedos, no quanto ela ficou sexy quando entrou na cozinha só de camiseta, que depois tirou para revelar seus peitos perfeitos, que cabiam direitinho na minha mão. Pensei nela com a cabeça suspensa quando passei a língua nos mamilos... puta que pariu.

Eu não conseguia parar de pensar na noite anterior, e nós nem transamos. Só brincamos com as mãos. Mais nada. Ela me fez gozar só me masturbando, como se eu fosse um adolescente com os hormônios à flor da pele.

Pensei em como seria chupá-la, seu gosto devia ser delicioso. Tinha que ter feito isso, mas Avery se contraindo nos meus dedos havia sido irresistível.

"A gente vai numa praia diferente." Lancei um olhar malicioso. "É uma praia secreta."

Pensei no seu suspiro sonolento na cama, enquanto eu lia o e-mail de Div com os números da pesquisa — estava pau a pau com Isaac. Pensei em como seu sorriso iluminou o ambiente quando ela tirou sarro de mim por ter nojo de tartarugas.

Fiquei ansioso o dia todo para voltar para casa e para Avery.

Não imaginei que diria isso, mas agradeço aos percevejos.

Mas as máquinas de lavar atrapalharam um pouco as coisas. Arruinaram meu plano de deixar Avery só de camiseta ou pelada.

Os lábios dela se entreabriram, e os olhos brilharam. "Ah, é?"

Eu confirmei com a cabeça. "Mas é um segredo da família Rhodes. Você não pode contar para ninguém, ou vai ser excomungada."

Ela deu risada. "Fala logo."

Castle Beach era realmente um segredo. Não estava no Google Maps nem nos guias de turismo. Alguns locais conheciam, nós já tínhamos visto gente por lá, mas havia um acordo tácito de não postar nada a respeito nas redes sociais nem falar com os turistas sobre essa praia específica. Por enquanto, estava dando certo.

Levar Avery lá me parecia natural. Ela era o mais próximo de uma esposa que eu já havia tido na vida. Conhecia os meus pais, era amiga da minha mãe e deveria saber sobre Castle Beach. Eu queria revelar o segredo para ela.

"A gente vai casar, então tudo bem."

Nós trocamos um olhar, como quem diz *esse é o nosso segredinho*. Senti um aperto no coração.

Quando saí da rodovia e entrei numa estradinha de terra, ela olhou para trás. "Eu nem sabia dessa estrada. Acho que não conseguiria encontrar de novo sozinha."

"Então vou ter que te trazer mais vezes." Pus a mão na coxa dela, que sorriu e deixou de encarar a janela.

Fomos sacudindo pelo caminho até eu estacionar numa pequena clareira. Com a comida e um cobertor, a conduzi pela trilha até a praia, segurando sua mão nas partes mais íngremes, apesar de ela estar de tênis e ser capaz de descer sozinha. Meu corpo ansiava pelo seu toque. Eu aproveitava qualquer chance que surgisse para pôr as mãos nela, sem hesitar. E, o melhor de tudo, ela sorria toda vez, o que me fazia sentir um quentinho no peito.

A trilha terminava na areia, e nós chegamos à praia.

"Ah, uau." Avery deteve o passo no local exato onde a areia começava, observando as ondas.

Castle Beach era uma enseada pequena e escondida. A floresta parecia se erguer do mar. Tínhamos a praia só para nós. Uma leve brisa soprava do oceano, trazendo um cheiro de frescor e limpeza. Era muito melhor que a praia mais popular de Queen's Cove, que estaria lotada naquela noite.

"O céu tá tão lindo." Ela suspirou e balançou a cabeça com uma expressão contemplativa. "A gente mora no lugar mais lindo do planeta."

O céu azul se estendia infinitamente, a mata cerrada estava luxuriante como sempre, e o mar brilhava. "Com certeza."

Tirei os sapatos, e nós fomos até um tronco caído para nos recostar. Avery estendeu o cobertor, enquanto eu desembalava a comida. Sorri ao notar sua alegria por causa da garrafa de vinho.

"Peguei pouco antes de a gente sair", contei antes de encher as canecas.

Seu sorriso pareceu tímido. "Obrigada por me trazer aqui."

"De nada. Eu gosto de correr nessa área de manhã."

Ela me lançou um olhar zombeteiro. "Madrugador."

"Você deveria experimentar. Faz bem acordar antes de todo mundo. O mar ainda tá calmo, e só tem você, os pássaros e as ondas na praia. Pura serenidade."

Ela começou a abrir as caixas de sushi. "É por isso que eu gosto de dormir tarde, depois que todo mundo já foi descansar. Fica parecendo que eu sou a única pessoa acordada na cidade, no meio daquele silêncio, com as luzes todas apagadas. Às vezes fico no restaurante por bastante tempo, para trabalhar sossegada. Assim consigo ter paz." Ela abriu um sorriso suave, e senti um aperto no peito.

Ficamos lá sentados, comendo, conversando, rindo, ouvindo as ondas e vendo o sol baixar no céu. Eu gostava de vê-la comer. Alguma coisa no jeito de escolher e desfrutar da comida me enchia de satisfação. A necessidade de prover para minha mulher.

Minha mulher? Eu estava virando um troglodita mesmo.

Olhei para ela de novo.

Era minha.

Só de pensar em outro pondo as mãos em Adams, ou até sorrindo para ela como aquele puto do Carter, fiquei furioso.

Avery era minha. Não havia dúvidas quanto a isso. Eu só não sabia o que fazer a respeito. Estava perdido ali.

Ela deixou uma risadinha escapar, me deixando curioso.

"Lembra que você pensou que eu fosse lésbica só porque não gostava de você?" Seus olhos brilharam.

Soltei uma risadinha pelo nariz. "Eu também achava que você ia cumprir nosso acordo e nada mais."

"Que bola fora." Ela abocanhou um nigiri de salmão.

"Foi mesmo."

Eu propus esse plano pensando que seria bem simples. Nós apareceríamos juntos em fotos para redes sociais, eu assinaria seu contrato de empréstimo como avalista e cada um seguiria em frente com a própria vida. Tudo muito fácil, direto e impessoal.

Engoli em seco. O que eu estava fazendo com Avery era fácil, mas não tinha nada de direto e impessoal. Eu não conseguia conceber como me afastaria dela. Não conseguia imaginá-la saindo da minha casa ou da minha vida, onde ela se encaixava perfeitamente. Queria passar no Arbutus todos os dias e conversar com ela durante o almoço até os meus cem anos de idade.

Você não entende, Will falou de brincadeira uma vez quando tirei sarro dele por não querer fazer uma viagem comigo. *Você não é um rapaz de família.*

Afastei esses pensamentos confusos, voltando a atenção para o presente. Havia sobrado só dois nigiri.

"Entendi por que você gosta tanto de gerenciar um restaurante. Se todo mundo comer desse jeito", falei para Avery enquanto ela comia mais um.

Ela estreitou os olhos ao mastigar. "É um elogio? Eu não entendi."

"Claro que é um elogio. Você gosta de comida. Aposto que é recompensador ver as pessoas felizes e satisfeitas depois de comerem no Arbutus."

Ela fez uma expressão contemplativa. "É, sim. Eu gosto de ficar no balcão do bar, pra ver todo mundo rindo e conversando. Outro dia, duas senhoras de idade apareceram no almoço e ficaram por três horas, bebendo vinho e chorando de rir. Com certeza eram amigas há vinte ou trinta anos." Ela engoliu a comida e sorriu. "Foi como ter um vislumbre de quando elas eram jovens. Tem alguma coisa especial naquele restaurante. Keiko e sua família se dedicaram muito ao lugar, que se transformou numa parte importante da comunidade." Ela ficou séria por um instante. "Eu quero que isso continue."

"E vai conseguir. Deu tudo certo com o dinheiro?"

"Sim." Ela olhou para as mãos e depois para mim. "Obrigada."

"Não foi nada. Sério mesmo."

Ela demonstrou gratidão. A *golden hour* estava chegando, o momento em que os últimos raios do sol lançam um brilho alaranjado no crepúsculo. Os olhos dela se acendiam sob a luz. Atrás de nós, centenas de pássaros piavam e cantavam nas árvores. "É como se os pássaros estivessem desejando boa noite", Avery comentou, contente.

Eu lembrei de uma coisa. "Deu tudo certo com o vestido, né?"

Ela ficou reticente. "Alguém te mandou uma foto?"

Balancei a cabeça. "Vi a cobrança no cartão de crédito."

Ela soltou um suspiro de alívio. "Ah, que bom. Não quero que você veja o vestido antes do casamento. Dá azar."

"Ficou feliz com a sua escolha?"

Ela não conseguiu conter a empolgação. "É. Fiquei sim. É maravilhoso. Ah, e eu vou pagar. Você não devia ter feito isso, já que tá gastando uma nota com o casamento."

"De jeito nenhum", retruquei. Uma coisa que a deixava tão animada e feliz? Eu pagaria mil vezes.

"Ah, pronto." Ela me deu uma encarada. "Emmett."

"Não." Minha voz soou bem séria. "Vou direto ao ponto. Não esquece o que eu falei antes. Tenho um monte de dinheiro e ninguém com quem gastar. Comigo mesmo? Eu já tenho tudo de que preciso. Minha mãe? Já foi mimada por mim até demais. Então me deixa comprar um vestido bonito pra você."

Ela virou a cabeça, mas eu vi suas maçãs do rosto se erguerem. "Certo."

"Certo", repeti, satisfeito. "Além disso, Div perguntou sobre os seus pais, e eu não soube o que responder."

"Como assim?" Uma pequena ruga se formou entre suas sobrancelhas.

"Div quer saber se eles vêm. Tem a ver com quem vai sentar onde, sei lá."

A ruga desapareceu, e ela comprimiu os lábios.

Havia alguma coisa errada. "Adams? O que foi?"

"Meu pai é um bosta."

Fiquei sem entender.

Avery começou a remexer os dedos. "Tá, não exatamente um bosta. Não é de propósito, mas ele é meio que... ele é péssimo." Ela fez uma careta. "Isso não soou bem. Como eu sou maldosa. A questão é que ele não é fácil, então eu fico adiando o convite. Eu sei que preciso fazer isso. E eu vou. Só tô procrastinando." Ela girou a aliança na mão.

Quando vi tamanha ansiedade, foi de cortar o coração.

"Não precisa convidar, então. É o nosso casamento. A gente pode fazer o que quiser."

Ela fez uma careta. "E se ele descobrir? Vai ficar arrasado."

Havia uma incerteza que a distinguia da Avery confiante e determinada que eu conhecia. Abri os braços. "Vem cá", pedi com um gesto.

Ela hesitou por um instante, e eu a puxei, encostando suas costas no meu peito e posicionando sua cabeça sob meu queixo. Nós ficamos olhando para o mar. Uma sensação de conforto me invadiu, e ela relaxou. Assim era melhor, muito melhor.

"Se você não quiser seu pai aqui, pode dizer não." Minha voz era um murmúrio nos seus cabelos, e meus braços a comprimiam. O cheiro de sua cabeça era incrível, e precisei me segurar para não enterrar o rosto na sua nuca. "O que você acha que ele vai fazer?"

Ela suspirou, e eu acariciei seu braço. Detestava vê-la assim, toda ansiosa e insegura.

"Eu não sei nem como descrever o meu pai."

"Então tenta."

"Ele é o cara mais simpático, cativante e divertido que você pode conhecer na vida." Seu tom de voz era contemplativo, e eu desejei ver o seu rosto nesse momento. "É o melhor amigo da galera, apaixonado pela vida. Tudo é mais divertido com ele por perto. Ele é a alma de qualquer festa." Sua voz tremulou. "E também é cheio de ideias grandiosas."

Ela fez uma pausa.

Ah. Entendi. Ele era como eu.

"Já contei que os meus pais tinham um restaurante quando eu era criança?"

"Não", murmurei com a boca ainda colada no cabelo. "Não contou."

Ela balançou a cabeça. "Pois é. Minha mãe sempre quis ser dona de um restaurante, porque os meus avós tiveram um por um tempo, e ela adorava. Juntou dinheiro trabalhando em dois empregos e, quando eu tinha doze anos, conseguiu montar o negócio." Ela ficou tensa, e eu fiz mais carinho. "Meu pai ficou superempolgado e meio que tomou a frente das coisas, por causa da sua personalidade. Ele se apossou do sonho dela. Com um monte de projetos ambiciosos, mudou completamente a cara do lugar." Um ruído grave de irritação escapou da sua garganta. "E gastou todo o dinheiro deles nisso."

Ela soltou o ar devagar.

As coisas começaram a fazer mais sentido. *Avery* começou a fazer mais sentido. Uma raiva me invadiu. Esse cara não foi capaz de cuidar da própria família, não deu a melhor vida possível para elas, e em vez disso as fez afundar por causa dos impulsos e da incompetência nos negócios.

Me esforcei para soar normal. "O que aconteceu com o restaurante?"

"Foi à falência, claro, porque ele não sabia que merda estava fazendo. Mas, quando minha mãe percebeu, ele não estava mais lá."

Levantei as sobrancelhas, alarmado. "Como assim? Ele se mandou?"

Ela encolheu os ombros. "É. Disse que aquele sonho não era dele, e sim da minha mãe, e que precisava ir atrás do que queria."

Raiva. Uma raiva intensa. Uma fúria desenfreada dominou meu corpo. Que tipo de pessoa era essa? Que tipo de pai e marido abandona a família, ainda mais quando afunda a esposa em dívidas?

"Ele não vai no casamento", grunhi.

"Eu não posso *não* convidar o meu pai." Ela não parecia muito convicta.

Eu sacudi a cabeça. "Ele não vem mesmo."

Ela ficou em silêncio antes de assentir e relaxar de novo. "Tudo bem. Então ele não vem."

Observamos o pôr do sol e as cores mudando no céu.

"Você sabe que eu nunca faria isso, né? Não que você vá precisar de mim. Você faz tanta questão de ser independente, e agora entendo por quê." Eu engoli em seco. "Mas saiba que eu jamais teria uma atitude dessas."

Avery assentiu. "Eu sei", ela murmurou. "Eu sei."

"Ótimo."

Ficamos sentados ali um tempão, escutando o mar, diante das ondas quebrando na praia e do sol baixando cada vez mais. Algo havia mudado entre nós com essa conversa. Todas as cartas estavam na mesa. Era por isso que Avery não gostava de mim durante todo aquele tempo. Porque eu a lembrava do seu pai.

A raiva voltou com tudo. Aquele babaca do caralho. Eu nem conhecia o cara, mas já o odiava, por ter deixado Avery insegura e confusa. Um pai devia ser como Will, dedicado, confiável e amoroso.

Eu jamais deixaria Avery na mão como o pai dela havia feito. Podia não ser como Will — já não sabia mais nem que tipo de cara eu era —, mas com certeza corresponderia às expectativas de Avery.

20

EMMETT

Nós continuamos na praia, com Avery sentada entre as minhas pernas, recostada enquanto o sol se punha e o céu escurecia. Ela estremeceu contra o meu peito. Nós voltamos para o carro, iluminando o caminho com a lanterna dos celulares e voltamos para casa num silêncio tranquilo, com a minha mão sobre sua perna. Ela logo pôs a mão sobre a minha e abriu um sorrisinho.

Meu coração deu cambalhotas. "Você é linda."

Ela deu um sorriso amarelo e se virou para a janela.

"Que foi, não acredita em mim?" Dei uma olhada nela antes de focar na estrada. "Então vou continuar falando até você acreditar. Você é linda."

Ela revirou os olhos, alegre. "Tá bom, tá bom. Eu acredito."

Eu apertei sua perna. "Ótimo."

Em casa, quando ela parou diante da porta, me esperando para destrancar, apontei com o queixo para a fechadura. "Usa a chave que eu te dei."

Fiquei observando Avery fazer aquilo. Senti um contentamento enorme, mas não entendia o motivo.

É porque ela é minha. Porque ela vir morar aqui é a coisa certa.

O desejo, que eu vinha mantendo sob controle a noite toda, acabou despertando dentro de mim. Só que não queria mais ter que contê-lo. Queria mostrar para Avery o quanto ela era perfeita. E mostrar que ela era minha.

Entramos na casa às escuras e, assim que ela largou a bolsa, pus as mãos nos seus ombros e a virei. Inclinei seu queixo para cima, ela soltou um leve suspiro, e eu a beijei.

Avery relaxou, com seus peitos perfeitos pressionados contra mim quando a abracei e minha boca tocou seus lábios cheios e macios.

"Oi", ela murmurou sem desgrudar a boca.

"Oi", murmurei de volta.

Eu me acostumaria facilmente com isso.

Fechei a porta com o pé e puxei Avery pela escada, beijando-a e passando a mão nela. Eu precisava tocar seu corpo inteiro, precisava fazê-la gemer como na outra noite, sentir meus dedos apertados pela umidade dela. Esfreguei seu mamilo, e ela soltou um gemidinho ainda me beijando.

Meu pau estava duro de um jeito desconfortável. Nós precisávamos chegar lá em cima mais rápido. Deslizei a língua na dela antes de puxar seu cabelo, abrindo-a para mim. Ela mordiscou o meu lábio inferior. Meu pau latejou, e eu grunhi.

Me agachando, agarrei sua bunda e a levantei. Suas pernas enlaçaram a minha cintura, e eu a carreguei escada acima.

"Eu te quero", ela murmurou no beijo, e o meu pau voltou a pulsar. "Preciso que você me faça gozar de novo."

"Você ainda não viu nada." Levei a boca ao seu pescoço. Ela soltou um suspiro. "Mal posso esperar pra te ver gozando na minha cara."

Ela gemeu e se esfregou em mim. Entrei no quarto e a pus na cama com cuidado. Tirei sua blusa, e ela deu uma risada de surpresa.

"Apressadinho." A voz saiu bem baixinha.

Minha boca baixou para o decote, e ela se jogou para trás.

Fui beijando a pele macia e firme acima do sutiã, enquanto ela soltava o ar pela boca. Suas mãos puxaram meu cabelo, me fazendo arquejar contra sua pele. Estava difícil equilibrar esse jogo delicado de atender a minha necessidade de tê-la e, ao mesmo tempo, torturá-la de prazer. Eu estava me esfregando na cama como um adolescente. Abri o fecho do sutiã, e os peitos deliciosos apareceram. Um dos bicos ficou bem duro quando passei a língua, e ela gemeu alto no quarto escuro.

Dei uma risadinha grave. Puta que pariu, como eu adorava isso. Adorava deixá-la ofegante e sedenta. Cada célula do meu corpo, cada gota do meu sangue ansiava por aquilo como se fosse água ou ar.

Quando larguei seu mamilo, ela protestou.

"Tira a calça." Comecei a mexer no zíper. "Agora."

Avery deu risada, um som grave e rouco. "Mandão." Ela obedeceu.

Sob o luar, eu mal conseguia vê-la, então acendi a luz. O quarto se iluminou com um tom quente, e eu olhei para seu rosto, vermelho, com lábios entreabertos e pálpebras semicerradas.

"Porra, que delícia."

Ela estava cheia de tesão, e suas mãos agarraram o meu cinto, abrindo a fivela, sem tirar os olhos dos meus. Com o pau quase pulando, tirei a camisa por cima da cabeça.

"Seu corpo é incrível", ela suspirou, dando beijos no meu abdome, sentada. Minhas mãos voltaram para seus peitos, provocando os mamilos pontudos e arrancando suspiros antes de empurrar seus ombros para fazê-la se deitar.

Observei a calcinha preta de renda.

"Adams." A voz até falhou. "Essa é a calcinha que eu comprei?"

Ela abriu um sorriso safado. "Aham."

A luxúria me dominou, e os meus olhos se fecharam. Quando pensei na minha linda e sexy Avery usando aquela lingerie... quase perdi o controle. Transferi mentalmente metade do meu dinheiro para uma reserva dedicada apenas a novas peças para Avery. Por que eu não tinha pensado nisso antes?

As mãos dela deslizavam pelo meu peito, e sua boca foi até a minha. "Não consigo parar de te beijar."

Dei um sorriso em meio ao beijo, e fiz uma pausa. Eu precisava de mais do que beijos. Ajoelhei para pegá-la por trás dos joelhos e jogá-la na beirada da cama. A respiração dela era curta.

Avery sempre mantinha o controle. Ela era tão independente, nunca precisava da ajuda de ninguém. Mas, pelo visto, ela gostava que eu assumisse as rédeas na cama.

Foi o que eu fiz.

Passei a mão pela renda preta até encontrar a abertura quente e molhada no meio das suas pernas. Ela fez biquinho e respirou fundo.

"Você tá escorrendo. Sua calcinha tá encharcada." Passei o dedo no tecido molhado, e ela gemeu e balançou a cabeça. Meu tom era grave e provocador. "Adams, você tá com tesão ou o quê?"

"Isso. Para de me provocar", ela falou entredentes sentindo os movimentos circulares.

Meu autocontrole também chegou ao limite, e meu corpo ansiava para mergulhar dentro dela e ficar metendo gostoso até ouvir apenas gemidos, mas eu precisava fazer isso durar mais. Ver o desejo de Avery por mim era como uma droga, e eu tinha que continuar provocando até deixá-la louquinha. Queria que ela perdesse o controle primeiro.

"Algum problema?", perguntei, fingindo inocência e passando o braço sob suas costas para grudar nela de vez. Minha boca voltou ao mamilo.

"Emmett", ela quase gritou.

"O que você quer, Adams?" Minha língua se movia rapidamente no mamilo, e a respiração dela ficou rápida e trêmula.

Eu faria sua vontade, mas a faria implorar primeiro.

"Vai", ela vociferou, se esfregando nos meus dedos. Tirei a mão de lá, e ela desabou no colchão, desesperada. "Emmett!" Ela ficou irritada, e eu abri um sorrisão.

"Me fala o que você quer, e eu faço."

"Quero você me lambendo até eu gritar."

A calcinha já havia sido arrancada, e eu repassava o gemido que escapou da sua garganta quando minha boca encostou na buceta molhada. Eu lembraria desse som até o dia da minha morte.

Minha língua se movia rapidamente entre as dobras, lubrificando o clitóris enquanto ela se contorcia e arfava embaixo de mim. Uma das mãos beliscou de leve o seu mamilo, enquanto a outra deslizou para a buceta. Ela arqueou as costas, ofegante.

"É isso o que você queria?"

Ela gemeu. Eu tirei o dedo.

"Emmett." A voz saiu firme e furiosa. Ela levantou a cabeça para olhar feio para mim, e eu abri meu sorriso mais perverso e malicioso.

"É isso o que você queria?", repeti lentamente, deslizando de novo o dedo para dentro, pressionando o ponto G.

Seus olhos se fecharam, e ela desabou no colchão. "É." Ela arqueou as costas, apontando os peitos para o céu. "Não para, Emmett."

Jamais. Nada me afastaria das pernas de Avery. Sua bucetinha era a coisa mais deliciosa que eu já tinha experimentado, e a chupei com vontade. Seus gemidos preenchiam os meus ouvidos enquanto ela passava as unhas no meu couro cabeludo, me dando infinito prazer. Eu estava com tanto tesão que quase perdi a noção de tudo, mas continuei empenhado em fazer Avery gozar como se esse fosse o meu único propósito na vida. Aumentei a pressão adicionando um segundo dedo, e ela se contraiu inteira, me apertando com força. Minha língua fazia movimentos circulares, espalhando os fluidos por aquela maciez, e suas coxas se fecharam ao redor da minha cabeça.

Eu chupei o clitóris, e ela se contorceu completamente, pulsando em torno dos meus dedos.

"Eu vou gozar, Emmett, vou gozar." Ela puxou o ar com força. "Emmett, Emmett, Emmett." Avery lançou um feitiço sobre mim com suas palavras enquanto estremecia. Suas pernas fixaram a minha cabeça onde ela queria, e eu a deixei curtir as ondas do orgasmo, só afastando a boca quando ela relaxou na cama.

O suspiro ao fechar os olhos e aquele peito sem fôlego? Aquilo mexeu comigo até a alma. Eu era o responsável pelo som.

Meu pau estava doendo de tanta vontade de entrar em Avery. Eu precisava senti-la apertar o meu pau assim como tinha feito com os meus dedos.

"Terminamos aqui?" Eu fiquei de pé, me posicionei em cima dela e dei um beijinho na sua clavícula.

Ele me olhou com tesão antes de alisar meu pau. "Nem começamos."

Ela aplicou mais força, e minha respiração disparou. Eu estava mais perto do limite do que imaginava. Chupar Avery tinha me deixado a um passo de gozar, e o prazer estava acumulado na minha pelve. "Avery, não. Eu não vou aguentar."

Ela ergueu o queixo, como se propusesse um desafio, voltando a me masturbar. "Tudo bem, relaxa."

Segurei seus pulsos acima de sua cabeça. Ela ergueu os quadris, e senti meu pau molhado à medida que a buceta se esfregava nele.

"Não me provoca assim." Meus olhos estavam fechados com força. E o autocontrole, por um fio.

Seu olhar era puro fogo quando ela deslizava em mim. "Quer me comer?"

Meus quadris se moveram por vontade própria. "É o que eu mais quero."

Ela abriu mais as pernas. "Então vem."

"E a camisinha?", murmurei. Puta que pariu, que difícil me segurar. Com a buceta toda quente e molhada passando pela rola, eu mal conseguia respirar de tanta vontade de meter nela.

Avery balançou a cabeça, eu abri a gaveta, rasguei a embalagem e comecei a desenrolar o preservativo.

"Vai logo", ela pediu, com as pálpebras pesadas.

Não foi preciso falar duas vezes. Eu me posicionei para penetrar lentamente a buceta pequena e encharcada.

"Isso", ela sussurrou, ajeitando os quadris para me acomodar melhor. "Isso, caralho."

"Que apertada." Sussurrei. "Caralho, Avery, você tá tão apertadinha e molhada."

Tirei um pouco e enfiei de novo, e ela arqueou as costas com um gritinho. Minha alma até saiu do corpo, o prazer corria pelas minhas veias. Não conseguia pensar em mais nada, mas era capaz de respirar. Só o que podia fazer era deslizar para dentro e para fora, e ela me apertava cada vez mais. Ela levou a mão ao clitóris, mas eu a afastei.

"Tudo meu." Eu mesmo comecei a massagear seu clitóris.

Enquanto eu ia fundo, ela soltou um grito. A pressão na base da minha espinha cresceu, e cada terminação nervosa do meu corpo se eriçou. Dava para sentir o que estava prestes a acontecer, a vontade crescendo em mim, mas eu ainda não podia me aliviar. Só depois que Avery gozasse de novo. Ela precisava gozar de novo. Eu precisava ver aquela boquinha linda aberta ao atingir o orgasmo.

Fiz uma pausa, erguendo seus joelhos para meter mais, então ela soltou outro gritinho agudo.

"Assim."

Acelerei os dedos, e seus gemidos só endureceram meu pau. Eu estava quase lá, mas me segurei ao máximo, esperando por ela enquanto a preenchia de novo e de novo e de novo. Ela se contorceu, com os lábios entreabertos e os olhos fechados com força. Depois de mais uma tremidinha, me encarou com um olhar perdido. Porra, ela era linda demais. Era tudo para mim, dominava meus pensamentos, e agora que tinha sentido seu gosto e entrado nela até o fim, eu virei outro homem. Precisava disso todos os dias, para sempre. Não havia nada mais importante.

Seu corpo se convulsionou num orgasmo, e ela me apertou, gritando meu nome para o teto do quarto. Deixei meu controle ir embora, sem parar de foder. Logo senti o prazer em ondas que me provocaram tremores enquanto eu me esvaziava dentro dela. Vi estrelas atrás das pálpebras, incapaz de falar, pensar e fazer qualquer outra coisa que não fosse jorrar no seu ventre.

Quando as ondas se acalmaram, minha cabeça desabou na cama. Alguma coisa tinha acontecido. Havia algo diferente em nós e no meu interior. Meu DNA tinha se recombinado assim que a penetrei, e agora estávamos conectados. Eu virei outro. Não era mais o Emmett pré-Avery, e já fazia um bom tempo.

Ela soltou um suspiro, satisfeita, e eu sorri com a boca na sua orelha.

"Bom trabalho", eu disse, e ela deu risada.

"Você que fez todo o trabalho."

Olhei em seus olhos. Ela sorria com as bochechas vermelhas e os olhos brilhando.

Um calafrio de medo surgiu num ponto distante da minha consciência.

Eu não queria que aquilo acabasse. Queria uma dose de Avery todos os dias, para sempre.

Só havia um nome para isso. Eu pigarreei.

O calafrio tinha se instalado no meu peito. Eu estava apaixonado, e queria que o casamento fosse de verdade.

Merda.

"Você devia ficar aqui mais um pouco", falei sem pensar. "Por mais algumas semanas depois do casamento."

Ela me encarou, pensativa.

"Pra vender melhor a ideia", menti.

Ela abriu um sorrisinho. "Tá bom."

Eu relaxei e lhe dei um selinho. "Tá bom."

Ela dormiu abraçada em mim, com a respiração mais lenta, e eu fiquei contemplando o teto. Isso era só um acordo de negócios para Avery, então eu não podia contar a verdade. Prendi uma mecha de cabelos atrás de sua orelha. Durante o sono, ela fez um *hummm* gostoso e baixinho, e me deu um tremendo receio.

Eu não podia contar a verdade, mas podia apreciar cada segundo ao seu lado.

21

AVERY

Acordei de manhã com as costas arqueadas e a língua de Emmett no meu clitóris.

"Bom dia", ele falou com a boca na minha coxa depois de me fazer gozar, beijando minha pele enquanto eu ficava mole nos travesseiros, com os olhos fechados e a respiração ofegante.

"Um bom dia mesmo." Dei um sorriso. Isso era real? Nem em um milhão de anos eu teria previsto a sorte de acordar desse jeito. "Obrigada."

"Disponha sempre." Ele veio se deitar ao meu lado, apoiado no cotovelo, me olhando com um sorriso satisfeito. Não vestia camisa, apenas um short de corrida, e seu rosto bronzeado estava vermelho, e os cabelos, molhados de suor.

Caramba, ele era tão bonito.

Eu mordi o lábio. "Se eu soubesse que você era tão bom com a boca, teria aceitado muito antes."

Ele deu risada. Eu adorava ver as ruguinhas quando ele ria assim.

"Que horas são?"

"Nove e pouco." Ele deu um beijinho no meu braço.

"Você já foi correr?"

Ele assentiu com a cabeça.

"Madrugador", murmurei e me virei de lado, para ficar diante de Emmett. Meu corpo estava lânguido, relaxado e exausto no melhor sentido possível. Acariciei seu peito e seus ombros, contornando os músculos bem definidos. "Por que não me acordou?"

"Você precisava de um descanso depois de ontem à noite." Seus olhos faiscaram, com um sorriso perverso.

Soltei um suspiro, feliz. "A noite passada pareceu um sonho."

"Um sonho bom, assim espero."

"O melhor."

Ele roçou os dedos de leve na pele do meu braço, observando o que estava fazendo. "O casamento é amanhã."

Eu assenti. "Humm-humm."

Seus olhos encontraram os meus, lindos sob a luz matinal. "Ainda tá de pé, Adams?"

Alguma coisa naquele olhar suave e carinhoso, mas cheio de incerteza, fez meu coração inflar. Eu ia me casar com esse cara amanhã, e não havia a menor dúvida. Provavelmente deveria hesitar, afinal quem fazia esse tipo de coisa? Ninguém. Era loucura. Mesmo assim, deitada na cama dele, satisfeita, leve e confortável, observando aquele rosto lindo, passando a mão naquele corpo incrível, eu não conseguia pensar em nenhum motivo para *não* nos casarmos.

"Eu vou estar lá. Vai ser fácil me achar de vestido branco."

Ele sorriu e me puxou para si. "Vem cá." E me deu um beijo.

"Eu ainda não escovei os dentes."

"Eu não ligo", ele murmurou, colado em mim.

O beijo começou devagar, mas a maratona sexual das últimas doze horas ainda não havia terminado porque, em alguns minutos, a coisa já estava frenética, as nossas mãos passeavam por todos os lugares. Senti sua ereção, e enfiei a mão no short de corrida.

"Espera, eu tô suado."

Balancei a cabeça. "Eu não ligo."

Mas ele escapuliu e correu para o banheiro.

"Volta já aqui!"

"É rapidinho, eu prometo."

Ouvi o chuveiro ser aberto. Saí da cama e parei na porta do banheiro, vendo o meu deus grego debaixo d'água, com a cabeça levantada para molhar os cabelos, de olhos fechados. A ereção apareceu, e surgiu uma onda de tesão em mim.

"Oi", falei, entrando no box.

Os olhos dele faiscaram de desejo quando me puxou para perto. "Oi."

"Posso fazer um café da manhã pra você antes de sair, amorzinho?", Emmett perguntou na cozinha.

Servi uma caneca de café para mim e sacudi a cabeça. "Não, obrigada, *amorzão*. Eu como no restaurante. Não gosto de fazer isso logo depois de acordar."

"Anotado." Ele me deu um beijo na testa, que me fez rir com a boca na caneca de café.

A noite passada foi... uau. E a segunda vez na noite passada foi... uau. E hoje cedinho? Uau! E hoje no chuveiro... uaaaau.

Dei um gole no café, observando-o por cima da caneca. "Se essa for a vida de casada com Emmett Rhodes, eu posso acabar me acostumando."

Ele deu uma risadinha e me abraçou por trás. Eu me acomodei no seu abraço carinhoso, me recostando no seu peito.

"Me deixa cozinhar pra você no jantar de hoje, então. Vamos ter uma noite tranquila antes do caos de amanhã."

E ele até cozinhava. Em que tipo de portal para outra dimensão eu tinha caído por acaso? "Perfeito."

A boca dele encontrou meu pescoço, e eu fiquei bamba. O que havia no seu toque que despertava uma reação tão forte? Era como se me atraísse magneticamente pela mera aproximação dos dedos. Mesmo depois de dois orgasmos, eu queria mais.

"Nós temos tempo?" A voz saiu suave. O tesão aumentava. "Você não tem que trabalhar?"

"Eu não ligo", ele falou baixinho, beijando o canto da minha boca. Os meus olhos se fecharam.

Na bancada, um telefone vibrou.

"É o meu ou o seu?", murmurei contra sua boca.

"Eu não ligo", ele repetiu.

O celular parou de tocar, e a cozinha ficou silenciosa, a não ser pelas mãos nas roupas um do outro e minha respiração pesada quando Emmett beijava meu pescoço.

Outra ligação.

Ele ficou irritado e olhou por cima do meu ombro. "É o seu."

"Eu vou desligar." Eu estendi o braço. O nome de Max apareceu na tela. "Preciso atender."

"Não." Ele tomou o aparelho da minha mão, colocou sobre a bancada e me agarrou.

Eu dei risada e me derreti nos braços dele.

O celular não parava de tocar, e Emmett rosnou.

"Vou ver o que ele quer, aí a gente pode se pegar como dois adolescentes", falei, e ele soltou um suspiro, sem me soltar. "Oi, Max."

"É melhor isso ser importante", Emmett grunhiu alto para Max ouvir.

"Finalmente." A voz de Max estava cheia de urgência. "Você viu minhas mensagens?"

"Não, eu não estava com o celular." Voltei a Emmett. Ele me olhou todo safado e começou a abrir o zíper da minha blusa. Eu sorri e dei um tapa na sua mão. "O que aconteceu?"

"Três pessoas da equipe do salão estão doentes, o caminhão de entregas sofreu um acidente, então não temos ovos, um ônibus cheio de turistas famintos acabou de chegar e nós nunca temos garfos pra todo mundo! Onde todos os garfos vão parar? Os lavadores de pratos estão jogando no lixo?" A voz dele ficou descompensada. "A gente não pode virar um lugar em que as pessoas comem com garfos de plástico, Avery. É inaceitável. Por que as sextas de manhã são sempre assim?"

"Tá, certo. Respira fundo." Adotei o tom de uma mulher tranquila, como nos comerciais. As mãos de Emmett passeavam pelo meu corpo, e eu segurei o riso e me aconcheguei nele. "Quem estava dirigindo o caminhão? John? Ele tá bem?"

"Aham, e ele está bem, sim. Não foi nada grave, mas acho que um pneu furou."

"Vou ligar pro supermercado e pedir um favor. Os ovos chegam aí em dez minutos. Eu vou ver onde estão os garfos. Vai dar tudo certo. Eu tô indo."

A boca de Emmett estava na minha orelha, me deixando doida. "Ela tá doente. Não vai poder trabalhar."

"Você tá doente também!?", gritou Max.

"Não, Max, eu tô bem", falei, aos risos. "Emmett tá só brincando."

"Não tô, não", Emmett murmurou, com a boca no meu pescoço. "Acho que você tá com febre."

Max bufou. "Além disso, eu vi Chuck falando com a Keiko."

Eu gelei. "Sobre o quê?" Emmett levantou a cabeça para escutar melhor.

"Sei lá, mas ela parecia bem desconfortável."

Eu mordi o lábio. "Beleza. Aguenta firme até eu chegar. Vou demorar uns minutinhos."

Quando desliguei, Emmett e eu trocamos um olhar.

"Ele tá aprontando alguma." As mãos de Emmett subiram para o meu ombro, e uma ruga se formou entre suas sobrancelhas. "Não gosto disso, ele tem aparecido o tempo todo ultimamente."

"Eu também não, mas não tenho como impedir. Vou falar com a Keiko e confirmar se tá tudo certo." Nós tínhamos marcado uma reunião na terça-feira no banco para finalizar a papelada e passar o restaurante para o meu nome. Eu sabia que os dias seguintes seriam uma loucura, com o casamento e tudo mais, só quatro dias tinham se tornado uma eternidade.

Na ponta dos pés, eu dei um beijo rápido em Emmett. "Eu preciso ir."

"Eu te levo."

A manhã passou voando: eu, Max e mais um garçom nos desdobramos para tocar o restaurante. Os turistas se revelaram muito bem-humorados e foram bastante compreensivos com os contratempos. Os lavadores de pratos *não* estavam jogando garfos no lixo, só guardaram a pouco mais de um metro de onde Max esperava encontrá-los, o problema foi resolvido. John, o motorista do caminhão de entregas, apareceu depois do almoço com o pneu trocado e todos os produtos que estavam em falta na cozinha.

Durante o período de maior tranquilidade entre e o almoço e o jantar, Max e eu fomos para o bar recuperar o fôlego. Ainda havia algumas mesas ocupadas, mas a situação estava sob controle fora do horário de pico.

"Fazia tempo que a gente não tinha um dia assim." Soei meio desorientada.

Max se recostou no balcão, olhando para o nada. "Não sinto os meus pés."

"Vai pra casa." Eu o cutuquei com o cotovelo. "Você tá aqui desde a hora que abrimos. A workaholic sou eu, não você."

"Vou esperar a Rachel."

A porta da frente se abriu. "Oi", Rachel falou, animada.

Eu me virei para Max. "Vai pra casa."

Ele cedeu e foi embora. Mais duas pessoas da equipe chegaram, e nós nos preparamos para a hora do jantar. Naquela sexta à noite, o restaurante estaria cheio de turistas, e eu assumi meu posto no bar para ajudar com os drinques. Em certo momento, fui ao escritório e escrevi uma mensagem rápida para Emmett.

Tá puxado aqui, tudo bem adiar nosso jantar? Desculpa.

Ele respondeu imediatamente.

Claro. Eu vou estar esperando quando você chegar em casa.

Em casa. Mas uma pontada de decepção surgiu no meu peito. Eu estava com *saudade* de Emmett? Nós nos vimos naquela manhã, mas passei o dia pensando nele, sentindo seus dedos nos meus cabelos, seus braços me envolvendo e seus lábios nos meus. Uma pequena parte de mim me trazia à realidade, me dizendo que o lance era bom demais para ser verdade e não duraria muito. Mas o restante de mim queria mais. Desejava tudo o que Emmett tivesse a oferecer.

Passa aqui no restaurante mais ou menos às oito, escrevi. Eu hesitei, mas meus dedos digitaram rápido demais. *Tô com saudade.*

Eu também. Passo aí nesse horário.

Meu coração veio parar na boca, e eu contive o sorriso antes de enfiar o celular no bolso e sair do escritório.

Elizabeth estava lá, pronta para bater na porta.

Dei um sorrisão. "Oi, querida."

O rosto dela se iluminou. "Olha, quem eu estava procurando. Como estão as coisas, meu bem?"

Eu balancei a cabeça. "Tudo bem, tudo bem. Vamos entrando." Ela veio comigo ao pequeno escritório e se sentou. "O caos da manhã já passou, e agora estamos de volta ao nível caótico de sempre."

Ela ergueu uma sobrancelha, assim como Emmett fazia às vezes. "Tô falando de amanhã."

O casamento. Certo. Analisei a aliança de brilhantes no meu dedo, não sabia como conseguiria tirar de tão acostumada que estava com a joia. Eu ia me casar no dia seguinte. De mentira, mas e daí? Uma imagem de Emmett de terno surgiu na minha mente, e uma pequena onda de empolgação me percorreu. Respirei fundo e balancei a cabeça. "Tô bem."

Elizabeth me olhou com uma expressão preocupada. "Faz parte se você estiver nervosa. Eu fiquei também."

Lancei um olhar para ela. "Mesmo?"

"Ah, sim. Apavorada. É um dia importante! Tanta gente prestando atenção em tudo, só esperando que eu tropeçasse no vestido ou dissesse o nome errado no altar, ou apenas fugisse."

Fiquei horrorizada. Eu não tinha pensado em nada disso, mas agora com certeza pensaria.

Ela levantou as mãos. "Não que você vá fazer algo assim. E, se fizer, todo mundo vai só dar risada."

"Certo." Eu me sentia zonza e insegura.

Ela pôs a mão sobre a minha. "Querida. Vai ser ótimo. Eu tenho certeza."

Olhei para nossas mãos, feliz. "Eu sei. É muita sorte ter você do meu lado."

Ela se derreteu toda. "Não, querida. A sorte é toda minha." Ela suspirou. "Eu sempre me preocupei com Emmett. Ele é o mais velho, quem toma conta da família. Quando os irmãos entram numa enrascada ou precisam de ajuda, é Emmett quem resolve. Ele está sempre lá em casa, consertando coisas, cozinhando para mim e para o Sam, comprando coisas para nós. É uma pessoa muito independente, e nós sempre tivemos a preocupação de que nunca fosse ter ninguém ao seu lado, cuidando dele." Ela engoliu em seco. "Até você aparecer, querida. Estou muito feliz por ele ter você. Dá para ver o quanto ele está apaixonado."

Meu coração deu uma sacudida, desesperado para sair pela boca. Essa mulher doce, gentil e sincera sempre foi receptiva e acolhedora comigo desde o dia em que nos conhecemos, e cá estava eu, simplesmente mentindo. Senti um nó na garganta. Mas eu estava, sim, apaixonada por Emmett, só não podia contar para ele, a única pessoa para quem de fato estava mentindo.

Eu assenti com a cabeça. Queria ser essa pessoa para Emmett, que ficaria ao seu lado, cuidando dele.

"Eu também o amo", admiti, e a tensão no meu peito diminuiu. Foi bom poder desabafar.

Os olhos dela se enrugaram com o sorriso. "Eu sei." Ela deu outro aperto carinhoso na minha mão, como se pudesse ver a angústia. "Amanhã vai ser um grande dia, e nós vamos celebrar como uma família. Isso agora inclui você."

Quando eu era mais nova, éramos sempre só eu e a minha mãe. Mesmo quando os meus pais ainda estavam juntos, ele nunca estava lá *de verdade*. Ele ainda morava na mesma casa, claro, mas ficava na farra com os amigos até tarde, dizendo que estava fazendo networking ou fechando um negócio ou algo do tipo. Eu não conhecia a família dele, e minha mãe era filha única, então não fui criada em meio a primos, tias e tios, como as outras crianças.

Entrar na família Rhodes assim, com direito a tapete vermelho e braços abertos, seria como deitar na cama depois de um longo dia no restaurante. Era tudo o que eu nem sabia que queria. Uma família. Mesmo que fosse passageiro.

Coração, a bola de demolição vem aí. Se prepara pra ser destroçado em mil pedaços quando isso terminar.

"Muito bem." Elizabeth ficou de pé. "Estou animada para amanhã. Vai ser um grande dia, e todo mundo vai se divertir bastante. Agora me dá um abraço."

Eu me levantei e deixei que ela me envolvesse. Elizabeth tinha cheiro de lavanda, e eu cataloguei mentalmente esse momento, para guardá-lo para sempre.

Depois que ela foi embora, voltei ao bar. As comidas passavam voando, e os últimos clientes estavam terminando os pratos quando Keiko chegou, ficando no balcão.

Eu a cumprimentei com um sorriso escancarado. "Ah, olá, sumida. Eu já estava me perguntando se você não ia aparecer hoje."

Ela se debruçou sobre o balcão e ficou observando enquanto eu limpava. "Por que você está trabalhando hoje? Devia estar em casa, relaxando."

"Algumas pessoas faltaram porque estavam doentes. E eu não ligo. Adoro ficar aqui."

Ela sorriu. "Eu sei que sim."

"Aceita uma taça de vinho?"

Ela assentiu.

"Cabernet ou merlot?"

"Cabernet, por favor." Ela se remexeu no banquinho, e eu me concentrei nas minhas mãos ao selecionar a taça certa. Keiko limpou a garganta, e lancei um olhar de curiosidade.

Eu vi Chuck falando com a Keiko. As palavras de Max naquela manhã ecoaram na minha cabeça. *Ela parecia bem desconfortável.*

Ficamos tão ocupados que até tinha esquecido. Mas não sabia como tocar nesse assunto sem parecer intrometida. Com quem Keiko falava ou deixava de falar não era da minha conta.

"Eu queria conversar sobre uma coisa com você." Seu olhar se alternava entre a garrafa de vinho e os meus olhos.

"Tudo bem." Soei hesitante.

"Não é nada, mas eu prefiro que você escute da minha boca, em vez de alguém da cidade. O pessoal de Queen's Cove adora uma fofoca."

Lembrei de como se espalhou depressa a notícia sobre o namoro. "Nem me fale."

Ela ficou mexendo na haste da taça. "Chuck me abordou hoje com uma proposta para comprar o restaurante."

Fiquei de queixo caído.

Keiko ergueu os olhos. "Eu não vou vender para ele, claro, mas queria te avisar mesmo assim. Isso não muda nada."

Minha mente estava girando a mil, mas sem formar nenhum pensamento coerente. "Como foi que..." Eu balancei a cabeça. "Por que ele acha que..." Minha garganta se fechou de novo. Aquele *rato* de esgoto estava sempre à espreita, só esperando que eu virasse as costas para me tirar do caminho. Que ódio. "Puta que pariu."

"Pois é. Puta que pariu."

Uma risada de surpresa escapou da minha boca. Era a primeira vez que eu ouvia Keiko falar palavrão. "Quanto ele ofereceu?"

Ela me encarou, mas logo se voltou à bebida. "Não importa."

Eu estreitei os olhos. "Importa, sim. Quanto?"

Ela soltou um suspiro. "Dez por cento a mais."

"*Dez por cento?*" Eu fiquei passada.

"Avery." Seu tom era bem sério. "Não tenho a menor intenção de entregar o Arbutus na mão do Chuck. Deixei isso bem claro para ele. Minha decisão já está tomada."

Eu cruzei os braços e me debrucei sobre o balcão. O fato de Chuck colocá-la nessa posição era detestável, mas ela tinha recusado dinheiro por minha causa. Mesmo assim, eu faria de tudo para fechar o negócio. Comecei a girar a aliança no dedo. "Keiko, não sei nem o que dizer. Eu só lamento que isso tenha acontecido."

"Tudo bem." Ela abriu um sorrisinho e deu um gole no vinho. "Chuck não vai atrapalhar o seu sonho. Na terça, o restaurante vai ser todo seu."

Eu respirei fundo, enchendo os pulmões. Um passo em falso e Chuck estaria nos bastidores, pronto para dar o bote.

A porta se abriu, e Emmett entrou com um buquê. Meu coração se encheu de alegria. Todas as emoções que eu vinha sentindo durante o dia vieram à tona, me deixando exausta e aliviada por vê-lo.

Alguma coisa na minha expressão fez Keiko se virar no banquinho. "Ah! Avery, vá cumprimentar seu noivo como se deve. Eu estou precisando de um tempinho a sós."

"Pode ser. Fica à vontade." Saí de trás do bar e fui até ele, que ficou vidrado em mim. "Oi."

"Oi, amorzinho." Ele deu um beijo no meu rosto. O calor da sua pele se irradiou até meus dedos dos pés.

Apontei com o queixo para as flores. "São pra mim?" Havia rosas de um vermelho bem escuro, intenso e romântico. Nunca comprei flores para minha casa, porque elas sempre morrem em poucos dias, o que me parecia um desperdício de dinheiro. Mas essas eram lindas. A indulgência que representavam, e o fato de ser um presente de Emmett, me fez sentir um frio na barriga.

Ele assentiu. "São, sim. Você tá livre agora?"

"Com certeza. Muito obrigada." Enfiei o nariz no buquê e inalei o perfume floral. "Qual é a ocasião?"

"Minha garota teve um dia infernal."

Minha garota. Se eu tivesse um diário, anotaria aquelas palavras para eternizá-las. Olhei ao redor do restaurante, num clima tranquilo proporcionado pela iluminação suave. "Começou muito bem, sabe?" Dei uma piscadinha para ele, e seus olhos se acenderam. "Depois foi ladeira abaixo." Fiz uma careta. "Mas tá melhorando de novo. É assim que as coisas são no ramo dos restaurantes. Tudo acontece ao mesmo tempo, e a gente precisa se virar. Pode sentar, eu só vou guardar as flores no escritório e a gente pode beber alguma coisa."

Ele me deu outro beijinho no rosto, roçando sua barba por fazer. "Claro."

Quando voltei ao salão, Emmett estava a uma mesa próxima à janela com uma garrafa de vinho já aberta.

Eu me acomodei na cadeira em frente à dele e abri um leve sorriso enquanto apoiava o queixo na palma da mão. "Tô feliz de te ver."

"Eu também, Adams. Senti a sua falta o dia todo." Ele cobriu a minha mão com a sua.

Relaxei com aquele calor humano. Se ele me pegasse aqui mesmo e me levasse para a cama, eu não me incomodaria nem um pouco.

"Muito cansada?"

Eu queria contar sobre a proposta de Chuck, mas me lembrei das palavras de Elizabeth no escritório: Emmett estava sempre cuidando dos outros. Com a campanha, a questão da família de Will e o casamento amanhã, eu não queria despejar mais um problema em cima dele. "Tá tudo bem. É um cansaço bom."

"O que o Chuck queria com a Keiko de manhã?"

No fim, minha intenção não adiantou nada. Acho que Emmett ouviu o que Max disse ao telefone. Respirei fundo e, hesitante, eu o encarei. "Ele ofereceu dinheiro pelo Arbutus."

O olhar de Emmett perdeu o brilho carinhoso. "Quê?" Sua voz saiu grave e fria.

Fiz uma careta. "Uma proposta de dez por cento a mais que a minha." Quando Emmett avistou Keiko por cima do meu ombro, eu balancei a cabeça. "Ela recusou, porque também não quer que ele seja o dono."

Emmett franziu a boca numa linha reta e cerrou o punho sobre mesa. "Escuta, Adams. Esse cara não vai comprar o restaurante."

Eu balancei a cabeça, girando a aliança no anelar. "Eu sei."

"Sabe mesmo?" Ele levantou as sobrancelhas. "Quem vai ficar com o restaurante é você, Adams." Segurou a minha mão esquerda e ficou mexendo na aliança. Nós dois ficamos observando enquanto a joia capturava e refletia a luz. "A gente tem um acordo."

Suas palavras me confortaram um pouco, mas também serviram como um lembrete de que um acordo de negócios ditava o que havia entre nós.

"Eu não quero mais pensar nisso." Levantei os olhos, enquanto seus dedos me acariciavam. "Só quero passar uma noite agradável com você."

Ele ficou me encarando, e eu não me incomodei. Alguma coisa em seu olhar me deixava tão energizada quanto tranquila. Eu queria que ele olhasse para mim. Gostava de ver seus olhos passeando pelo meu rosto, observando as minhas feições.

Emmett enfiou a mão no bolso do paletó. "Trouxe uma coisa pra você." Havia nele uma animação inegável.

Eu inclinei a cabeça. "Você já trouxe flores."

"Eu sei. Ia dar só amanhã, mas você teve um dia difícil, então acho que agora é o momento ideal." Ele pôs uma caixinha revestida em veludo azul-marinho na minha frente.

Parecia a caixinha da aliança de noivado. Meu coração batia forte e acelerado no peito. Foquei em Emmett, que sorriu, só esperando. Ele levantou as sobrancelhas algumas vezes, e a minha pulsação só aumentava.

Emmett ia me pedir em casamento... de verdade?

Eu abri a caixinha.

Brincos.

Quase dei risada de mim mesma. Claro que não seria um pedido a sério.

Os brincos cintilavam com brilhantes num arranjo similar ao do anel. "Uau", sussurrei.

Emmett sorriu. "Gostou?"

Fiz que sim com a cabeça. "São lindos."

Ele pareceu satisfeito. Satisfeitíssimo. "Que bom. Mandei fazer na mesma joalheria da aliança."

Dei uma risadinha. "Mandou fazer, assim do nada? Você tem uma joalheria à sua disposição vinte e quatro horas por dia?"

"Agora eu tenho."

Um quentinho delicioso se espalhou pelo meu coração.

"Você é um cara legal, sabia?"

Alguma coisa brilhou nele. Uma leve mudança. Uma hesitação. Desapareceu antes que eu pudesse identificar, e ele se limitou a me servir mais uma taça.

Eu fiquei de pé. Seu olhar me seguiu, e parecia que ele ia perguntar alguma coisa, mas eu contornei a mesa e o beijei.

Isso. Apesar de fazer só dez horas desde a última vez, meu corpo reagiu como se estivesse numa montanha russa. Ele gemeu com a boca na minha, e respirei fundo para sentir seu cheiro inacreditavelmente gostoso.

Emmett. *É ele*, pensei comigo mesma. *E acho que sempre foi*.

Eu não sabia o que fazer com esse pensamento, então apenas lembrei a Emmett de como era o meu beijo.

"O lance de vocês já deixou de ser bonitinho", comentou Rachel, a hostess, quando passou. "Já tá virando uma coisa pegajosa."

Nós demos risadas, ainda grudados, e então voltei ao meu lado da mesa. Um sorriso triunfante e pretensioso surgiu no meu rosto quando vi que Emmett estava até atordoado. Ele fez um barulhinho de satisfação, e seu olhar se incendiou.

"Peguei a certidão de casamento hoje." Ele me olhou atentamente.

"Certo."

Seu peito subiu e desceu, numa respiração profunda. Ele limpou a garganta. "Nós vamos assinar na cerimônia, mas eu não registrei na repartição da prefeitura. O casamento só é válido com o registro."

Eu tentava manter uma expressão neutra. Certo. Nosso casamento de fachada. Senti uma pontada aguda no coração e engoli em seco.

A realidade me atingiu. Tentei afastá-la como se fosse uma vespa num piquenique, mas não havia jeito.

Eu não queria que fosse um casamento de fachada.

Queria que fosse de verdade. Queria registrar aquela certidão com os nossos nomes. Queria acordar com a boca dele em mim e seus braços me envolvendo, e a gente se pegando. Queria dormir no quarto dele. Queria rir de Emmett passando mal com as tartarugas resgatadas, tentando se afastar delas. Queria participar dos jantares da família Rhodes ao seu lado. Queria mais noites em Castle Beach a sós, comendo sushi e batendo papo.

Um casamento significaria que tudo o que era nosso seria dividido meio a meio. Emmett seria coproprietário do Arbutus.

Mas Emmett não queria um casamento de verdade. Ele mesmo tinha dito que não era um cara família, do tipo que sabia manter um compromisso. Uma coisa fora de cogitação no seu caso. Eu sabia disso desde o início. Nós nunca dissemos nada diferente. Esse foi o acordo.

Afastei esses pensamentos. "Certo. Então não vamos registrar a certidão."

Isso não era um problema *nosso*, era só meu. E eu lidaria da mesma forma como resolvia tudo na vida — sozinha. Além disso, seria bem mais fácil superar tudo depois que o casamento de faz de conta terminasse, eu voltasse para casa e nós não nos víssemos mais diariamente.

Eu pretendia curtir o momento enquanto durasse, porque jamais teria uma coisa como aquela de novo.

Ficamos lá sentados por um tempo, conversando bobagens, só curtindo a companhia até a garrafa ficar vazia e Emmett pegar a minha mão.

"Vamos pra casa, Adams?" Ele fez carinho com o polegar, e eu fiquei mexida.

Eu não podia dizer a Emmett o que ele significava para mim. Mas podia demonstrar. Colocaria tudo para fora, todo afeto, desejo e vontade.

Naquela noite, eu me permitiria me apaixonar um pouco mais por Emmett Rhodes.

22

AVERY

Durante o trajeto para casa, trocamos sorrisinhos conspiratórios dentro do carro. Seu olhar apreciava meu corpo, e o meu alternava entre seu rosto bonito e sua mão forte ao volante. A outra repousava na minha coxa, me ancorando, lembrando que eu era sua.

Engoli em seco. Se pensasse demais, acabaria pirando. Me deixei ser envolvida por Emmett e seu brilho. Me permiti ser dele.

Ele segurou minha mão no caminho até a entrada. Uma vez lá dentro, esperou que eu tirasse os sapatos antes de me prensar contra a porta e apoiar as mãos na minha cabeça. Eu estava encurralada, e gostei disso.

Seu olhar safado encontrou o meu a poucos centímetros da minha boca. "Passei o dia pensando nisso."

"Ah, é?" Quis parecer confiante, mas estava arfando. A proximidade fazia minha pulsação acelerar. Minhas mãos foram ao seu peito. Calor irradiava pela camisa.

Ele balançou a cabeça. "Humm-humm. E eu fui muito paciente."

Eu estremeci ao ouvir seu tom grave, e assenti de volta.

Ele encarou minha boca, e seu pomo de adão subiu e desceu.

Se ficasse na ponta dos pés, eu alcançaria seus lábios. Mas queria ver o próximo passo. "Você não precisa mais ser paciente."

Um fogo brilhou no seu olhar, e ele cobriu a minha boca com a sua. Nós gememos ao mesmo tempo, e suas mãos foram para a minha bunda, enquanto eu era erguida. Meus calcanhares se juntaram quando o envolvi com as pernas, e meus braços enlaçaram seu pescoço. Ele me carregou escada acima enquanto nos beijávamos. Senti o sabor do vinho que estávamos bebendo e um gosto que era bem específico de Emmett.

No quarto, continuamos nos beijando enquanto tirávamos as roupas, e na cama, depois que ele tirou o edredom macio que cobria o colchão. Seu corpo estava bem quente. Eu me imprensei nele para absorver um pouco daquele calor, enquanto sentia o meu no meio das pernas. Suas mãos passeavam pelo meu corpo, não com a urgência daquela manhã, e sim como se estivesse me saboreando.

Senti a ereção dele na minha barriga. Ele gemeu quando o acariciei, saindo do meu alcance.

"Eu quero te tocar." Estendi a mão, mas ele me segurou com firmeza pelos pulsos.

"Ainda não." Sua boca alcançou meu mamilo, e os meus olhos se fecharam. "Preciso fazer uma coisa primeiro."

Sua língua se movia pelo bico duro do meu seio enquanto os dedos estimulavam o outro. Soltei gemidos curtos e agudos, e as minhas coxas se retorciam. Seus dedos começaram a fazer movimentos circulares no clitóris.

"Emmett", eu gemi, e ele soltou um ruído de prazer.

"Nunca vou cansar de te ouvir falando o meu nome." A voz saiu bem grave, e ele me encarou, em chamas. "Nunca."

Antes que eu pudesse responder, ele foi baixando a boca, passando a língua pela terminação nervosa sensível. Eu fiquei com o pescoço mole. A língua fazia círculos, aumentando a tensão.

"Caralho, o seu gosto é uma delícia. Eu vou fazer isso todo dia. Todos os dias, vou te lembrar que você é minha."

Suas palavras intensificaram o meu prazer. *Minha*, ele tinha dito. E eu gostei. Eu era Avery Adams, muito em breve dona de um restaurante, uma mulher feminista e independente, e estava morrendo de tesão ao ouvir que pertencia a Emmett.

"Fiquei pensando o dia todo em você molhando a minha cara." Sua voz era baixinha, e sua língua não parava de girar no clitóris. Ele parecia estar falando consigo mesmo ou rezando. "Tô viciado nessa buceta."

Eu já estava sentindo meu corpo ser tomado de eletricidade, prestes a explodir, quando ele enfiou um dedo e começou a massagear o ponto G.

"Você tá encharcando a minha mão, linda."

O tesão reverberava em mim e, quando ele fechou os lábios e sugou o clitóris, gozei com força, rebolando para me esfregar na sua boca, gritando seu nome.

"Eu queria o seu pau. Queria gozar com você dentro de mim."

Ele se ajoelhou sobre mim e apoiou os cotovelos dos dois lados da minha cabeça, me encarando com aqueles olhos cinzentos brilhando, e que sensação maravilhosa ao pensar na minha vida agora. Contemplando o momento, deitada na cama com Emmett, o homem por quem eu estava apaixonada, envolvida pelo cheiro de banho tomado e masculinidade, com o corpo em cima do meu. Desejei congelar esse instante e guardar um pedacinho para sempre.

O peito de Emmett pulsava.

"Tô sentindo o seu coração bater." Minha voz saiu um pouco mais alta que um sussurro.

Ele cravou os olhos em mim. "É por você, Adams."

Meu próprio coração ficou acelerado. Ergui a cabeça para beijá-lo enquanto movia os quadris para sentir a ereção no meio das minhas pernas. Ele fez uma expressão de dor, como se estivesse machucando.

Esperava que fosse senti-lo dentro de mim, mas não aconteceu. "Vem."

Ouvi uma risada. Isso era... nervosismo? "Não quero que termine tão cedo."

Ele estava falando do sexo ou de nós? Emmett estaria reticente como eu quanto ao fim do acordo?

Haveria uma chance de Emmett ter caído de quatro e estar tão inegavelmente apaixonado por mim?

Engoli em seco e respirei fundo, trêmula. "Eu sei. E também não quero."

A expressão dele se amenizou, e ganhei um beijo longo e carinhoso. Debaixo dele, ajeitei a mão para posicioná-lo, e ele entrou em mim, firme e lentamente.

Gemi com a boca na sua pele e me deliciei com a penetração do pau. Minha respiração ficou pesada.

Emmett apoiou a testa na cama ao lado da minha orelha, gemendo enquanto entrava e saía, sem pressa. "Avery."

O prazer foi se acumulando na minha espinha, e as minhas pernas formigaram à medida que Emmett ia me estimulando. Seus dedos subiram para o clitóris e começaram a massageá-lo outra vez. As minhas costas se arquearam, longe do colchão. Eu estava quase lá de novo.

"De novo?" Fiquei incrédula. "Sério mesmo?"

Houve um gemido no meu ouvido. "Me deixa te amar, Avery." Os dedos se moviam depressa, e eu o apertei com força. Ele fez mais barulho. "Goza pra mim, linda. Eu preciso que você goze de novo."

Registrei suas palavras — *me deixa te amar* —, mas não tive tempo de pensar a respeito. A pressão na minha buceta aumentou, e gemi. Emmett me olhou nos olhos, e um grito silencioso se formou na minha boca quando gozei com ele dentro de mim, tensionando cada músculo do meu corpo. Emmett mal estava conseguindo se segurar, a julgar pela expressão de dor, mas continuou observando o meu rosto com fascínio e reverência enquanto as ondas do orgasmo me sacudiam. Mal percebi que estava falando coisas como *vai* e *porra*, *assim mesmo* e *isso* enquanto eu me erguia e perdia o fôlego.

Apontei com o queixo para ele com o peito ofegante, incentivando-o a perder o controle. Seus olhos se reviraram, e ele foi me fodendo com mais vontade. Ele colou nossas testas, movendo bastante os quadris.

"Avery." Ele disse meu nome com os dentes cerrados enquanto me apertava junto ao peito, e me senti extremamente desejada. Como se só pudesse ser dele. "Linda."

Nós tomamos ar, e ele beijou minha testa com um gemido de satisfação. Fiz um esforço para memorizar cada segundo, para revisitar mais tarde.

Eu jamais me esqueceria de como era estar apaixonada por Emmett Rhodes.

23

AVERY

"Eu preciso fazer você se alimentar."

A voz suave de Hannah me tirou dos devaneios sobre Emmett e as coisas deliciosas que fizemos nos dias anteriores.

Coisas que fizemos sem roupa. Coisas que me fizeram ofegar e fizeram Emmett gemer. Coisas que faziam o meu estômago dar cambalhotas deliciosamente sempre que pensava nelas.

Mostrei a língua para ela, que revirou os olhos e abriu um sorriso antes de me oferecer uma barrinha de cereais.

Estávamos na livraria, nos aprontando para a cerimônia. O som das Spice Girls tocava baixinho ao fim dos retoques nas maquiagens. As mesas ao lado das poltronas azuis estavam atulhadas pelos cosméticos do nosso acervo pessoal. Na porta da frente, havia um aviso de "Fechado para o casamento!" que eu tinha visto em vários outros estabelecimentos comerciais da cidade.

Emmett ficou na casa de Holden, se arrumando com o irmão e Will, que veio com a mulher e a filha. Elizabeth tinha acabado de ir embora, depois de tirar uma centena de fotos de Hannah e de mim no meio dos livros. Div tinha se encarregado de contratar uma equipe profissional para o cabelo e a maquiagem, mas eu não deixei — queria passar esse tempo sozinha com Hannah. Com tudo o que vinha acontecendo, com Emmett e no restaurante, eu não consegui estar com ela nos últimos dias.

Olhei para a barrinha de cereais e consegui sentir aquela textura seca e farelenta. Eu fiz uma careta. Sem chance. Meu estômago se embrulhou.

Eu estava um pouco nervosa.

A ansiedade foi crescendo e se instalou na minha barriga. Apesar dos protestos e das mãos bobas, Emmett tinha saído cedo da cama. Em determinado momento, ouvi o chuveiro e, depois de um beijo rápido na minha testa, ele deixou a casa só para mim.

Na livraria, eu sorri para Hannah e pus os brincos novos, que Emmett tinha me dado no dia anterior. "Eu almocei bem. Tô sem fome." Apontei para o vestido dela. "Você tá linda."

Ela estava com um modelo acinturado de seda azul-claro com estampa de florzinhas. Hannah fez um aceno, envergonhada.

"Obrigada." Ela encolheu os ombros. "Eu queria ficar elegante no seu grande dia. Apesar de ser um casamento de mentirinha." Ela parecia pensativa. "Talvez Emmett seja um gênio. Assim que vocês começaram com essa coisa, a cidade enlouqueceu de empolgação. E só o que ele precisou fazer foi ser avalista do seu empréstimo. Quem vai realizar a cerimônia?"

Peguei um lápis de boca na mesinha. "Wyatt."

Ao lado da prateleira, alguém pigarreou.

Era Cynthia, a mulher de Chuck, segurando um livro sobre a Itália. Seus olhos tinham um brilho estranho.

Meu estômago foi parar na boca. Quanto ela teria ouvido da conversa?

Hannah piscou algumas vezes, sem entender. "Oi, Cynthia. A livraria tá fechada hoje." Ela me encarou, tensa. "Pro casamento."

A expressão de Cynthia não denunciou nada do que passava pela cabeça. "Perdão. A porta não estava trancada."

"Tudo bem." Hannah ficou de pé. "Vamos pro caixa."

Hannah a levou até o balcão e, em alguns minutos, eu ouvi o barulho da fechadura.

"Pensei que eu tivesse trancado", ela murmurou.

Eu mordi o lábio. "Será que ela escutou?"

Hannah sacudiu a cabeça. "Sei lá. Ela não disse nada. Essa mulher é muito estranha, com esse cabelo todo espetado", ela falou, engolindo em seco.

Fiquei olhando para onde esteve Cynthia. Mesmo se tivesse ouvido, ninguém acreditaria nela. Certo? Emmett e eu éramos superconvincentes.

"É, eu também acho. Enfim." Eu alonguei os ombros. "Não vamos deixar que ela estrague o meu casamento de mentirinha."

Isso arrancou um sorriso de Hannah. "Verdade. Agora come a barrinha." Ela ficou observando enquanto eu abria a embalagem e dava uma mordida. "Mas é mesmo?"

"O quê?"

"De mentirinha."

Olhei bem para ela, com frio na barriga.

Fui pega na mentira.

Ela sabia. Tinha me desmascarado. Mas eu não podia admitir em voz alta. Ainda não estava em condições. Eu mordi o lábio, contendo as palavras.

"Eu já não sei mais."

Sabia que o meu sorriso não se espalharia até os olhos. O que eu poderia dizer?

Pois é, Hannah, eu me apaixonei por Emmett Rhodes, o cara mais avesso a compromisso da cidade. Tanto que prefere inventar um relacionamento a ter um de fato.

A realidade era uma só — qualquer sentimento não seria correspondido, e criar expectativas era pedir para ser decepcionada.

Mas pelo menos eu tinha acertado numa coisa. Emmett e eu éramos *mesmo* um casal bem convincente.

Passei pó no rosto. "Então a gente tá fazendo um bom trabalho."

Hannah ficou me observando, e eu correspondi, silenciosamente implorando por outro assunto. Meu coração estava à beira do abismo — se eu falasse o que estava pensando, ia acabar despencando lá do alto.

Ela apontou para um ponto atrás de mim. "Me empresta o apontador, por favor."

Soltei um suspiro de alívio, e nós demos os toques finais na produção antes que ela me ajudasse a entrar no vestido, lá no depósito.

"Que linda", ela murmurou ao fechar o zíper.

Eu me olhei no espelho. Usar aquele vestido era um sonho. Com poucos ajustes de Elizabeth, me serviu como uma luva. O universo havia enviado esse vestido para mim, para que eu me sentisse linda e especial no meu grande dia.

Meu grande dia falso.

Nós duas ficamos paralisadas por uma batida na porta.

"Só um minuto", disse Hannah. Murmúrios ecoaram pela livraria e, num instante, minha mãe estava ao meu lado.

"Eu queria te ver, pra checar se está tudo bem." Os olhos dela brilhavam, do mesmo tom azul escuro que o meu. Estava com um vestido longo azul-marinho bordado com flores brancas pequenas e delicadas.

Minha mãe tinha chegado logo de manhã, e tomamos o café da manhã juntas no restaurante. Ela ficou deslumbrada com o salão, diante do lustre de cristal e do piso antigo de madeira nobre e do mar reluzindo lá fora. Estava orgulhosa de mim, deu para perceber, mas havia certa melancolia, como se desejasse o próprio recomeço.

Quando contei que o meu pai não tinha sido convidado, fiquei à espera da sua reação. Ela simplesmente balançou a cabeça, me deu um tapinha e fim de papo. Compreensível.

"Você tá ótima. Minha mãe é uma gata."

Ela ficou vermelha. "Ah, para." Mas percebi que adorou. Ela suspirou e deu um passo atrás para observar tudo. "É lindo, querida. Estou muito orgulhosa de você."

Senti uma pontada no coração. Tive vontade de dizer que a coisa toda era verdade, que eu queria que fosse real, que estava loucamente apaixonada por Emmett, porém ela já acreditava nisso. Meus sentimentos não faziam sentido, então eu os guardei bem fundo dentro de mim.

"Aceita um chá, Rina?", Hannah ofereceu, apoiada numa prateleira.

"Seria ótimo, obrigada." Minha mãe abriu um sorriso de agradecimento e aguardou Hannah ir aos fundos. "Como você está se sentindo?"

Eu não consegui conter o sorriso. "Tô ótima. Animada. Vai ser uma festa divertida."

Minha mãe levou a mão ao meu braço, me olhando com preocupação. "Eu só queria..." Ela balançou a cabeça.

"O quê?"

"Eu só queria perguntar se você tem certeza de que está tomando a decisão certa. Emmett é muito simpático, e entendo por que você o escolheu, mas eu gostaria que alguém tivesse me orientado a me questionar mais antes de casar."

Ah. Claro. Isso fazia sentido vindo da minha mãe. Ela mal conhecia Emmett, e só soube que eu estava com ele fazia poucas semanas. Parecia uma decisão tomada às pressas, claro. Porque era mesmo.

"Emmett não é igual o meu pai."

"Eu não disse nada."

Assenti com a cabeça. "Eu sei. Mas vou deixar claro, porque testemunhei o que ele fez, e jamais vou permitir que aconteça comigo."

Ela me olhou nos olhos e balançou a cabeça. "Ah, sim. Você não é como eu."

"Não sou muito diferente, não. Mas você me criou do jeito certo."

Ela deu risada. "Eu me senti um fracasso várias vezes."

"Se eu pudesse escolher, ainda seria você." Passei o polegar sobre o tecido do meu vestido. "Não faria nada diferente."

Ela me olhou de novo, mas dessa vez como se soubesse que eu ia ficar bem, porque tinha aprendido com seus erros. Aquilo não se repetiria comigo.

Hannah apareceu com algumas canecas. "Hortelã ou Earl Grey?"

Minha mãe sorriu. "Hortelã, por favor."

Nós três ficamos tomando chá, batendo papo e rindo até finalizarmos a maquiagem.

Minha mãe levantou. "Posso usar o banheiro antes de ir para a prefeitura?"

Hannah apontou para trás. "Seguindo, à esquerda."

Hannah e eu começamos a calçar os sapatos.

"Você já teve vontade de casar?" Passei a tira delicada pela fivela e prendi no tornozelo.

"Humm. Já. Mas só se fosse com a pessoa certa, claro." Ela ficou concentrada no outro pé do sapato na sua mão. "Vamos ver, quem sabe?"

Fiz cara de desconfiada. "Tem alguém em mente?"

Ela soltou um risinho de deboche. "Não."

"Emmett tem três irmãos." Meu tom era brincalhão. "Dou o maior apoio."

Hannah ficou quase roxa. "Não faz isso, por favor."

Meu queixo caiu. "Você ficou vermelha."

Os olhos dela se arregalaram. "Não fiquei, não."

"Ficou, sim! Hannah." Eu cheguei mais perto, mas ela continuava atenta ao calçado. "Você é a fim de algum dos irmãos Rhodes?"

"Não." A voz saiu esganiçada. Ela estava mais do que envergonhada.

"Que mentira." Dei uma boa olhada nos ombros tensos e no rosto vermelho como um pimentão de Hannah. "Vou deixar quieto por enquanto, mas a conversa ainda não acabou."

Minha mãe voltou, e nós saímos da livraria para a prefeitura. Algumas pessoas da cidade nos viram e deram parabéns, e eu acenei e sorri. Mas a rua estava ainda mais tranquila que de costume.

"Até o mercado tá fechado?", perguntei a Hannah, apontando para o lugar às escuras.

"Pro casamento."

Eu não esperava isso. Fiquei meio ansiosa.

Esse era o objetivo do matrimônio, envolver o povo, para que todos pensassem que Emmett era um cara responsável prestes a começar uma família. Assenti com a cabeça, parada na entrada da prefeitura, tomando coragem.

"Eu vou casar. É isso. Vou casar na frente de um monte de gente."

Hannah e a minha mãe se entreolharam antes de minha amiga expressar sua preocupação. "Tudo bem? Quer que eu chame o Emmett?"

Emmett, o cara por quem eu estava fazendo isso. O homem com quem eu fazia um sexo incrível, mas que virou um amigo. Meu melhor amigo, com exceção de Hannah. Alguém que eu queria ajudar. Certo. Emmett. Eu sorri, pensando no seu rosto lindo, no nariz reto e marcante, no queixo de ângulos agudos e nos olhos de um cinza claro que brilhavam quando ele sorria para mim de manhã.

E naquela pequena cicatriz no lábio em que eu adorava passar o dedo, a sós na cama.

Emmett. Senti um aperto no coração.

Sorri para Hannah. "Não, eu tô pronta, sim. Vamos lá."

Abrimos as portas do saguão. Uma recepcionista entediada conversava no FaceTime e fazia bolas de chiclete.

"Você vai se casar?", perguntou num tom monótono.

Fiz que sim com a cabeça.

Ela apontou para um corredor. "É por ali." E continuou a conversa no celular.

Div estava a postos. "Aí estão vocês."

"Bom", Hannah começou.

Eu a puxei para um abraço. "Eu sei. E também te amo."

Ela riu com o corpo colado ao meu e, quando recuou, seus olhos estavam marejados. Hannah piscou para se desvencilhar das lágrimas, desapareceu no salão, e fiquei sozinha lá com a minha mãe.

Ficava mais real a cada minuto.

"Vamos lá?" Eu estendi o braço, e minha mãe me enlaçou.

"Prontas?" Div estava com a mão posicionada na porta, e nós assentimos. Ele abriu uma fresta e fez um sinal de positivo, e a música começou antes mesmo que a porta se abrisse por completo.

24

AVERY

A porta se abriu, e umas seis mil pessoas (ao que parecia) se viraram para me olhar. Meu estômago congelou, e meu coração começou a disparar com tanta força que o vestido devia estar vibrando.

Minha mãe deu um passo à frente, mas eu fiquei paralisada.

Meu cérebro travou. O sangue pulsava violentamente nas minhas veias, mas eu não conseguia pensar nem me mover. Esse vestido sempre foi assim tão apertado? Eu estava conseguindo respirar numa boa enquanto o vestia, mas agora parecia impossível encher os pulmões.

A música ainda tocava, mas todas as testemunhas estavam na expectativa.

"Querida?", minha mãe perguntou com o canto da boca.

Eu fiquei confusa. O que estava fazendo ali? Como pude topar fazer isso? Era assustador. Tinha gente demais, e a maior parte das pessoas me eram desconhecidas. Finn, irmão de Emmett, tinha vindo para Queen's Cove só pelo evento. Para ninguém ali era um casamento ilegítimo. Era bem real, nada insignificante. Eu tentava absorver o que acontecia ao meu redor, como uma vaca a caminho do abatedouro.

Tudo dependeria de mim.

Eu não ia conseguir. Precisava ir embora.

Meu olhar se ergueu para Emmett, de pé diante da primeira fila, a uns cinco metros.

Ele sorriu para mim.

Não foi o sorriso reluzente e cheio de dentes, típico de político em campanha. Era um sorriso torto, divertido, carinhoso, o que ele abria quando eu falava alguma bobagem.

Certo. Emmett.

Meu estômago relaxou.

Dei um passo à frente, e minha mãe me acompanhou, soltando um suspiro de alívio. Eu retribuí o sorriso de Emmett.

Minha pulsação foi diminuindo, e as batidas no meu peito se acalmaram. Eu ia conseguir. Bastava respirar fundo e andar lentamente para o altar ao som da música.

Com Wyatt logo atrás, as pessoas de ambos os lados do corredor desapareceram para mim. Eu mal conseguia ouvir a melodia. Só tinha olhos para Emmett, mantinha a atenção no seu rosto bonito, pensando em como seu cheiro era maravilhoso e no quanto tinha sido bom ficarmos juntos na praia naquela outra noite. Talvez nós pudéssemos voltar lá, só para ver as ondas quebrando na praia e os passarinhos cantando nas árvores. Ia dar tudo certo, eu simplesmente sabia.

Lá na frente, minha mãe me deu um beijo no rosto e foi se acomodar. Emmett estendeu a mão, sem nunca desviar de mim. Seu olhar era como um bote salva-vidas, me puxando firme para a superfície ao flutuar. Eu segurei sua mão.

Isso estava acontecendo mesmo.

Wyatt limpou a garganta. O cabelo comprido e loiro, normalmente bagunçado, estava preso num coque. Dei uma risadinha estranha, e Emmett me dirigiu um ar divertido.

Coque masculino, articulei com a boca, e seu sorriso se alargou.

Wyatt começou a falar. O que ele estava dizendo? Sei lá. Não estava nem escutando. Emmett sorriu, passando um dos polegares no dorso da minha mão esquerda e me distraindo.

"Você tá linda", ele murmurou enquanto Wyatt fazia o discurso.

Meu coração deu um pulo. Sob aquele olhar, eu me senti linda *mesmo*. Como se, para ele, eu fosse a única pessoa no mundo.

Ele deu uma piscadinha e me apertou, e fiquei felicíssima.

"Emmett, você quer pronunciar seus votos?", Wyatt perguntou, e nós recobramos a atenção.

"Certo." Emmett sacou um papel do paletó. "Avery." Ele fez uma pausa, olhou para mim e de novo para o papel. Havia um brilho malicioso nas suas pupilas.

"De acordo com nossos registros, a devolução de sua cópia de *Comer, rezar, amar*, de Elizabeth Gilbert, está seis anos atrasada."

Os convidados caíram na risada. Uma alegria apareceu nas suas feições.

"Ops." Ele remexeu nos papéis e encenou uma careta para os convidados. "Papel errado."

Eu dei risada também, e ele ficou sorrindo até que eu parasse. Então respirou fundo, e seu pomo de adão se mexia enquanto ele olhava os votos. Havia um nervosismo visível que foi escondido com sua confiança presunçosa de sempre.

"Avery, eu soube que gostava de você desde a primeira vez que te vi." A voz dele ressoava em alto e bom som no salão. "Recém-chegada na cidade, você foi trabalhar no Arbutus, e deparei com uma garota bonita, mas não havia nenhuma mesa disponível para que eu sentasse perto." Fiquei curiosa. Ele nunca me contou isso. "Então voltei outro dia e, de novo, não tinha lugar. Na terceira vez, finalmente consegui me sentar na sua seção, mas você estava no intervalo." Algumas risadas se espalharam entre os convidados. "Em uma semana, precisei comer sete vezes naquele restaurante para conseguir falar com você. E você não me dirigia a palavra nem para dizer as horas."

Ele ergueu os olhos rapidamente, enquanto eu mantinha uma expressão atordoada. Fui obrigada a reconhecer que tudo parecia genuíno.

"Mas, depois de alguns anos, você foi baixando a guarda." Ele engoliu em seco e piscou algumas vezes. "Avery Adams, você é a pessoa mais batalhadora, divertida, inteligente, independente e determinada que eu conheço. É extremamente protetora com todo mundo que faz parte da sua vida. Você cuida do seu pessoal, da sua equipe, dos seus amigos e de mim." Ele estava repleto de sinceridade e vulnerabilidade. "Eu não estava pronto para me apaixonar tão perdidamente por você."

Meu estômago se revirou deliciosamente. Abri um leve sorriso e segurei sua mão livre. Ele apertou os meus dedos.

"Eu nunca esperava encontrar alguém em quem pudesse confiar tanto e que respeitasse tanto, alguém que quero ver e conversar todos os dias." Meu coração explodiu ao ver sua expressão franca. "Alguém com quem quero acordar todos os dias. Você era o que faltava na minha vida, e eu só percebi isso quando te encontrei, mas não tenho a menor intenção de te perder. Eu te amo, Avery Adams. Eu te amo, e jamais vou abrir mão de você. É esse o nosso acordo."

Ele me deu um beijo no rosto. Ouvi minha pulsação ecoar nos ouvidos. Aquilo soava extremamente verdadeiro, e eu queria mesmo que fosse, mais do que qualquer coisa no mundo. Suas mãos roçaram as minhas, e minha cabeça girava a mil, com sentimentos de leveza, felicidade, delírio, incerteza e surpresa.

Wyatt apontou com o queixo. "Sua vez."

Eu me virei para Hannah, que me entregou os votos. Eu desdobrei o papel, ciente da expectativa geral. Minha pulsação disparou.

Emmett sorriu carinhosamente e, quando retribuí o gesto, a tensão dentro de mim se dissipou. Certo. Tudo ficaria bem. Segurei sua mão. Sentindo seus dedos quentes, respirei fundo para me acalmar.

"Eu não gostei de você logo de cara."

Emmett soltou uma gargalhada. Algumas risadinhas também vinham dos convidados.

Sacudi a cabeça, sorrindo. "Não gostei nem um pouco de você. Considerei você o cara mais bajulador, falso e fingido que já tinha conhecido. Afinal, como alguém conseguiria ser amigo de simplesmente todo mundo?"

Ele abriu um sorriso torto de divertimento. Eu limpei a garganta. "Então eu te conheci melhor, e tudo mudou."

O papel tremia. Fechei os olhos por um momento, enquanto a mão quente de Emmett apertava a minha. Era dificílimo dizer aquelas coisas, mesmo não sendo um casamento real.

Eu dizia a verdade.

"O Emmett que eu conheci é uma pessoa extremamente altruísta." Olhei nos olhos dele, afetuosos e calorosos. Certo, não era tão ruim assim. "Você faria qualquer coisa por uma pessoa amiga, e é amigo de todo mundo."

Emmett deu risada, e o meu coração se encheu de orgulho. Eu adorava esse som.

Arrisquei uma espiada entre as fileiras e encontrei Elizabeth. Nós trocamos um sorriso. "Esse é você, Emmett. Gosto de passar meu tempo com você mais do que com qualquer outra pessoa. Antes preferia ficar sozinha. Valorizava a minha solidão, só que gosto mais de estar com você. Adoro seu jeito caloroso e atencioso, como cuida de mim, me faz rir, e também por ser tão impulsivo."

Ele me encarava como se eu fosse a mulher com quem ia contrair matrimônio. Fiquei apreensiva.

"Não foi fácil confiar em você, mas eu dei esse salto no escuro, e fico muito feliz por essa decisão." Senti a garganta se fechar.

Tinha prometido a mim mesma que diria a verdade.

"Quero passar o resto da minha vida ao seu lado. Quero cuidar de você da mesma forma como você cuida de todo mundo. Eu te amo."

A mão de Emmett encontrou meu queixo, e ele me deu um beijo. O toque suava dos seus lábios foi um alívio tão grande que soltei um suspiro ali mesmo. Inalei seu cheiro masculino e inebriante. Seu braço me enlaçou pela cintura, e nem me incomodei de ser esmagada. Retribuí o beijo e senti a cabeça girar. Meu coração disparou, mas não por causa do nervosismo, e sim da euforia.

Eu falei a verdade, disse que amava Emmett.

Fiquei delirantemente feliz.

Ele deu uma puxadinha no meu cabelo, inclinando a minha cabeça para beijar melhor. Um beijo incrível. Fiquei rodopiando. Por mim, ficaria assim para sempre. A cerimônia não foi assustadora, no fim das contas. Havia sido incrível.

Éramos duas pessoas entre outras cem, eu me sentia como se estivéssemos a sós.

"Pode beijar a noiva", Wyatt disse num tom sarcástico.

Os convidados deram risada, e nós interrompemos o beijo. Verdade, faltava o resto.

Wyatt se alegrou. "Eu os declaro marido e mulher."

Todo mundo vibrou e aplaudiu, e Emmett me beijou mais uma vez nos lábios. Eu dei um sorriso sem desgrudar a boca da dele. Ainda estava com o coração disparado, mas não conseguia parar de sorrir. As bochechas até doíam.

Wyatt nos direcionou a uma mesa no salão onde estava a certidão de casamento. Eu assinei com pressa. A mão de Emmett não largou as minhas costas, fazendo calafrios percorrerem a espinha. Entreguei a caneta para ele, que assinou seu nome e em seguida segurou a minha mão.

Hannah assinou como testemunha, e depois Wyatt.

Wyatt apontou para o documento. "Eu vou registrar a certidão."

Emmett balançou a cabeça. "Eu mesmo faço isso. Deixa no meu carro que amanhã eu mando registrar." Ele me lançou um olhar de *nós temos um segredinho* antes de descermos do altar, em meio aos aplausos de amigos e familiares. Quando passamos pela porta, ele apontou com o queixo para o saguão.

"Vamos lá." Seus olhos brilhavam. Ele me puxou, e começamos a correr pelo prédio.

"Aonde a gente vai?" Eu gargalhava ao tentar acompanhar seus passos.

Ele não respondeu, e nós passamos pela recepcionista, que ainda estava no FaceTime, e saímos porta afora. Ele me pegou no colo, provocando um gritinho de surpresa.

"O que você tá fazendo?" Meu rosto doía de tanto sorrir. Ele me jogou sobre o ombro, e tomei um susto. "Emmett, você vai rasgar o vestido."

"Ótimo. Assim podemos ir pra casa e ficar sozinhos."

Ele me carregou pelo edifício e pelos jardins antes de me pôr no chão. No roseiral atrás da prefeitura, estávamos cercados por uma variedade flores no auge de verão e, o melhor de tudo, não havia mais ninguém.

Emmett se aproximou. "Eu queria você só pra mim antes da festa." Sua mão tocou meu cabelo. "Aqui a gente não vai ser incomodado."

Fiquei ofegante. "Que atencioso da sua parte. Sem segundas intenções?"

Ele ficou contente. "Claro que sim. Eu queria mais." Sua boca encontrou a minha, e eu suspirei.

Não sei por quanto tempo demos beijos no roseiral. O tempo pareceu parar, e eu não estava preocupada com mais nada. Os dedos de Emmett passavam pela minha nuca, e minha mão se enfiou por baixo do terno na altura da cintura. O beijo oscilava entre suave e carinhoso e ousado e dominador. Cada toque da sua língua lançava uma onda de eletricidade que me deixava mole. Ele mordiscou meu lábio, e dei um gemidinho.

Ele se afastou da minha boca, e encostamos nossas testas. Estávamos ofegantes.

Ele soltou um suspiro de contrariedade. "Meu pau vai explodir."

Eu soltei uma risadinha. "Ninguém vai sentir a nossa falta."

"Aí estão vocês", gritou Div na entrada do jardim.

Emmett ficou frustrado, e eu também.

"A gente já tá indo." Emmett passou as mãos pelos meus ombros e me deu um beijo na testa. "Qual é a coisa mais nojenta que existe?"

"Quê?"

"Preciso me livrar desse pau duro. Rápido. Me fala sobre a sua avó ou alguma coisa assim."

Eu ri mais uma vez. "Pensa na Elizabeth."

Ele ficou indignado. "Minha mãe?"

Comecei a rir mais. "A tartaruga que você quase beijou na boca."

Ele fez um som de ânsia de vômito, e eu caí na gargalhada. "Minha nossa." Ele ficou arrepiado. "É, funcionou." Ele estendeu a mão. "Vamos lá."

Emmett e eu fomos à extremidade do jardim encontrar Div e a fotógrafa que ele tinha contratado, e ela tirou algumas fotos antes de nos levar à praia. Nós tiramos os sapatos assim que pisamos na areia.

"Podem ir na frente", ela falou. "Eu já tô indo."

Emmett me conduziu por entre as árvores na beirada da areia. Respirei a brisa fresca do mar e deixei o sol aquecer minha pele. A temperatura estava um pouco fria para o fim da primavera, mas eu não me incomodei, já que Emmett me puxou de bom grado para me manter aquecida. As aves boiavam no mar, flutuando no ritmo das ondas.

Lancei um olhar de canto. "Pensei que isso fosse ser bem mais difícil."

"Casar?"

Fiz que sim com a cabeça.

"Eu também." Ele segurou minha mão, e o meu coração disparou.

Andamos pela praia até darmos meia-volta. Dava para ouvir o clique da câmera, mas nem liguei.

"Conseguiu boas fotos?", perguntei quando estávamos prontos para ir ao restaurante.

A fotógrafa tirou os olhos da câmera com um sorriso pensativo. "Acho que uma ou duas."

25

EMMETT

Minha mãe ergueu a taça de champanhe no pátio do Arbutus. "Um brinde a Avery e Emmett!"

"A Avery e Emmett", os convidados repetiram, e o olhar de Avery encontrou o meu enquanto fazíamos o vidro tilintar.

Minha mão estava na base da coluna dela, e desceu alguns centímetros sobre o tecido macio. Seus olhos se arregalaram um pouquinho por cima da taça.

"Para com isso." Avery sorria.

"Não vou parar, não."

Puta que pariu, eu estava de pau duro de novo. Tinha passado o dia todo assim.

O cabelo de Avery esvoaçava na brisa, e ela fez uma cara feliz. Seus olhos azuis estavam tão reluzentes que senti um aperto no peito.

Div merecia créditos. Ele e Max tinham transformado completamente o ambiente do restaurante, decorado com várias lampadinhas por dentro e por fora. Estávamos sentados no pátio com vista para o mar durante o jantar.

"Sua mãe e a minha fizeram amizade bem rápido", comentei com Avery enquanto serviam a comida. Nossas mães estavam juntas, conversando e rindo.

Ela assentiu e abriu um sorriso torto. "Eu percebi. E não entendo por que eu estava tão preocupada, aliás. Obrigada por dizer que eu não precisava convidar o meu pai." Ela fez uma careta e mordeu o lábio. "Ainda tô me sentindo culpada, mas pelo menos não com medo de que ele acabe arruinando a noite."

"Imagina. Não foi nada."

Lá estava aquele sorrisinho de novo. "Foi, sim."

Eu dei um beijo discreto no seu rosto, só para lembrá-la de que estava ao seu lado. Fiquei pensando na maneira como ela me olhou durante a cerimônia, tão franca e meiga, e senti um dorzinha no peito. Fui sincero em cada palavra dos votos, e ela não faz ideia. Pensou que fosse encenação. Mas eu ainda não podia contar. Ela estava com a cabeça muito cheia. Na terça, assinaria a papelada do restaurante. Quando as coisas se acalmassem, dali a uma ou duas semanas, eu faria uma declaração.

Diria que a amava e que queria que o casamento fosse de verdade.

Soltei o ar com força. Puta merda. Meu coração estava disparado devido à empolgação e ao nervosismo causados por aquele simples pensamento.

Eu tentei me distrair. Em breve.

"Terça-feira é um grande dia."

Ela deu risada. "Hoje é um grande dia."

"Como você se sente?"

Ela olhou para o outro lado do pátio, a algumas mesas, onde Keiko conversava com Miri, Scott, Will e Nat. "Esperei tanto tempo pra comprar este lugar, e agora finalmente vai acontecer."

Apertei sua mão. "Tô orgulhoso de você."

Ela deu um sorriso lindo, e meu coração só se contorcia.

Mesmo se não estivesse me candidatando a prefeito, eu teria sido avalista do empréstimo. Qualquer coisa para que essa mulher fosse feliz.

Avery e eu jantamos enquanto observávamos metade da cidade presente ali, rindo, conversando, comendo e bebendo. As pessoas vinham nos dar parabéns e bater papo, dar um abraço e dizer que estavam felizes por nós. A festa parecia uma grande reunião familiar. Depois que os pratos foram recolhidos, o pessoal foi passando de mesa em mesa para papear com os amigos e tirar fotos. Todos produzidos e bem arrumados. Ao ritmo da música, os convidados começaram a dançar no canto do pátio.

Avery me pegou pelo braço. "Tudo bem, *amorzinho*?"

"Nunca estive melhor, *docinho de coco*."

Ela fingiu ânsia de vômito. "Docinho de coco?"

"Não existe nada mais doce que você." Segurei o riso diante da sua expressão de nojo.

"Eu não sou nem um pouco doce." Havia um ar de malícia.

Levantei a sobrancelha. "Ah, mas não é mesmo." Dei uma piscadinha, e um calor subiu por causa da maneira como ela entreabriu os olhos. "Isso é divertido", falei, apontando para os convidados. "Todo mundo devia fazer um casamento fake uma vez na vida."

Os olhos dela se arregalaram. "Shhh. Alguém pode ouvir."

Soltei uma risadinha de deboche. "Falo sério. Ninguém ia nem acreditar na gente. Olha só." Eu levantei seu queixo de leve antes de beijar seus lábios. Os olhos dela se fecharam.

"Ah, que lindos!", vibrou Miri, com duas taças de champanhe nas mãos.

Avery riu, com a boca no meu pescoço. "Tem razão. A gente enganou todo mundo direitinho."

Olhei para o pessoal na pista e peguei Avery pela mão. "Vem, vamos dançar."

"Agora?"

Eu a puxei para que ficasse de pé. "É, agora. Vamos, Adams, é o nosso casamento. Não são só os convidados que vão se divertir."

Fomos recebidos por aplausos e gritinhos. Daquele momento em diante, eu mantive o contato físico — segurando sua mão enquanto a rodopiava, me apoiando nas suas costas, envolvendo seu ombro com os braços e, quando a música ficou mais lenta, grudando nela e enroscando os dedos no seu cabelo.

Div apareceu ao meu lado. "Quer conversar com os Henderson? Eles estão aqui."

Bill e Patricia Henderson vinham evitando as minhas ligações fazia semanas. Patricia era a diretora da sede local da distribuidora de energia elétrica e seria fundamental para transformar a minha plataforma de campanha em realidade. Olhei por cima do ombro de Div, eles estavam com o resto do pessoal, com drinques na mão. Nesse momento, Avery me girou, requebrando e sendo deliciosamente hilária e adorável.

Eu balancei a cabeça. "Depois eu falo com eles."

Div me lançou um olhar como quem diz *você está louco?*, mas o ignorei e fiquei girando Avery, dessa vez a fazendo se recostar no meu peito, aos risos. Senti o cheiro de seu xampu, e o meu pau endureceu.

Aquilo era divertido, mas eu estava contando os segundos até o momento em que ficaríamos sozinhos. Eu pensava que transar na noite de núpcias era uma espécie de piada. Sempre ouvi os casais dizerem que estavam cansados demais para pensar em sexo quando caíam na cama. Eu até entendia que isso era possível, mas não consegui imaginar como podia ficar tão exausto a ponto de não querer tocar em Avery.

Will e Nat passaram dançando por nós, e Avery deu risada dos passos desajeitados deles. Eu a beijei mais uma vez. Ela se aconchegou em mim e passou as mãos no meu peito, suspirando contra a minha boca.

Jamais ficaria cansado demais naquela noite.

O volume da música diminuiu, e todos na pista de dança se voltaram para o bolo de quatro andares. As pessoas começaram a fazer gestos para nos aproximarmos. Quando Avery me pegou pela mão, uma onda de excitação subiu para meu peito. Um garçom entregou uma faca a Avery, e ela me olhou. O sol estava se pondo sobre o mar, projetando tons de rosa e laranja pelo céu, e as luzinhas piscavam acima de nós, conferindo à pele dela um brilho mais quente. Seu rosto ficou vermelho depois de dançar tanto.

"Acho que a gente tem que fazer isso juntos", ela falou, oferecendo a faca.

Pus a minha mão sobre a sua e a envolvi com o braço. A câmera da fotógrafa clicava.

"Mal posso esperar pra jogar esse bolo na sua cara", murmurei no seu ouvido enquanto ela cortava.

Pelo balanço dos ombros, senti que ela ria. Uma noite dançante a tinha feito relaxar. Ela estava rindo mais vezes, mais alto e com mais alegria. Era como se qualquer preocupação tivesse desaparecido.

"Nem fodendo", ela falou baixinho, sem parar de sorrir. "Ou eu enfio um pedaço dentro da sua calça."

"Eu sei que você só precisa de um pretexto pra enfiar a mão lá", murmurei, e ela bufou de brincadeira.

Pus um pedaço no prato antes de pegar outro menor. E lancei um olhar de desafio.

Ela gargalhava. "Porra, você não é louco, Emmett."

Eu a encarei, presunçoso. Devia ser assim que os tigres se sentiam à espera do momento perfeito quando observavam as presas.

"Você confia em mim?"

"Nem um pouco." Seu sorriso ia de orelha a orelha.

"Vai em frente!", gritou alguém.

Eu levantei as sobrancelhas. "Vamos lá, Adams. Fala."

Ela revirou os olhos, alegre. "Tá bom. Eu confio em você."

Com cuidado, coloquei um pedacinho de bolo em sua boca. Ela me observou ardentemente. Sua língua limpou o glacê dos lábios, e eu respirei fundo, sentindo o sangue descer para o pau.

O tigre não era eu, era ela. Eu era a presa.

Minha teoria se confirmou quando ela enfiou bolo com vontade na minha boca, me sujando todo de glacê.

"Vem cá." Eu a agarrei, e ela deu um grito, aos risos, quando dei um beijo na sua boca. Os convidados curtiam enquanto eu sujava Avery de glacê com os beijos. "Você me paga mais tarde", murmurei, deixando-a sem fôlego.

Puta que pariu, eu queria ir embora naquele momento. Havia um fogo no seu olhar que fez as minhas bolas também ficarem duras. Foi como na cerimônia de casamento, quando senti que nós éramos as únicas pessoas no mundo, apesar da centena de amigos e familiares.

Eu precisava ficar a sós com ela.

Saímos de perto do bolo para a equipe de serviço poder passar as fatias adiante. O volume da música aumentou, a pista de dança ganhou vida novamente e nós deixamos de ser o centro das atenções. Puxei Avery pelo pátio, na direção do restaurante.

"Aonde nós estamos indo?", ela perguntou.

Scott acenou. "Ei, Emmett..."

"Desculpa, Scott, falo com você daqui a pouquinho." Puxei Avery lá para dentro, repousando a mão na parte inferior de suas costas enquanto a conduzia pelo corredor silencioso que dava para o seu escritório.

"Ah, sim, eu bem que estava pensando em fazer um inventário de estoque." Ela conteve o sorriso. "Obrigada pelo lembrete."

Fechei a porta atrás dela. "Você precisa de uns minutinhos a sós."

Ela ficou desconfiada. "Então por que você veio?"

"Não é exatamente a sós." Com uma mão no seu cabelo e a outra na cintura, eu a beijei.

Um gemido leve escapou de sua boca, e fiz o mesmo, inclinando sua cabeça para beijá-la melhor. Seu gemidinho já tinha me deixado de pau duríssimo. Fui nos levando para dentro, até que eu pudesse sentar no canto da mesa, com ela de pé no meio das minhas pernas. Suas mãos estavam nas minhas coxas, e o meu pau latejava.

Puta que pariu, como eu queria essa mulher. Queria demais. Queria arrancar esse vestido e chupá-la até que gritasse o meu nome.

"Puta merda, Adams", grunhi. "Eu te quero demais." A minha mão subiu por sua cintura por cima das lantejoulas e miçangas até seu peito, onde sob o tecido fino localizei um mamilo, que ficou tenso. Sua respiração acelerou. Ela interrompeu o beijo, e a boca começou a descer pelo meu pescoço.

Os dedos dela começaram a afrouxar o nó da minha gravata, abrindo os botões do colarinho enquanto sua boca fazia coisas incríveis. Com seus dedos na minha pele, meu pau pulsava.

"Porra", falei com a voz grave. Estava tão duro que até doía. Esfreguei o pau no alto de suas coxas, e ela ofegou. Contraí a boca, tentando me controlar. Ela era macia e sexy demais, e estava me provocando de um jeito irresistível, então eu não ia aguentar por muito tempo.

"Você vai tirar a minha virgindade hoje?" Avery me provocava com beijos no pescoço e chupões no ombro. Sua voz também estava rouca, cheia de desejo. Que onda de tesão. Eu precisava fazê-la gozar.

Quando belisquei seu mamilo, ela fez barulho.

"Eu quero você demais", falei, trazendo sua boca de novo, deslizando minha língua e sentindo seu gosto. Ela gemeu, e algo estava prestes a explodir dentro de mim. Puta que pariu. Eu não ia aguentar mais. "Nunca senti tanto tesão na vida." Sua boca sorriu, sem desviar, e eu dei risada. "O que você tá fazendo comigo, Adams? Não consigo nem pensar direito."

Com um sorriso malicioso, ela subiu a mão pela minha coxa e me acariciou por cima da calça.

Dominado pela vontade, eu quase fui à loucura. "Devagar, linda, você precisa ir mais devagar."

"Eu quase não tô encostando em você", ela murmurou, ainda fazendo carinho e me encarando com um olhar safado. Avery sabia o poder que exercia sobre mim, e gostava disso. Era uma coisa que a excitava e, para minha surpresa, idem.

Soltei o ar devagar, tentando manter o controle. "Vou te fazer gozar tanto que nem vai lembrar como era antes de mim", falei enquanto ela ainda tocava o meu pau.

Ela ia me beijar, mas a porta do escritório se abriu de repente. Sua mão me abandonou subitamente, e demos de cara com Wyatt na porta.

"Não sabe bater, não?", questionei.

Ele levantou as sobrancelhas. "No flagra."

"Precisa de alguma coisa?" Pus Avery na minha frente, em parte porque gostava de ficar junto dela, mas também para esconder a enorme ereção na calça.

Wyatt ficou debochado. "As pessoas estão procurando vocês. Eles estão aqui!", gritou.

"Minha nossa." Avery se aninhou em mim, e dei risada com a boca nos seus cabelos.

"Aí estão vocês!" Miri apareceu na porta. Hannah estava atrás dela, seguida por Holden e Finn. "O que estão fazendo aqui?"

"Imposto de renda", disse Avery.

Eu balancei a cabeça, irritado. "O que vocês *acham*?"

Hannah fez uma careta.

"Espero que a gente não tenha interrompido nada", Will gritou do corredor.

"Interromperam, sim", gritei de volta.

Wyatt jogou minhas chaves, e as apanhei no ar. "Suas malas estão prontas no carro."

Avery e eu trocamos olhares confusos.

Ela se virou para Wyatt. "Malas?"

Hannah parecia satisfeita consigo mesma. "A gente reservou um quarto pra vocês no Emerald Seas Inn."

O Emerald Seas Inn era o melhor hotel de Queen's Cove. De frente para o mar, recém-reformado, onde estrelas de cinema costumavam se esconder do mundo para um descanso tranquilo e confortável.

Finn soltou uma risadinha pelo nariz. "Eu não queria ouvir a cama batendo na parede do quarto ao lado a noite toda."

Eu sorri. "Boa ideia."

"Vocês não precisavam ter feito isso", disse Avery. Ela ainda estava no meio das minhas pernas, com as mãos no meu peito, enquanto eu a abraçava.

Wyatt deu de ombros. "Enfim. Não é nada de mais. Você é da família agora."

Avery pareceu se derreter de felicidade, e lancei para Wyatt um olhar de gratidão.

"Mas não é para vocês irem embora ainda", avisou Miri. "Precisam ir com a gente até a praia."

Olhei para Avery com uma interrogação no rosto.

Ela sorriu. "Vamos lá."

Senti as minhas bolas se contraírem de novo com a necessidade de fazer Avery gozar, mas fiquei calado quando a vi se iluminar com a sugestão de Miri. "Então vamos."

Nosso grupo saiu do restaurante, onde as pessoas ainda riam e dançavam, e desceu para a praia. Os sapatos foram empilhados na beira da calçada onde começava a faixa de areia. A lua, alta no céu, lançava seu brilho em tudo, e as luzes do restaurante iluminavam o caminho. Avery levantou a saia do vestido para não sujá-lo enquanto caminhava até a beira d'água. Fui ao seu lado com as barras da calça dobradas.

"Isso foi bem fácil", ela me falou, com um tom baixo para ninguém mais ouvir.

Finn estava molhando Hannah e Miri, que riam e fugiam. Holden sentou num tronco, perto de Will e Nat. Wyatt estava ficando só de cueca. Jogou as roupas perto de Holden, correu e mergulhou no mar.

Apoiei o braço no ombro de Avery. "Ah, com certeza. O casamento mais tranquilo de que já participei. Eu sou um gênio mesmo."

Ela sorriu. "O gênio mais modesto e humilde que eu conheço."

Demos um passeio com as ondas quebrando aos nossos pés. As risadas de Finn, Hannah e Miri nos acompanhavam, fora o rugido suave do mar.

Aquela era uma das melhores noites da minha vida. Eu mal podia esperar para me declarar para Avery, mas ainda não era a hora.

Me imaginei contando que os meus votos eram a verdade, que eu a amava e queria ficar ao seu lado, que não queria que aquilo fosse um faz de conta. Tudo o que ela havia mostrado naquelas semanas me dizia que eu seria bem recebido.

Mas e se não fosse? E se eu a assustasse?

E se para ela ainda fosse só um mero acordo?

Imaginei nós dois nos separando e voltando à rotina de sempre. Eu nem lembrava mais como era minha vida, tipo, meses atrás. O que eu fazia? Onde eu estava com a cabeça? Na candidatura para prefeito? Nos meus negócios? Essas coisas pareciam tão sem graça em comparação a Avery. Uma semana a mais com ela não seria suficiente. Nem dez. Eu queria que fosse para sempre.

"Você ainda vai cumprir o nosso acordo?", perguntei, encontrando seu olhar.

Avery hesitou, estreitando os olhos de leve, e mordeu o lábio antes de assentir com a cabeça.

Ótimo. Olha lá. A decepção me dominou, temperada por algo mais. Era mágoa, mas eu afastei aqueles sentimentos antes que pudesse identificá-los ao certo. Ficar contrariado não adiantaria nada. Eu era Emmett Rhodes, não ficava me lamentando por coisas fora do meu controle.

Tentei me recompor. Eu era Emmett Rhodes, *caralho*.

Para começo de conversa, era um puta de um gênio, por criar esse plano e ainda ter o melhor dia da minha vida com uma mulher incrivelmente linda, divertida e inteligente. Fui eu que proporcionei tudo isso. Então quem poderia dizer que eu não era capaz de convencer essa mulher incrivelmente linda, divertida e inteligente a fazer isso durar um pouco mais? Por que precisaria terminar na semana seguinte? Quando fizemos o acordo, nem nos conhecíamos direito. Ela mal suportava olhar para a minha cara. Agora era diferente. Ela gostava de mim. E *bastante*, a julgar pela maneira como reagia quando eu a tocava ou beijava.

Abri um sorriso, e o meu espírito competitivo veio à tona. Com quem eu estava competindo? Não fazia ideia. Comigo mesmo, talvez, ou com a hesitação de Avery.

Eu faria aquela garota se apaixonar por mim tanto quanto eu era apaixonado por ela.

Ela seria atingida em cheio.

Abri o meu sorriso mais cativante, e ela estreitou os olhos.

"O que você tá tramando?"

"Nada. Você é maravilhosa, alguém já te disso isso?"

Ela ficou desconfiada. "O que deu em você? Tá aprontando alguma, com certeza."

"Eu? Aprontando? Você tá maluca, Adams." Soltei um suspiro e a puxei para mim. O restante do grupo ficou sentado no tronco, com exceção de Wyatt, que ainda estava tomando banho de mar sob o luar enquanto Holden cuidava de seus pertences. Se fosse qualquer outra pessoa, ficaríamos alertas e preocupados, mas Wyatt nadava muito bem, e não havia como mantê-lo longe da água. Nós tínhamos tentado inutilmente muitas vezes.

"Certo, vamos lá."

Avery me olhou, e alguma coisa estava rolando entre nós. Ela estremeceu sob o meu braço.

"Tá com frio?"

Ela sacudiu a cabeça. "Vamos lá."

Enquanto fazíamos o check-in no hotel, lembrei que tinha esquecido a certidão de casamento no carro. Assim que pegamos a chave do quarto, eu me virei para Avery: "Esqueci uma coisa. Já volto."

Ela assentiu. "Vou subindo."

"Claro." Dei um beijo rápido nela.

Revirei o carro como se fosse um detetive em busca de pistas numa investigação de assassinato. Procurei no porta-luvas, debaixo dos bancos, no porta-malas, atrás dos quebra-sóis, em toda parte.

A certidão não estava lá.

Eu fiquei irritado e peguei o celular. Wyatt devia ter esquecido de guardar ali. Ou talvez estivesse numa das malas lá em cima. Mandei uma mensagem para ele.

Quando abri a porta do quarto, Avery estava à meia-luz, apenas com uma lingerie de seda. O tecido delicado abraçava suas curvas, e o decote parecia mais profundo sob a iluminação fraca. Cerrei os punhos ao lado do corpo, ansioso para tocar sua pele lisa e agarrá-la. Meu coração começou a bater mais forte quando ela mordeu o lábio e me deu uma piscadinha.

"Ei, quem faz isso sou eu." Minha voz saiu estrangulada. Eu já estava quase enlouquecendo, e só o que a minha mulher tinha feito foi ficar de baby-doll.

Eu estava numa enrascada.

Ela abriu um sorrisinho safado. "Vem cá."

Eu tratei de obedecer.

26

AVERY

O olhar de Emmett quando me viu de lingerie, de tão quente, poderia ter me feito entrar em combustão espontânea. A ansiedade e o desejo nublaram minha mente, e eu só conseguia pensar em como beijar a boca de Emmett.

Nem precisei me esforçar.

Em instantes, eu estava deitada na cama, nua e ofegante enquanto ele me devorava. Sua língua deslizava, dançando no meu clitóris. Eu arfava e arqueava as costas.

"Eu preciso disso", ele grunhiu com a boca na área molhada.

"Emmett", gemi. Meus olhos estavam fechados com força, e tateei em busca do seu cabelo. Meus dedos puxaram gentilmente seus cachos macios, e sua voz reverberava pelo meu ventre.

"Fala o meu nome para você saber que é minha."

"Emmett." Foi quase um sussurro.

Me contraí por dentro e, quando ele enfiou um dedo em mim e começou a massagear meu ponto G, eu me derreti toda, chamando seu nome, com o corpo paralisado de um prazer avassalador.

Depois de voltar à Terra, flutuando como uma pena, abri um sorriso tímido e mordi o lábio.

Seu olhar era de luxúria. "Eu vou fazer isso todos os dias."

Eu assenti com a cabeça. Meu corpo queimava de alegria ao pensar nisso, não só por causa dos orgasmos, mas porque a ideia de vê-lo todo dia era como estar no paraíso. "Combinado."

Ele veio do meu lado na cama, se apoiando no cotovelo, mas o fiz deitar e montei no seu colo. O orgasmo tinha me aliviado, mas eu ainda me sentia vazia e sedenta, precisava de mais. Com a ereção dele na entrada da minha buceta, comecei a me esfregar para trás e para a frente, arrancando uma tremidinha do seu peito. Seu olhar se tornava mais intenso enquanto me observava.

Suas mãos encontraram meus seios, e ele tocou as pontinhas doloridas, me fazendo jogar a cabeça para trás e sentir algo primitivo na minha caixa torácica. Mais. Eu precisava de mais.

Eu o posicionei para ser penetrada, enquanto sua imagem quase destroçou minha alma. Quando sentei nele, nós dois gememos. Emmett me puxou contra seu peito, e eu movia os quadris bem devagar, acomodando o pau inteiro dentro de mim. Gemi com as nossas bocas coladas, e meu corpo se dilatava em torno dele com uma dorzinha deliciosa. Eu pulsava de prazer enquanto subia e descia languidamente, vendo sua testa franzida de tão concentrado que estava, o que para mim era uma delícia.

"Para de se segurar." Eu estremeci, e ele fez barulhos, cravando os dedos nos meus quadris enquanto eu cavalgava. "Se solta."

"Primeiro você. Tô sentindo você se contrair." A voz fez calafrios se espalharam por mim. "Você tá quase lá. Eu sinto. Sei que você quer gozar de novo, linda."

Seus dedos beliscaram meus mamilos, e eu ofeguei de prazer. Uma pressão familiar foi crescendo, fazendo minhas pernas formigarem. O orgasmo estava chegando. Uma umidade quente me inundou, e Emmett grunhiu, pulsando dentro de mim.

Um instante depois, senti as ondas me sacudindo, arrebatando a alma do corpo e me abalando por inteiro. Ondas e mais ondas quebravam, e estrelas explodiram atrás das minhas pálpebras. Nossa, como eu amava esse homem. Não conseguia mais me segurar, e nem queria. E se um de nós morresse no dia seguinte e ele nunca soubesse como eu me sentia?

Com uma súbita coragem, apoiei a cabeça no seu peito. "Eu te amo. Eu te amo pra caralho, Emmett." Minha voz soou aguda e ofegante, aos últimos tremores do orgasmo, provocando espasmos nos meus músculos.

Pensei que ia entrar em pânico quando a verdade viesse à tona, mas isso não aconteceu. Senti meus ombros relaxarem.

O olhar de Emmett era puro fogo. Ele me observou com uma reverência tensa antes de me abraçar e me deitar de costas na cama. "Sério?"

Eu assenti. "É."

Ele soltou um ruído como se estivesse sendo morto. "Eu também te amo." Ele se afastou para me observar melhor. "Você é tudo pra mim. Eu queria me abrir, mas estava com medo de te assustar."

Ele me amava? E eu tive medo de não significar nada para ele. Soltei uma risada de alívio e descrença pela minha sorte inacreditável. "Não tô assustada." Balancei a cabeça e sorri. "Nem um pouco assustada."

Emmett se abaixou para beijar a minha boca antes de mover os quadris para se enfiar mais em mim, e eu gemi contra os seus lábios.

"Quero ser casado com você, Avery." Seus olhos estavam famintos, intensos e marejados. "Vamos fazer isso, de verdade."

Suas mãos me agarraram, e ele me inclinou para chegar no lugar certo. Sem nenhum aviso, eu gozei de novo, mergulhando no abismo do prazer. Ele me acompanhou, chamando o meu nome com a boca no meu cabelo e se despejando em mim enquanto estremecia e abalava a minha alma.

O quarto ficou em silêncio, a não ser pelo som da nossa respiração e do eco dos meus batimentos nos ouvidos.

Tanta preocupação por nada. Seus votos me soaram sinceros porque realmente *eram*. Emmett me queria da mesma maneira que eu o queria. Foi bobagem da minha parte ter mantido esse segredo. E se nunca tivesse sentido o impulso de dizer que o amava?

No meio da noite, acordei para usar o banheiro e, quando voltei para a cama, Emmett estava no celular com uma expressão engraçada.

"O que foi?"

Ele balançou a cabeça e largou o aparelho. "Nada. Volta para a cama."

Deitei apoiada no seu peito, ouvindo seu pulso.

"Eu te amo." Ele me beijou na testa. "De verdade."

Assenti e o beijei na boca. "Eu também te amo, de verdade."

27

AVERY

Na segunda de manhã, eu estava na cozinha lendo o texto do *Queen's Cove Daily* sobre nosso casamento enquanto Emmett preparava o café. "Tem uma foto bonita da minha mãe com os seus pais."

"Ela vai voltar no Natal."

"Quem?" Eu levantei as sobrancelhas.

"Sua mãe. Foi convidada pelos meus pais pra ficar na casa deles."

Do lado de fora, um beija-flor pairou no ar e saiu zunindo. Ainda faltavam mais de seis meses para o Natal. Meu olhar se dirigiu para Emmett, de costas para mim, com short de corrida e camiseta, e dei um sorriso suave.

O casamento era real. Não fui só eu que ganhei uma nova família. Minha mãe também.

O telefone de Emmett vibrou na bancada. Ele apertou um botão.

"Bom dia, Div. Você está no viva-voz, na cozinha da minha casa com Avery."

"Oi, Div", falei.

"Vocês precisam ir pra audiência do conselho municipal *agora*." A voz dele era um sussurro agudo.

Eu me sentei direito. "Quê?"

Emmett ficou à espera, paralisado.

"Chuck apresentou uma moção na tentativa de impedir a venda do restaurante pra você, Avery." As palavras de Div desabaram sobre mim. "Ele vai discursar daqui a alguns minutos."

Senti um frio na barriga, que me fez gelar da cabeça aos pés.

Hannah. Na livraria. Naquele dia, com Cynthia. Eu ainda não tinha certeza de que ela havia escutado tudo, mas senti um peso horroroso no estômago. Estava com um péssimo pressentimento. Pensei que o assunto Chuck estava encerrado quando Keiko recusou a proposta.

Mas, pelo jeito, não.

"Max e eu estamos aqui, e vamos tentar ganhar tempo, mas vocês precisam vir."

Fiquei de pé num pulo. "Já tô indo."

Emmett apagou o fogo e largou a espátula na pia. "Cinco minutos." Ele desligou o celular. "Eu dirijo." Em seguida, pegou minha bolsa, suas chaves e fez um gesto para que eu o seguisse.

No caminho, minha mente girava a mil. Chuck queria o restaurante e vinha se mostrando cada vez mais persistente. Se Cynthia tivesse ouvido nossa conversa, o que ele poderia fazer? Contar para todo mundo que o meu relacionamento com Emmett era uma farsa? Soltei um longo suspiro, sentindo o joelho balançar incessantemente enquanto Emmett entrava na rua principal. Mesmo se ele fizesse isso, não haveria provas.

Senti um nó na garganta. Minha cara denunciaria que Chuck estava com a razão. Sem chance que eu conseguiria negar aquilo diante de um auditório lotado.

Puta que pariu.

Chuck estava se preparando para me derrubar, já eu tinha me deixado levar, sendo evolvida por Emmett, me divertindo e transando e gargalhando. Eu estava a passeio quando deveria estar concentrada no restaurante e na compra.

Engoli em seco e olhei pela janela. A mão de Emmett apertou meu joelho.

"Vai ficar tudo bem", ele disse, mas eu mordi o lábio, preocupada. Não estava confiante, e sua voz deixava transparecer a mesma coisa.

Se Chuck nos desmascarasse, a campanha de Emmett seria arruinada. A eleição aconteceria na semana seguinte. Não havia tempo para se recuperar desse baque. Ninguém confiaria nele como prefeito se soubesse que nós mentimos para a cidade toda. A ideia de causar essa decepção a Emmett congelou as minhas entranhas. Ele tinha confiado em mim.

Estacionamos na frente da prefeitura e saí do carro antes mesmo de Emmett parar completamente. Corri para o prédio, atravessando os corredores até encontrar o auditório usado nas reuniões do conselho municipal.

Todos se viraram quando cheguei.

Havia cerca de cinquenta pessoas sentadas em cadeiras dobráveis, a maioria eram empresários e comerciantes. Hannah estava no fundo e me lançou um olhar preocupado. O rosto dela ficou vermelho. Isaac e vários membros do conselho municipal estavam sentados na frente, diante da plateia. Max pareceu aliviado ao me ver, mas Div olhava feio para Chuck, que estava em um dos primeiros lugares, irritado e em silêncio por causa da interrupção.

Eu engoli em seco. Meu coração ecoava nas minhas orelhas. Não havia assentos disponíveis, então me recostei na parede dos fundos.

A porta se abriu, Emmett entrou e ficou ao meu lado. Ele segurou a minha mão, com força. Uma fração de segundo depois, meus nervos já se acalmaram. Emmett estava aqui. Eu não sabia o que ele podia fazer, mas pelo menos ficaria comigo. Havia alguém no meu time.

"Como eu ia dizendo", continuou Chuck, remexendo os pés e lançando um olhar azedo para Emmett e para mim, "se ele for eleito, como vai ser dono de um estabelecimento comercial em Queen's Cove, isso vai gerar um conflito de interesses."

A mão de Emmett ficou tensa. "Eu não tenho nenhuma intenção de ser proprietário do Arbutus." A voz ecoou pela sala.

Chuck era pura frieza. "Sua esposinha tem, e o que é dela é seu também. É assim que funciona o casamento, amigão."

Minha garganta se fechou de raiva. A maneira como Chuck disse *sua esposinha*, com um tom condescendente e desrespeitoso, me deixou furiosa. Meu estômago se revirou.

"A proprietária do negócio vai ser Avery e, se for eleito, eu vou ser o prefeito." Emmett me soltou e cruzou os braços. "Uma coisa não tem nada a ver com a outra."

"Isso não te impede de tomar decisões para favorecê-la", insistiu Chuck. Ao lado dele, Cynthia assentia com uma expressão presunçosa.

Cynthia lançou um olhar para mim e depois para Hannah, e eu percebi na hora que Chuck sabia o que havia acontecido na livraria. Eles não tinham todos os detalhes do nosso acordo, mas deduziram uma boa parte.

Se nos acusassem, virariam motivo de chacota na audiência, então partiram para outro ponto fraco.

Um com fundamento.

Isaac estava com uma expressão neutra, mas concordava com a cabeça.

"Se ela precisar de um alvará?", Chuck perguntou para Isaac e o conselho. Ele estalou os dedos. "Aprovado. Uma disputa entre ela e o proprietário de um estabelecimento diferente?" Ele repetiu o gesto. "Ela vence. Ah, vejam só, uma queixa contra o Arbutus?" Ele encolheu os ombros. "Desaparece magicamente."

"A gente jamais faria isso!" As palavras simplesmente voaram da minha boca. Minha voz tremia de fúria e indignação. O conselho municipal observava tudo com extrema atenção. Com o canto do olho, vi Hannah contorcer as mãos no colo, parecendo abalada. "Vocês conhecem a gente. Sabem que isso não aconteceria. E quando foi que houve alguma queixa formal contra o Arbutus na prefeitura?"

"Chuck levantou uma excelente questão", Issac falou, assentindo e juntando os dedos.

Não. Isso não podia estar acontecendo. Que pesadelo. Eu ainda estava dormindo, tendo um sonho pavoroso. Abri e fechei a boca, mas não consegui dizer nada.

"Você tá de brincadeira?" Emmett balançou a cabeça e apontou pra mim. "Ela queria comprar esse restaurante há anos, e agora a aquisição vai ser vetada por minha causa?"

"Nós somos uma cidade que se orgulha de seguir todas as normas e regulamentações, sr. Rhodes." Isaac observava os membros do conselho, que balançaram a cabeça, com olhares pensativos.

Meu estômago deu um nó. A indecisão estava estampada no rosto das pessoas que decidiriam a questão. Emmett era muito querido, mas as palavras de Chuck tinham embasamento. Havia um conflito de interesses. Sem dúvida nenhuma.

Isaac limpou a garganta. "A questão não é a sra. Adams comprar o estabelecimento, e sim o fato de o sr. Rhodes também ser candidato a prefeito." Ele olhou para Emmett sem nenhuma emoção. "É uma coisa ou outra."

Meu estômago se contraiu inteiro. "Eu vou assinar a documentação amanhã. Vocês não podem colocar um empecilho agora, quando o negócio está praticamente fechado."

Isaac discordava. "Sinto muito. Não posso fazer nada."

Ou eu comprava o restaurante, ou Emmett concorria na eleição. Não poderíamos fazer as duas coisas.

Eu olhei para ele, que parecia ter levado um chute no saco. Ficou incrédulo.

"Isso conclui a reunião de hoje", Issac declarou, juntando papéis. "Retomamos as demais pautas no mês que vem."

A atmosfera ficou tensa e desconfortável à medida que as pessoas foram saindo. Emmett e eu permanecemos lá, imóveis, só trocando olhares.

Seu pomo de adão se mexia, engolindo em seco. "A gente vai dar um jeito." Nem ele mesmo parecia acreditar nisso.

Eu também não. "Como? Como é que vamos..."

"Avery, me desculpa." Hannah surgiu de repente, com as mãos agitadas e o rosto vermelho. "Não acredito que ele fez isso. Não acredito que jogou tão baixo."

"Como assim?" Emmett inclinou a cabeça. "Por que você tá se desculpando, Hannah?"

Ela mordeu o lábio e olhou ao redor para checar se não havia ninguém por perto. "Cynthia ouviu a gente conversando na livraria sobre..." Ela fez um gesto, apontando para nós dois com uma expressão pesarosa.

Emmett logo compreendeu. Ele me olhou como se não me reconhecesse. "Você contou pra Hannah?" De queixo caído, ele ficou estupefato.

Eu levantei as mãos. "Ela é a minha melhor amiga, e não achei que algo assim pudesse acontecer."

Hannah escondeu o rosto entre as mãos. "Eu sinto muito, muito mesmo."

Emmett se comportava como se não conseguisse acreditar que eu tinha estragado tudo, e fiquei de coração partido. Ele tinha razão. A culpa era minha. Em vez de manter o segredo, eu abri a boca para Hannah.

Emmett estava sacrificando a carreira e a vida para poder transformar a cidade num lugar melhor. E não só para Will, mas para todos os habitantes. Suas intenções eram puras.

Eu não podia pedir para ele abandonar a campanha. Jamais faria isso. Mesmo se não estivesse apaixonadíssima, eu não poderia sequer fazer esse pedido. A cidade precisava de Emmett como prefeito.

De relance, vi Keiko olhando para mim enquanto Chuck falava com ela. De braços cruzados, ela ficava hesitante quando ele invadia seu espaço pessoal. Era eu quem deveria levar seu legado adiante, manter vivos a alma e o coração do lugar que sua família tanto lutou para manter de pé, mas agora Keiko percebia que Chuck podia ser a única opção.

Era quase insuportável. A ameaça ao legado de Keiko, o sentimento de culpa de Hannah, a decepção de Emmett, eu não tinha como lidar com tudo aquilo. Não conseguia pensar direito. Nem respirar. As paredes da sala começaram a se fechar. Que sufoco.

"Eu preciso ir", falei, indo na direção da porta.

"Avery, espera." Emmett estava no meu encalço. "Vamos dar um jeito."

Eu não olhei para trás. "Preciso de um tempo."

Seus passos pararam de me acompanhar, e eu saí correndo do prédio.

28

AVERY

As batidas começaram poucos minutos depois que fechei a porta do escritório.

"Eu sei que você tá aí." A voz de Max vinha lá de fora.

Continuei imóvel na minha cadeira giratória, com as mãos sobre o rosto, espiando por entre os dedos.

A maçaneta virou, mas eu já tinha trancado a fechadura, que começou a ser sacudida.

"Avery." Era a voz de Emmett dessa vez. Parecia bem puto. "Abre a porta."

Claro que estava puto. Fui eu que o pus nessa situação. Não consegui manter a boca fechada, e despejei nosso segredo sobre Hannah. Como eu queria meu precioso restaurante, ele não poderia ser prefeito.

Ouvi seu suspiro no corredor. "Vou dar um jeito nisso."

Eu não respondi. Como ele seria capaz de nos tirar dessa situação? Era eu ou ele, sem alternativa.

"Nada mudou, entendeu?" Ouvi um baque de leve e imaginei sua testa apoiada do outro lado. "Ainda me sinto da mesma maneira em relação a você. E vou dar um jeito nisso, mas queria deixar tudo bem claro primeiro."

Eu queria abrir a porta, mas ver seu rosto só deixaria a situação mais difícil. Ele não me deixaria sacrificar o restaurante. E eu não queria que ele saísse da disputa eleitoral. Só precisava de um tempo para pensar e ficar sozinha, sem a distração inebriante que era Emmett.

No fim, vendo que eu não responderia, ele se afastou pelo corredor, com os passos das botas ficando mais distantes no piso de madeira, e eu desabei na cadeira.

As palavras de Elizabeth ecoaram na minha cabeça. *É ele quem toma conta de todo mundo. Sempre temi que nunca fosse ter ninguém ao seu lado, cuidando dele.*

Eu queria ser essa pessoa para Emmett, alguém que colocasse as necessidades dele em primeiro lugar. Não tinha muita experiência com relacionamentos, mas sabia, no fundo do meu coração, que era disso que ele precisava de mim. Emmett sempre era altruísta, mas nesse caso eu preferia que não fosse. A eleição era importante demais.

Sobre a mesa, havia a foto da minha mãe comigo, captando a luz que entrava pela janela. Fiquei descontente enquanto observava o rosto dela, toda orgulhosa e animada por estar abrindo o próprio restaurante.

Se eu jogasse a toalha, a história se repetiria. Talvez não da mesma forma, mas eu ainda estaria abrindo a mão de um sonho por causa de um homem.

Se eu desistisse do restaurante, minha mãe ficaria arrasada. Eu até conseguiria ver isso no seu rosto, aquele olhar desolado quando soubesse do motivo. Ela entenderia? Eu e Emmett éramos bem diferentes da minha mãe e do meu pai. Eles não se divertiam juntos. No fundo, deviam até se amar, só que nunca foram amigos, como nós.

Minha mãe ficaria decepcionada. Keiko ficaria decepcionada. Max também.

Eu suportaria ver esse legado tão lindo transformado em mais um restaurante vagabundo para turistas? Não.

Suportaria ver Chuck demitindo metade da minha equipe e obrigando a outra metade a usar roupas curtas para atrair clientela? Não.

Suportaria ver o restaurante da família de Keiko perder sua personalidade, seu charme, sua história? Não.

Mas também não suportaria ver Emmett arrasado. Não suportaria que fosse obrigado a voltar à construtora, sabendo que poderia ter vencido a eleição, mas que botou tudo a perder por minha causa. Ele ia se eleger, eu sabia que sim.

Meu coração se desfez em pedaços, porque a minha decisão estava clara. Desde o momento em que pus os pés para fora do prédio da prefeitura.

Meu celular vibrou no bolso, havia mensagens de Hannah:

Por favor, me liga.

Avery, me desculpa.

Tô me sentindo péssima. Não acredito que fiz uma bobagem dessas. Por favor, me liga.

Chamei seu número, e ela atendeu no primeiro toque.

"Oi." Ela estava sem fôlego.

"Oi." Fiquei girando a aliança no dedo e, quando percebi o que estava fazendo, parei. Não queria olhar para o anel naquele momento. Era só mais um lembrete doloroso.

"Você não devia ter me contado, porque eu acabei te prejudicando mesmo tendo dito que guardaria segredo." A voz dela ficou embargada.

Fiquei em silêncio, esfregando o rosto. Eu fiquei irritada com Hannah por não trancar a porta? Claro. Mas não era culpa dela o fato de Cynthia estar lá numa hora inapropriada. Não era justo Hannah se sentir assim por causa de um erro que qualquer um poderia cometer.

"Tudo bem, Han. Eu mesma podia ter deixado aquilo escapar." Mais uma vez, me forcei a parar de brincar com a aliança.

"Cadê você? Emmett tá te procurando."

"Eu sei." Engoli em seco. As palavras de Emmett do outro lado da porta ressoaram na minha cabeça. *Vou dar um jeito nisso.* Como? Como ele poderia dar um jeito naquela situação? Mas ele podia tentar, claro, porque era Emmett. O cara que resolvia qualquer problema.

"Todo mundo ficou muito chateado", murmurou Hannah. "Você precisava ouvir o que a Keiko disse pro Isaac mais cedo. Até o pessoal do conselho parecia contrariado."

Pensei mais uma vez nas palavras de Elizabeth, sobre Emmett ser aquele que cuidava de todos, mas nunca teve quem cuidasse dele antes que eu aparecesse.

"Tem um monte de pessoas casadas que trabalham juntas", continuou Hannah. "E as empresas dão um jeito. Humm... Vocês podiam assinar um contrato ou coisa do tipo."

Emmett e eu estávamos casados. Não no papel, mas eu era apaixonada por ele. Já tinha me declarado com sinceridade.

Eu queria resolver a situação. Não só por mim, mas sobretudo por Emmett. Dessa vez, eu desejava que ele pudesse contar comigo.

As palavras de Hannah me deram um estalo. "Espera aí. O que você disse?"

"Hã..." Ela ficou constrangida. "Eu aprendi esse negócio num livro. Uma história romântica. O patrão queria namorar uma pessoa do quadro de funcionários, então ambos assinaram um contrato estabelecendo que todas as decisões que envolvessem o trabalho dela seriam tomadas pela diretoria sem a sua participação. Ela deixou de ser subordinada a ele."

Meu couro cabeludo começou a formigar, e quase dava para sentir meus neurônios em chamas. "Hannah! Você é genial."

"Ah, é?"

Eu sorri e peguei minha bolsa. "Com certeza. Eu preciso da sua ajuda. Você tem um tempinho livre hoje?"

"Claro! Eu quero ajudar."

"Chego aí na livraria em cinco minutos."

29

EMMETT

As ondas quebravam na areia enquanto a maré subia. Eu estava na Castle Beach, tentando pensar numa forma de tirar nós dois daquela merda.

Eu te amo, ela tinha me dito.

Cerrei os punhos, ansioso para ligar para ela, puxá-la para junto de mim, enroscar meus dedos no seu cabelo macio, mas não era isso que Avery queria. Ela precisava de um tempo a sós.

No momento, devia estar arrependida de ter se envolvido comigo.

Soltei um suspiro e esfreguei o rosto.

Ela não podia abrir mão do restaurante, e eu não ia permitir. Nem fodendo. Era a única coisa que ela sempre quis. O Arbutus era tudo para Avery, e ela era tudo para *mim*, então sem chance que eu viraria o motivo do fracasso dela. Não depois de tudo pelo que passamos. E principalmente depois do que eu soube sobre seu pai. Eu jamais faria isso com ela. Tinha feito a promessa com todas as letras, naquela mesma praia.

Meu coração se contorceu dentro do peito. Eu sentia falta dela. Só fazia umas oito horas, mas eu já estava com saudade.

Meu celular continuou vibrando no bolso, e eu desliguei sem ler as mensagens. Não queria conversar com ninguém. Precisava bolar um plano.

Mas Avery sempre voltava aos meus pensamentos. Sua expressão suave de contentamento quando eu a acordava de manhã. A maneira como revirava os olhos, escondendo o sorriso, quando eu a provocava. E seu olhar de horror na reunião do conselho diante das consequências da aquisição do restaurante. Justamente o que ela vinha tentando evitar esse tempo todo.

Eu queria que nosso casamento fosse real, mas sem o Arbutus talvez ela nunca me perdoasse. E possivelmente eu também não me perdoaria.

Esfreguei a cicatriz no meu lábio diante do mar. A única forma de ajudar Avery a comprar o restaurante seria retirar minha candidatura. Assim, pronto.

Mas e quanto a Will? E quanto a Kara e Nat? E quanto a todos os empresários e comerciantes da cidade que ficavam sem energia elétrica quando havia um vendaval? E quanto a Div, que se matou de trabalhar na minha campanha eleitoral?

Mas era uma coisa ou outra. A angústia me atormentava, e meu peito doía. Eu não conseguiria manter as promessas que fiz para Avery e para Will.

"Você seria uma pessoa difícil de encontrar..." Avery sentou ao meu lado no tronco, e o meu coração foi parar na boca. "... se eu não soubesse as coordenadas secretas daqui. Perguntei para os seus irmãos qual era o caminho." Sua boca linda sorria, e ela me deu um beijo no rosto.

Fiquei só olhando para ela, sem entender nada. Avery não parecia irritada, preocupada nem chateada. Foi como se o drama na prefeitura nunca tivesse acontecido.

Então ela fez uma coisa que fundiu o meu cérebro.

Deu risada.

Fiquei de queixo caído.

"Emmett, tenho uma proposta pra você." Ela levantou algumas vezes a sobrancelhas, com um sorriso convencido.

"*Você* tem uma proposta para *mim*?" Eu fiquei confuso. "Nós já tentamos uma vez, e não deu certo."

Ela sacudiu a cabeça e tirou um envelope grande da bolsa. "Antes de dizer que não deu certo, dá uma olhada nisso."

Tirei os papéis para ler.

"Esta moção de caráter emergencial propõe o seguinte", eu li em voz alta. "Caso haja um conflito de interesses entre um proprietário de uma empresa em Queen's Cove e um membro do conselho municipal de Queen's Cove, o membro do conselho deve se eximir de tomar decisões, opinar e votar sobre qualquer assunto envolvendo a empresa em questão. Os demais membros do conselho serão responsáveis pelos assuntos relacionados à referida empresa. Propõe-se que esta moção seja votada e entre em vigor imediatamente."

O papel era uma fotocópia do original, com um carimbo de ALTA PRIORIDADE no alto da folha e, abaixo do texto, a assinatura de todos os membros do conselho municipal, com exceção de Isaac. Fiquei olhando para aquelas letrinhas.

Avery me cutucou com o cotovelo. "Eles estão votando agora mesmo." Ela virou a página e mostrou várias assinaturas. Hannah. Keiko. Holden. Wyatt. Meus pais. Miri. Scott. Os donos da loja de ferragens, do supermercado e vários gerentes e proprietários de hotéis.

Meu coração disparava. "Foi você que organizou tudo isso?"

Ela assentiu. "Com a ajuda da Hannah. Conseguimos o apoio de quase a unanimidade dos empresários e comerciantes." Ela sorriu, e o meu pulso acelerou. "Vai dar tudo certo, Emmett, tenho certeza. Não existe a menor chance de Issac se negar a respeitar a vontade geral. O conselho vai votar a favor."

Eu fiquei perdido. Estava ali sofrendo e olhando para o mar, enquanto Avery arregaçava as mangas e punha ordem na situação.

Olhei bem para o seu rosto. "Você disse que precisava de um tempo."

Ela mordeu o lábio. "Verdade. E depois queria resolver a situação." Ela engoliu em seco. "Você cuida de todo mundo, Emmett. Sempre carrega o mundo nos ombros." Avery começou a girar a aliança no dedo. Ver que ela ainda a usava me deixou mais tranquilo. "Nós estamos juntos nessa. Isso pra mim não é de faz de conta."

Eis uma novidade: sentir que havia alguém para tomar a frente e cuidar dos meus problemas desse jeito. A luz bateu em seus olhos azuis escuros, e me dei conta de que eu nunca mais veria uma cor tão linda na vida.

"Para mim também é de verdade." Diante da lista, ela tinha o peito inflado de orgulho pelo raciocínio rápido. "Você acha que vai dar certo?"

Seu celular vibrou, e ela estendeu o dedo indicador quando identificou o número. "Eu já te respondo. Oi." Avery ficou ouvindo o outro lado da linha, mas eu não conseguia distinguir as palavras. Sua expressão neutra não dava pistas. "Certo. Obrigada por me avisar." Ela desligou e me encarou com os olhos brilhando.

Um sorriso presunçoso surgiu no seu rosto. "Keiko avisou que o conselho aprovou a moção e que nossa reunião no banco tá de pé."

"Deu certo."

Ela assentiu. "Humm-humm. Pode demonstrar sua gratidão eterna com sexo oral de manhã."

"Porra, deu certo." Eu não conseguia acreditar. O pesadelo havia acabado, e minha Avery tinha sido a atacante. "Vem cá." Eu a pus no colo e interrompi sua risada com um beijo.

"Eu te amo demais", falei entre os beijos. Suas mãos deliciosas passeavam pelos meus ombros e meus cabelos, fazendo ondas de eletricidade percorrerem a minha espinha. "Como sou grato por ter você na minha vida. Você é tudo pra mim."

"E você é tudo pra mim." Sua voz ofegante me deixou de pau duro.

Eu tive uma epifania. *Isso pra mim não é de faz de conta*, foi o que ela disse.

"Espera." Minhas mãos ficaram imóveis na sua bunda. "Tem mais uma coisa."

Ela franziu de leve a testa. "Certo."

Seria melhor contar logo. Eu soltei o ar com força. "Wyatt registrou a certidão de casamento."

Os olhos dela se arregalaram.

"Não fui eu que pedi", tratei de acrescentar às pressas. "Falei que era só pra deixar no meu carro, mas ele foi até a prefeitura, achando que estava me fazendo um favor."

Avery estava parada no meu colo, com os olhos arregalados e os lábios entreabertos.

"A gente pode anular se você quiser. Por mim, tudo bem. É só um papel, e não muda em nada os meus sentimentos. Ainda quero que o casamento seja de verdade, mas se você ainda não tá pronta pra oficialização, sem problemas. Depois de tudo o que aconteceu com os seus pais..."

"Não." Ela cobriu minha boca com a mão.

"Não?" A palavra sai abafada pelos dedos dela.

"Eu não quero a anulação."

"Não quer?"

Ela sacudiu a cabeça, e a ruga na testa desapareceu. Avery respirou fundo e assentiu. "Quero que seja de verdade. Porque *é*." Ela me encarou com tanta confiança e amor estampado nos olhos que me apaixonei ainda mais. "Você não tem nada a ver com o meu pai. E eu não sou a minha mãe. Eu confio em você. Vamos deixar a certidão lá." Ela abriu um sorriso hesitante. "Vamos ser casados de verdade. Quer dizer, se for isso que você quer."

Que mulher. Corajosa para caralho, e também doce, inteligente e perfeita para mim. Como se tivesse sido feita sob medida.

"É o que eu quero, sim." Dei mais um beijo. "É tudo o que eu mais quero. Eu te amo, amorzinho."

Ela murmurou as palavras que eu queria ouvir mais do que tudo na vida. "Eu também te amo, amorzão."

Epílogo

"Avery, lembra daquela mesa com os turistas do ano passado? A mãe com queimadura de sol?" Max se recostou no batente da porta do meu escritório.

Olhei para ele da minha mesa e espremi os olhos. "Com dois filhos?"

Ele assentiu. "Eles querem falar com a gerência."

Dei um sorriso. "Bom, então é melhor você ir até lá."

Ele revirou os olhos, mas dava para ver que estava satisfeito. "Eles querem falar com *você*. Mas não se preocupa, é só pra dizer oi."

No ano anterior, mais ou menos seis meses depois de adquirir o restaurante, eu promovi Max a gerente do Arbutus. Essa coisa de *casar de verdade* e me *apaixonar perdidamente* e *quase perder tudo* mudou o rumo da minha vida de várias formas. Agora que tinha cumprido um objetivo de vida, que era ser proprietária de um restaurante bem-sucedido, tirar uma folguinha de vez em quando não parecia tão ruim. Principalmente quando podia passar tempo com as pessoas que eu amava. Emmett. Minha mãe, que tinha se mudado para Queen's Cove havia poucos meses. Hannah. Meus cunhados, Holden, Wyatt e Finn. Miri e Scott. Keiko, com quem eu conversava mais por FaceTime, depois que se mudou para Vancouver.

Olhei para as fotos na minha mesa. Keiko e a bebezinha bochechuda mais linda do mundo, ambas sorrindo com os olhos brilhando para a câmera. Emmett e eu, de mãos dadas na praia no dia do nosso casamento, eu dava um sorrisinho discreto e ele me olhava como se não existisse nada mais importante no mundo do que sua esposa. Uma de Emmett na praia com Kara, com o rostinho bronzeado e sardento. E a minha favorita: a do centro de reabilitação de tartarugas de Miri, com Emmett e eu segurando duas e fazendo biquinho, ele ficando apavorado e eu me divertindo.

Max observou a imagem. "Essa foto me passa uma alegria. A que horas é a inauguração?"

"À uma. É melhor a gente ir." Peguei minha bolsa. "Eu cumprimento os turistas na saída."

No salão do restaurante, sorri para minha mãe e Elizabeth ao passar pela mesa delas. Quando elas chegaram, me sentei para conversar um pouco. Todas as quintas-feiras, elas almoçavam juntas. Geralmente os almoços duravam duas horas, acompanhados de várias taças de vinho e risadas que até faziam escorrer lágrimas.

Entre os almoços com Elizabeth, o trabalho voluntário na escola com Miri e um curso de degustação de vinhos, minha mãe vivia atarefada. Parecia feliz aqui, o que me deixava feliz também.

Quando me aproximei da mesa dos turistas, o rosto dos pais se iluminou. "A gente passou o ano todo esperando para poder voltar", disse a mãe, sorrindo. "Eu sigo o Arbutus no Instagram!"

Senti um frio na barriga de orgulho, e foi impossível não retribuir o sorriso. "Nós ficamos muito contentes de receber vocês de novo." E era verdade. "E temos um bom estoque de aloe vera."

Os pais deram risada.

Quando eu estava saindo, uma coisa chamou minha atenção. A foto emoldurada da minha mãe e de mim na frente do restaurante dela, na minha infância, que costumava ficar na minha mesa, agora estava pendurada no hall de entrada.

O Arbutus era o legado da família de Keiko, mas passou a ser igualmente da minha. Tudo o que havia acontecido na minha vida serviu para me trazer até aqui: ver a falência do negócio da minha mãe, me decepcionar com o meu pai, mudar para Queen's Cove por impulso, participar do plano absurdo de Emmett. Algumas partes foram difíceis, mas eu não mudaria nada.

Sorri para mim mesma enquanto caminhava pelos quarteirões, cumprimentando as pessoas da cidade e desfrutando do clima ensolarado e fresco que era tão típico de maio em Queen's Cove. Havia umas trinta pessoas diante da construção de dois andares para a inauguração do novo centro de reabilitação de tartarugas de Miri. As instalações antigas não davam mais conta da demanda, e o novo espaço possuía o dobro do tamanho. Um cartaz com as palavras GRANDE INAUGURAÇÃO! estava pendurado na fachada, e na frente do prédio havia um pequeno palco.

Ali, Emmett conversava com Miri. Mesmo depois de um ano de casada, meu coração disparava por causa da sua beleza. Seus ombros largos preenchiam o terno cinza, e meus dedos coçaram para passear por aqueles cabelos grossos. Ele assentiu para Miri antes de erguer os olhos e dar uma piscadinha.

Eu contive o sorriso. Aquele cara. Um pensamento que me ocorreu muitas e muitas vezes no ano anterior: nosso romance era inevitável. Eu sempre fui afetada pela sua presença, de uma forma ou de outra, mesmo quando ele só me provocava no restaurante e nós mal nos conhecíamos. Retribuí a piscadinha, e os olhos deles se acenderam.

"Oi, amorzinho." Ele me puxou para o braço.

Dei um beijo rápido em seu rosto, sentindo seu cheiro quente e masculino. "Oi, amorzão."

Miri bateu uma palma. "Avery, que bom, você está aqui." Ela fez um gesto para um funcionário do centro de reabilitação que empurrava um carrinho coberto com um pano preto. "Você pode entregar a Sarabeth para o sr. prefeito quando eu der o sinal."

Emmett parou de sorrir no mesmo momento. "Quem é Sarabeth?" Ele engoliu em seco, e eu segurei o riso. "Miri. A gente já conversou sobre isso. Quem é Sarabeth?"

Miri lançou um olhar que dizia *dã*. "Nossa nova hóspede, ora. Ela precisa se sentir bem-vinda." Quando o pano foi retirado, uma tartaruga de olhos esbugalhados apareceu, com o rosto colado no vidro.

Emmett sentiu ânsia de vômito, e seu tronco inteiro se contorceu. "Miri, não."

"Oi, pessoal, desculpa o atraso." Don, o blogueiro do *Queen's Cove Daily*, surgiu com a câmera pendurada no pescoço.

"Ah, Deus. De novo não." Emmett apertou o nariz.

Eu acariciei suas costas. "Vai dar tudo certo, querido."

O rosto de Miri se iluminou. "Ah, que ótimo. Carter também chegou."

Eu até me engasguei.

Carter, o maconheiro de vinte e poucos anos, vulgo meu vizinho de baixo no antigo apartamento, apareceu usando uma fantasia de tartaruga, com uma cabeça enorme nos braços.

"Laser! Não sabia que você vinha. E aí, mano?" Seus olhos se arregalaram quando ele viu Emmett. "Você não parece muito bem. Tá mareado ou coisa do tipo?"

Pelo menos Emmett não parecia mais prestes a vomitar. Olhou feio para Carter e ficou tenso ao meu lado. Eu o abracei pela cintura para distraí-lo.

"Eu não gosto dessa parte do trabalho de prefeito", ele murmurou, enquanto Miri, Don e Carter conversavam sobre a melhor forma de posicionar o mascote no palco.

"Nem tudo se resume a modernizar a rede elétrica e denunciar criminalmente o seu antecessor."

"Shhh." Ele olhou ao redor para garantir que ninguém tinha me ouvido, e então sorriu. "Teoricamente, você não sabe disso."

Logo depois de Emmett ganhar a eleição de lavada, Isaac mudou com a família para Vancouver, e Chuck pôs seus restaurantes à venda. Emmett estava analisando os registros das obras de infraestrutura e encontrou alguns documentos extraviados. As queixas contra os negócios operados por Chuck pareciam desaparecer logo depois de serem apresentadas. Anualmente, o orçamento de infraestrutura da cidade pagava faturas que não faziam o menor sentido. E havia muitas despesas lançadas duas vezes que, de alguma forma, passavam batidas pelo departamento de contas públicas. Emmett desconfiava que manter a rede elétrica na configuração da Era das Trevas era do interesse de alguém, que vinha pagando Isaac por baixo dos panos. Uma empresa de geradores ou talvez um eletricista responsável pela manutenção e os reparos.

Mas eu não devia saber de nada disso, porque Emmett e o conselho municipal ainda estavam discutindo com os advogados sobre a melhor estratégia, e nenhuma notificação formal havia sido apresentada ainda.

Miri fez um gesto para Emmett, avisando que estava tudo pronto para começar, e ele me deu um beijo rápido. Ao toque dos seus lábios, uma onda de eletricidade se espalhou até os dedos dos pés.

"Te amo, minha linda", ele falou baixinho no meu ouvido.

"Também te amo." Eu sorri.

"Espero que já saiba que eu vou fazer você usar *aquilo* mais tarde." Com a certeza de que não havia ninguém olhando, ele me deu um tapinha na bunda. Eu caí na risada, e ele subiu ao palco e se posicionou diante do microfone.

"Boa tarde, Queen's Cove!" Ele abriu um sorriso, e a pequena plateia aplaudiu e vibrou. "Sejam bem-vindos à inauguração da nova Casa dos Horrores das Tartarugas da Miri."

A plateia ficou em silêncio, e Miri, de queixo caído. Emmett arregalou os olhos. Eu tapei a boca com a mão para esconder o riso.

"Quer dizer, o Paraíso das Tartarugas da Miri." Ele tossiu. "Uma salva de palmas para Miri!"

A plateia aplaudiu quando ela subiu no palco, gesticulando para Carter acompanhá-la. Assim que ele apareceu com a fantasia de tartaruga, os espectadores enlouqueceram. Como ele estava usando a cabeça do mascote, não pude ver sua expressão, mas, considerando a maneira como fazia a dança do robô e um *moonwalk*, devia estar com um sorrisão. Ele foi dançando até Emmett e pôs o braço sobre seus ombros.

"Sai pra lá", Emmett esbravejou, e eu soltei uma risada pelo nariz. Voltando ao microfone, ele continuou. "A instituição de Miri tem um longo histórico de resgate e reabilitação de tartarugas na região."

Atrás de mim, um funcionário abriu o tanque. O sorriso de político de Emmett começou a sumir.

"E, hã..." Ele engoliu em seco. "E, com as novas instalações, eles vão poder receber o dobro de animais."

O funcionário enfiou as mãos lá dentro e pegou a tartaruga, Sarabeth, cujos braços e pernas golpeavam o ar. "Aqui está."

"Obrigada." Peguei a tartaruga e olhei para Miri, que assentiu e fez um gesto para que eu entrasse no palco.

Um olhar de nojo apareceu no rosto de Emmett, que respirou fundo. Ele ficou focado em mim e no bichinho. "A instituição de Miri funciona basicamente com doações e, hã, ela gostaria de agradecer à comunidade de Queen's Cove pela generosidade." Ele engoliu em seco, sem desviar da tartaruga nas minhas mãos enquanto eu me aproximava.

Emmett sacudiu a cabeça de leve. *Não*, imploravam seus olhos.

Meu sorriso aumentou. *Sim*, eu balancei a cabeça.

"Em nome do conselho municipal de Queen's Cove..." Emmett engasgou. "... eu gostaria de agraciar o Paraíso das Tartarugas da Miri com uma verba de vinte mil dólares."

"Depressa", Miri falou no meu ouvido. "Agora."

Enfiei a tartaruga nas mãos de Emmett, e seu rosto assumiu uma expressão de pavor. Dan preparou a câmera, Miri posou com Emmett e sorriu. Do outro lado, Carter começou a requebrar, se esfregando nele. Dan tirou a foto e fez um sinal positivo com o polegar, enquanto a plateia ia à loucura.

"Para com isso", Emmett rosnou para Carter antes de quase arremessar a tartaruga de volta. "Miri vai fazer visitas guiadas durante toda a tarde", ele anunciou no microfone. "Parabéns, Miri. Agora eu preciso ir, antes que acabe passando mal."

Miri olhou nos olhos da tartaruga com um sorriso encantador. "Certo."

Emmett me puxou para longe do palco e se besuntou de álcool em gel. "Espero que você tenha gostado. Agora eu preciso ir ferver as minhas mãos."

Dei uma risadinha quando ele passou álcool nas minhas também. "Você se saiu muito bem lá em cima."

Ele estremeceu. "Se Miri quiser abrir outro centro de resgate, vou vetar o projeto."

Eu sorri. "Não vai, não."

Emmett soltou um suspiro. "É, não vou mesmo." Ele pegou o celular para ver as horas. "Como tá o seu dia? Eu tinha reservado a tarde inteira pra isso. Quer matar aula comigo?"

Dei um sorriso malicioso. "Sr. prefeito, você é uma péssima influência. Sempre me arrastando para os seus grandes planos."

Ele deteve o passo e aproximou a boca da minha orelha. "Espera só pra ver o que a gente vai fazer hoje à noite."

Eu fiquei bamba, com frio na barriga. "Eu realmente gosto de ser casada com você."

Passamos a tarde em Castle Beach, sentados sobre um cobertor que ficava no carro exatamente para isso, vendo as ondas no mar e escutando os passarinhos piarem. O sol aquecia suavemente a nossa pele, o braço de Emmett me abraçava e eu apoiava a cabeça no seu ombro.

Olhei para a praia vazia, para o mar e para a floresta distante. "O paraíso deve ser assim."

"Qualquer lugar onde você esteja, Adams. Qualquer lugar com você."

Uma figura familiar apareceu nas ondas. "É o Wyatt", falei, espremendo os olhos e apontando.

Emmett o observou. "Quem tá com ele? Ele costuma entrar na água sozinho."

Uma segunda figura apareceu, boiando perto. Estava de costas para mim, mas eu reconheceria o cabelo loiro reluzente em qualquer lugar.

"Aquela é a *Hannah*?" Eu pisquei algumas vezes. Hannah não surfava. Hannah não saía da livraria. Hannah mal conseguiria fazer contato visual com Wyatt.

Emmett fez um *humm* enquanto os dois iam remando nas pranchas até outra praia. Eu sorri para mim mesma. O que quer estivesse rolando, Hannah me contaria quando se sentisse pronta.

Por fim, fomos para casa com planos de preparar uma massa e jantar no pátio com uma taça de vinho, como fazíamos na maioria das noites de verão. Mas, assim que passamos pela porta, Emmett saiu correndo para o andar de cima.

Eu estava na cozinha, pegando os ingredientes na geladeira, até que ele apareceu com uma coisa nas mãos e um sorriso enorme no rosto.

"Não." Eu sacudi a cabeça. "Sem chance."

"Adams." Sua voz era pura safadeza. "Você prometeu."

Recuei um passo, sendo impedida pela bancada. "Prometi nada."

Ele sacudiu o chapéu de cogumelo para que assumisse o tamanho original. Estava socado no fundo do meu closet. Emmett não me deixava jogar fora nem tacar na fogueira, como eu queria.

Ele fez uma cara de inocente. "Eu segurei aquela tartaruga nojenta hoje, linda. Não queria, mas fiz isso mesmo assim, por um bem maior." Ele se aproximou. "Agora é a sua vez."

Eu saí correndo, mas ele me alcançou, e comecei a gargalhar. Tentei escapar, mas seu braço envolvia firmemente a minha cintura. Eu não conseguia parar de rir.

"O sucesso de um casamento depende de saber ceder." Com uma das mãos, ele tentou enfiar o chapéu na minha cabeça.

Meus braços estavam presos junto ao corpo. "O sucesso de um casamento depende da confiança", resmunguei, enquanto ria e me debatia. "Eu não confio em você, vai postar uma foto minha com essa coisa."

Emmett primeiro pôs o acessório ao contrário, com o buraco virado para trás. Soltei um suspiro de derrota e ajeitei o corpo, e ele virou o negócio para o lado certo.

Tentei olhar feio para ele, que sorriu para mim. "Olha ela. Minha linda esposa."

"Eu te odeio." Eu sorri, apesar do chapéu idiota.

Com algumas ruguinhas, seus olhos brilharam. "Não odeia, não. Você me ama."

Eu levei as mãos ao peito. "Apesar de ter tentado resistir, eu me apaixonei louca e profundamente por você, e estamos destinados a ficar juntos até o fim dos tempos."

Emmett era pura felicidade. "Isso é tudo o que eu sempre quis, Adams."

Agradecimentos

Eu me diverti demais escrevendo este livro. Escrevia antes do trabalho, rindo sozinha às sete da manhã enquanto obrigava Emmett a encarar as tartarugas. Milhões de agradecimentos a você por ter lido também. Escrevi principalmente para mim mesma, mas também para você, por que sabe as pessoas como nós? A gente adora romance. Romances são incríveis. E não deixamos ninguém nos convencer do contrário.

Agradeço a minhas brilhantes amigas escritoras: Sarah Smith, Tova Opatrny, Maggie North e Ashley Harlan. Obrigada por sempre me ajudarem com seu gênio criativo e com suas palavras atenciosas. Tenho sorte por conhecer vocês.

Para o pessoal do FYS, vocês são um sonho que se tornou realidade. O céu é o limite para vocês. Obrigada pelo apoio entusiasmado às minhas iniciativas.

Para minhas melhores amigas, minhas almas gêmeas. Um dia, nós vamos conseguir nos dedicar ao lazer em tempo integral. Que nossos closets estejam sempre cheios de peles sintéticas de minsk e taças de martíni (para jogarmos longe).

Para Kathleen. Obrigada por fazer com que eu me sentisse sempre bem-vinda e querida pela sua família. O mundo precisa de mais sogras como você. Por favor, não leia este livro.

Tim. Toda piada que eu faço é para você rir, toda palavra que escrevo é para fazer você sentir orgulho. Eu agradeço silenciosamente o universo todos os dias por ter você na minha vida.

TIPOGRAFIA Adriane por Marconi Lima
DIAGRAMAÇÃO Vanessa Lima
PAPEL Pólen Natural, Suzano S.A.
IMPRESSÃO Gráfica Bartira, abril de 2025

A marca FSC® é a garantia de que a madeira utilizada na fabricação do papel deste livro provém de florestas que foram gerenciadas de maneira ambientalmente correta, socialmente justa e economicamente viável, além de outras fontes de origem controlada.